书信集

〔黎巴嫩〕纪伯伦 著
李唯中 译

北京

图书在版编目（CIP）数据

书信集 /（黎巴嫩）纪伯伦著；李唯中译. -- 北京：中国经济出版社，2024.5
（纪伯伦全集）
ISBN 978-7-5136-7658-8

Ⅰ.①书… Ⅱ.①纪…②李… Ⅲ.①纪伯伦（Gibran, Kahlil 1883-1931）— 书信集 Ⅳ.①I378.65

中国国家版本馆 CIP 数据核字（2024）第 042665 号

策划编辑	龚风光
特邀策划	青崖白鹭
责任编辑	王　絮
责任印制	马小宾
封面设计	静　颐

出版发行	中国经济出版社
印 刷 者	三河市中晟雅豪印务有限公司
经 销 者	各地新华书店
开　　本	880mm×1230mm　1/32
印　　张	10.5
字　　数	232 千字
版　　次	2024 年 5 月第 1 版
印　　次	2024 年 5 月第 1 次
定　　价	45.00 元

广告经营许可证　京西工商广字第 8179 号

中国经济出版社　网址 http://www.econmyph.com　社址 北京市东城区安定门外大街 58 号　邮编 100011
本版图书如存在印装质量问题，请与本社销售中心联系调换（联系电话：010-57512564）

版权所有　盗版必究（举报电话：010-57512600）
国家版权局反盗版举报中心（举报电话：12390）服务热线：010-57512564

书信集

书信集

纪伯伦致父亲 /002

 1904年4月5日 /002

致艾敏·欧莱伊卜 /004

 1905年7月5日 星期五晚 /004

 1908年2月12日 波士顿 /006

 1908年3月28日 波士顿 /009

 1909年7月28日 巴黎 /015

 1909年7月30日 巴黎 /015

 1913年2月18日 波士顿 /017

纪伯伦书信摘录 /019

致贾米勒·马鲁夫 /022

 1906年11月2日 /022

 1908年 波士顿 /024

 1912年4月23日 /029

致奈赫莱·纪伯伦 /030

 1908年3月15日 /030

 1909年12月14日 巴黎 /034

 1910年3月7日 巴黎 /034

 1910年5月7日 巴黎 /035

 1910年9月27日 巴黎 /037

 1911年6月17日 波士顿 /039

1918年9月26日 纽约 /039

致赛里姆·赛尔基斯 /041

 1912年10月6日 纽约 /042

致艾敏·穆什里格 /043

 1918年11月23日 纽约 /043

 1930年7月7日 /045

致特里斯·哈纳·塔希尔 /046

 1924年2月12日 纽约 /046

致菲里克斯·法里斯 /048

 菲里克斯·法里斯致纪伯伦 /049

 纪伯伦致菲里克斯·法里斯（1930年）/050

致艾德蒙·沃赫拜 /051

 1919年3月12日 纽约 /051

 约1925年 /053

致约·保罗太太 /054

 1927年4月23日 /054

致玛丽·盖赫沃基 /055

 1929年×月×日 /055

致一位朋友 /057

 1908年×月×日 /057

致艾敏·雷哈尼 /060

 1910年8月23日 巴黎 /061

1910年10月17日 巴黎 /062

1910年11月11日 波士顿 /063

1911年4月5日 /064

星期五晚 /065

1912年6月 星期一晚 /066

约1917年 /067

致保罗·凯福利牧师 /069

 1912年1月19日 纽约 /069

致艾斯阿德·鲁斯图姆 /072

致米哈依勒·努埃曼 /073

 1919年9月4日 纽约 /074

 1920年5月24日 波士顿 /075

 1920年 星期三晚 波士顿 /076

 1920年 星期三晚 波士顿 /077

 1920年 星期一晚 纽约 /078

 1920年10月8日 纽约 /079

 1920年 星期五晚 纽约 /080

 1921年1月1日 波士顿 /081

 1921年 星期五晚 波士顿 /082

 1921年 星期五晚 波士顿 /084

 1921年 星期四晚 波士顿 /084

 1921年 星期四 波士顿 /086

1921年 星期四晚 波士顿 /087

1921 年 波士顿 /089

1921 年 星期一 波士顿 /091

1922 年 2 月 波士顿 /091

1922 年 波士顿 /093

1922 年 纽约 /095

1923 年 波士顿 /096

1923 年 波士顿 /097

1923 年 8 月 11 日 波士顿 /099

1923 年 波士顿至纽约 /100

1924 年 9 月 7 日 波士顿 /101

1925 年 波士顿 /102

1928 年 10 月 11 日 波士顿 /102

1929 年 3 月 26 日 电报 /103

1929 年 3 月 26 日 波士顿寄往纽约 /104

1929 年 5 月 22 日 波士顿 /105

致伊米勒·泽丹 /106

1919 年 7 月 12 日 纽约 /107

1919 年 /110

1919 年 /111

×年×月×日 /112

×年×月×日 /114

1918 年 × 月 × 日 /115

×年×月×日 /116

致阿卜杜·迈西哈·哈达德 /118

1918 年 10 月 7 日 纽约 /118

致艺术家优素福·侯维克 /120

1911 年 2 月 19 日 波士顿 /120

致艾迪勒·瓦特荪 /123

×年×月×日 /123

致女子爵西西里娅·乌夫·鲁唐伯格 /124

×年×月×日 /124

致约瑟芬·比布迪 /128

1899 年 × 月 × 日 /128

致玛丽塔·鲁荪 /131

1920 年 5 月 19 日 波士顿塔伊勒大街 76 号 /131

1920 年 5 月 26 日 /132

1920 年 6 月 22 日 纽约 /134

1920 年 7 月 19 日 /135

1920 年 7 月 23 日 /136

1920 年 8 月 14 日 波士顿塔伊勒大街 76 号 /136

1920年8月18日 星期三 /137

1920年8月25日 星期三 波士顿 /138

1921年7月25日 波士顿塔伊勒大街76号 /139

1921年9月26日 星期一 /140

1926年8月9日 星期一 波士顿 /141

1926年8月17日 星期二 波士顿 /142

1926年8月26日 星期五 波士顿 /142

1926年9月3日 波士顿 /144

1926年9月8日 星期三 波士顿 /144

1926年9月28日 /145

1927年4月6日 /146

1927年8月7日 波士顿 /147

致玛丽塔的母亲加库比丝太太 /148

◆ 集外集

原序 /150

第一章 散文 /152

 一 卷着的报纸 /152

 二 人分四类 /154

 三 美 /157

四 致叙利亚人 /158

五 雪杉青年 /159

六 里达·陶菲格贝克 /160

七 生命多么慷慨 /163

八 艾卜·阿拉·迈阿里（上）/167

九 艾卜·阿拉·迈阿里（下）/169

十 我爱我的国家 /170

十一 安德罗玛克 /172

十二 掘墓人与烧香人 /177

十三 掘墓人与活着的人 /183

十四 艾卜·努瓦斯 /189

十五 存在的良心 /192

十六 纪伯伦的话 /193

十七 上帝在暴风中 /195

十八 你们留在美国吧 /197

十九 致叙利亚兄弟 /199

二十 我爱极端主义者 /201

二十一 致美籍叙利亚青年 /204

二十二 你们有你们的思想，我有我的思想 /205

二十三 你们有你们的语言，我有我的语言 /210

二十四 致叙利亚青年 /215

二十五 我爱劳动者 /218

二十六 我们都祈祷 /220

二十七 盲诗人 /222

二十八 阿卜杜拉·布斯塔尼 /223

第二章 话剧 /226

一 看不见的人 /226

二 转眼之间 /239

三 彩色脸面 /247

四 革命之始 /263

五 国王与牧羊人 /268

六 盲人 /277

第三章 箴言录 /294

一 良心 /294

二 幸福 /295

三 朋友 /296

四 死亡 /296

第四章 哲学金砂 /297

一 少妇 /297

二 婚与育 /298

三 真理需要力量 /300

四 真诚 /300

第五章 书信 /301

一 基督徒诗人致穆斯林们 /301

第六章 译文 /303

一 良心 /303

二 和平与战争 /308

第七章 演说 /311

我们的新宅 /311

新闻业的职责 /314

第八章 答《新月》杂志问 /318

书信集

纪伯伦致父亲

1904年4月5日 ❶

我谨以儿辈的敬重之情亲吻您的手。收到了您的来信,知您对意料之外的突如其来的消息甚感忧虑与不安。假若我不是完全弄清了写信人的意图,无疑这消息对我的情感来说也是一个严酷打击。他们——愿主宽恕他们——时而说他们当中的一个人身患重病,时而又谈到我妹妹的情况,说她向他们要一大笔钱,此外还有许多捏造的谎言,欺骗我们说疾病、灾难突如其来,开支巨大,将耗去他们赚得的所有钱财(在这种情况下,他们就不能寄钱了)。此事与我们表兄的聪明智慧相关,于是给我们寄出了这封带有倒霉消息的信件,且请我们敬重的婶娘修饰润色过,我们钦佩她的绝妙计划。我立即找到了该信的绝妙答案。我们是"4月1日"收到此信的。婶娘习惯于开这种有趣玩笑。她说我的俩妹妹六月以来都在生病,那话远离事实,就像俩妹妹离我们一样远。因为七个月来,我曾收到伊拉先生的五封来信,信中提及我的两个妹妹玛尔雅娜和苏尔丹娜,谈到她俩的气质,特别向我讲到苏尔丹娜,说她的性情、品格很像我。信

---

❶ 纪伯伦从贝鲁特写信给在贝什里的父亲,以便让父亲对妹妹玛尔雅娜和苏尔丹娜放心。因为在海外的一位亲戚写信给纪伯伦的父亲,信中告诉他,他的那两个女儿病了,故他深感不安,但也没留心写信的日期是4月1日——"愚人节"。——原注

中还有另一个我所认识的人所说的实话，而他认为那些 4 月 1 日说的谎言及没有价值的消息是低级、丑恶的。

您只管放心就是了。

父亲大人，我在贝鲁特滞留至今，说不定还要待一个月。在这期间，我要与一个与我关系很密切的美国家庭去叙利亚和巴勒斯坦，或去埃及、苏丹转一转。因此，我说不准自己还要在贝鲁特停留多少时间。总而言之，我有自己的打算；正是这种私人目的，使我留在这个地方一段时间，以便使那些与我的前程消息息息相关的人感到高兴。我知道如何行事对我的前途有利，这一点请父亲不要怀疑。请向所有亲朋好友转达我的想念之情，请问候每一个问到我的人。愿主令父亲大人健康长寿。

您的儿子

纪伯伦

致艾敏·欧莱伊卜

艾敏·欧莱伊卜，1881年生于达穆尔，就读于贝鲁特玛尔约瑟夫教父学院。1897年，他离开黎巴嫩到达纽约。

1903年在纽约创办《侨民报》，直至1909年回到黎巴嫩。第一次世界大战期间，他遭奥斯曼当局流放，在流放地居留三年（1915—1918）。

1923年，他在贝鲁特创办《卫士》杂志。1953年，该杂志随他迁往巴西圣保罗。1971年，艾敏·欧莱伊卜逝世。

艾敏·欧莱伊卜留下大量著作，其中有《玫瑰花刺》《刻石》《莎士比亚的先说》《时代宝石》及由其子赛义德最近收集，由其表兄艾迪布·欧莱伊卜的儿子印制的为纪念"艾敏日"出版的《艾敏文学作品精品集》。艾敏·欧莱伊卜最杰出的贡献在于他在纪伯伦初登文坛之时，鼓励纪伯伦写作，并将其作品在《侨民报》上发表。

1905年7月5日　星期五晚

艾敏兄：

请原谅我，我在你面前犯下过错。当然你知道，我是在收到从纽约来的那封信之后，才给你回那封信的，信中说你去了库鲁斯特。

这是一个大众幽默——一个目光短浅的人说:"我怎能宽恕我的亲戚呢?"事实回答他说:"你怎能求得你的亲戚宽恕呢?"但是,艾敏,我们当中谁又能在看到消息之前,面对面听到事实说话呢?至于我,则已经学到在进行调查研究之前,是不会与朋友分手的。

今天,我读了《矛盾因素》一文,自感这篇东西不错——艾敏,你不要笑,我并不认为纪伯伦写的每篇东西都好。因为我在梦中世界里听到的话语与歌曲,并非是我写在纸上的那些文字。但是,艾敏,我将发育成长,逐渐变成能够把部分歌曲关押在墨水的黑牢中的人。

你手中那本书里的第三个故事,本应在这个礼拜完成,但是这些天来,我的健康状况很不好,思路也很不畅,请你千万不要把我看作拖延、懒惰之辈。

假若我早知道我写关于艾斯阿德❶兄弟的那些话会广泛传开,我定会多写一些。因为艾斯阿德以大量优美的文字做了许多自由高尚的工作。伟大的太子星❷万岁!

上帝令你的恩德长在久存。你对舍卜勒·丹姆斯❸发表在大学周报上的关于大众协会的文章有何看法?假若叙利亚人发起成立类似于"民族委员会"的协会,侨民们将会说什么?依我之见,改革不在乎成立什么协会,而在乎提高个人素质。假如个人是具僵尸,即便是

---

❶ 艾斯阿德,即艾斯阿德·鲁斯图姆(1878—1969),黎巴嫩侨民诗人。
❷ 太子星,即北斗第一星。
❸ 舍卜勒·丹姆斯,文学家,曾在议会中任地区代表多届。

协会也不能使之复生；倘若他是个素质高的人，你就不必帮他把他的灵魂传播进僵尸体内。

谨以玛尔雅娜及其哥哥、你的兄弟的名义向你和所有人问安。

纪伯伦

1908年2月12日 波士顿

艾敏兄：

你听好，艾敏，我将告诉你一些除了我妹妹玛尔雅娜，谁也不知道的事情。

你听好，仔细思考，与你的邻居一起稍稍欢乐一下。几个月之后，即于来年春末，我将赴艺术之都巴黎，而且将在那里待一整年时间。这一年在我的生平岁月中有着重要意义，承蒙上帝默许，它将是我生命新篇章的开端。因为在那个都市里，我将加入一个伟大的绘画协会，将在它的监督下工作，从它的批评和指教中，在美术领域获得巨大益处。无论获益与否，单单从巴黎回到美国，就会使我的绘画获得声誉，令那些盲目的富人们竞相争得我的画作；那倒不是因为我的画作美，而是因为它出自一个在巴黎的欧洲大画师们中间停留过一年的艺人之手。我做梦也没有想到过有此旅之幸，因为那高昂的费用令我认为那是不可能的事情。但是，艾敏，上苍在不知不觉之中为我安排好了那一切，为我打开了通往巴黎之路。我将借助于万善之源——上苍提供的费用远行，在外度过整年时间。

艾敏，现在你已听说了我的情况，知道我住在波士顿，并非因为喜欢这个城市，讨厌纽约，而是因为波士顿有一位天使，正是她使我看到闪闪发光的未来，为我开拓了布上道义和物质的成功之路。但是，无论我在波士顿，还是纽约，或者巴黎，《侨民报》总是我心中的乐园，也是我的心翩跹起舞的舞台。艾敏，你知道，我在巴黎居住的一年，将会使我写出许多在这个机械式的商业国家，在这种充满嘈杂的空间里所不能想象的东西来。我在那个卢梭❶、拉马丁❷和雨果❸生活过的都市所获得的社会教益将是何等的宝贵啊！在那里，人们崇拜艺术就像美国人崇拜金钱。岁月使我知道了尊重金钱，并且使我将之当作人与理想之间的最重要媒介。

你不在期间，我将全力支持《侨民报》。请你给每一期报写点东西来。我将把我内心、灵魂、头脑里的全部情感、爱好和信念倾注在它那可爱的版面上。我别无所求，只期你满意，对我和我的前途充满热情。假若你还想在你的诸多精神公德之外加某种物质公德的话，就请把《叛逆的灵魂》❹一书托付给《侨民报》编辑部，让其帮助我收获熬夜打更的果实，与我一道费心将该书销售到纽约和内地的读者和书商手里。

---

❶ 卢梭（1712—1778），法国著名文学家、思想家。他以他的思想为法国大革命铺平了道路，主要作品有《忏悔录》《民约论》等。
❷ 拉马丁（1790—1869），著名法国诗人，浪漫诗歌派代表。其代表作《沉思集》，予人以轻灵、飘逸、朦胧的感觉。
❸ 维克多·雨果（1802—1885），法国伟大诗人、小说家，主要作品有《悲惨世界》《巴黎圣母院》等。
❹《叛逆的灵魂》系纪伯伦的短篇小说集，出版于1908年。

你知道，艾敏，没有《侨民报》的帮助，我是不能将写作化为收益的。请你放心吧！不要影响你想象见到亲人和看到黎巴嫩美景的欢乐。最近五天以来，你是太累了，你应该轻松一下，不要让对明天的忧虑缠绕你的闲适心情。不论情况怎样变化，《侨民报》总是报界新娘。每月发表艾敏的一篇通讯、艾斯阿德的一首诗歌和纪伯伦的一篇文章，就足以让阿拉伯世界睁大眼睛望着华盛顿大街21号❶。

你为《叛逆的灵魂》所写的序言，令我欣喜不已，因为其中没有任何个人之间的客气话。我于星期一寄了一篇小文章给《侨民报》，收到了吗？请回封短信。我将写信给你。在你起程之前，我将不止写一封信给你。你将高高兴兴返回黎巴嫩，不要让世间的任何事情占据你的心。我们虽不能见面和握手告别，但我们的心神和思想每天每时总是在一起的。时间、地点和距离是不能影响心神的。在精神世界中，七千里等同一里，两千年犹如一分钟。玛尔雅娜❷向你问好，祝你万事如意。艾敏，主让我看到你容光焕发。愿上苍以你兄弟的情谊为你祝福。

纪伯伦

---

❶ 华盛顿大街21号是《侨民报》编辑部地址。
❷ 玛尔雅娜，纪伯伦的大妹妹。

1908年3月28日　波士顿

艾敏兄：

看哪，我已关上房门，独自坐在混合着希贾兹咖啡的烟云之中，以便用一个小时时间与你交谈。这烟是多么香！希贾兹咖啡多么可口！你的谈话多有滋味！你现在在大地球的另一边，而我仍在这里。你在幽静美丽的黎巴嫩，我在充满喧嚣的波士顿。你在东方，我在西方。可是，艾敏，你远在天边，却近在眼前。艾敏，人皆不喜亲朋远离，只因他们的乐趣是通过五种感官获得的。至于纪伯伦，他的心灵则已发育成长完毕，变得通过使用感官享受高层次的欢乐滋味；那感官也看、也听、也感触，但不用眼睛、不用耳朵、不用手指；它往返于天涯海角，但不用双脚、不用车辆、不用船只；它如今享用着翩跹在艾敏心灵周围的一切，不论是远的还是近的，就像享用许多不可见不可闻的东西一样。我们生活中最美好的，则是那种既看不到又听不到的东西。

你觉得黎巴嫩怎样？你看到的还像你的思念之情所想象的那样美吗？还是你发现它仍是一块懒汉与呆瓜相邻而居的不毛之地？你所看见的还是那种从大卫[1]到所罗门[2]、艾什阿亚[3]、吉尔马努斯·法尔哈特[4]、

---

[1] 大卫，犹太及以色列王，即古以色列统一王国的国王，公元前1000年—前974年在位。他长相俊美，能写诗，会弹琴，又智勇善战。
[2] 所罗门，大卫之子，以色列最伟大的国王。他也是一位有名的诗人，写过1000首诗歌，其中主要是《圣经》中所收《雅歌》。
[3] 艾什阿亚（活动于公元前八世纪），以色列的伟大先知之一。
[4] 吉尔马努斯·法尔哈特（1670—1732），阿勒颇大主教，文学家、诗人、语言学家。有诗集传世。

拉马丁、奈吉布·哈达德❶等天才诗人们担负吟唱其秀美壮丽的高山吗？还是一片荒无人烟、毫无趣味、寂寞无声的丘陵、谷地呢？你将用长信向侨民回答这些问话，我将留心细读信中的每一个字。不过，若有什么你不想当众说的事情，那就请用私人信件告诉我，以便借你的思想共同考虑和借你的双目共同观察黎巴嫩的现实。

这些日子里，我像一位斋戒者，急切地等待着开斋节曙光的到来。因为我的巴黎之行将使我的梦想和希望围绕着我将在知识、艺术之首所要完成的伟大工作翱翔。艾敏，在你起程之前，我要告诉你，我将在巴黎居留一整年时间。我现在要告诉你，一年过后，我将去意大利，用一年时间参观那里的宏大博物馆及那里的古迹，游览威尼斯、佛罗伦萨、罗马和热那亚，然后由那不勒斯返回美国。艾敏，这是一次伟大壮游，值得你关注。因为它将像一个金环，将纪伯伦充满写作的过去与高居成功之柱上的未来连接在一起。你从叙利亚返回之时，必将路经巴黎，我们将在巴黎欢聚。在巴黎，我们将使你和我的两颗灵魂饱赏艺术大家们的妙手所创造的高潮绝美；在巴黎，我们将拜谒列位先贤祠堂，在维克多·雨果、卢梭、夏多布里昂❷和勒南❸的墓前肃立片刻；在巴黎，我们将信步卢浮宫柱廊之间，

---

❶ 奈吉布·哈达德（1867—1899），黎巴嫩文学家、诗人，侨居埃及，有数种剧作和译作传世。

❷ 夏多布里昂（1768—1848），法国大文学家，主要著作有《基督教真谛》《从巴黎到耶路撒冷》《墓畔回忆录》等。

❸ 勒南（1823—1892），法国思想家、作家、史学家，毕生致力于闪米特族语言和宗教历史研究，曾在黎巴嫩居住一段时间，主要著作有《耶稣传》《以色列人民史》《闪米特族语言比较史》等。

观赏拉斐尔❶、米开朗琪罗、达·芬奇❷和帕米贾尼诺❸的绘画真迹;在巴黎,我们晚间将去歌剧院,听赏神降予贝多芬❹、瓦格纳❺、莫扎特❻、威尔第❼和罗西尼❽的歌曲和音乐……这些阿拉伯人很难念出来的名字,原来都是创建欧洲文明的巨人的名字;大地虽然已把他们的肉体吞噬,却不能吞没他们的伟大作品。艾敏,暴风能够摧毁花朵,却不能够消灭种子。这正是苍天注入那些伟大作品的爱好者心灵里的慰藉,正是这种光芒使得我们这些文化人昂首阔步、自豪兴奋地走在生活的大道上。

看到你从亚历山大发来的信,我欣喜不已。当我在《侨民报》和

---

❶ 拉斐尔(1483—1520),意大利文艺复兴三杰之一。其父是宫廷画师,从小受到父亲的熏陶,不幸早年失怙。其主要画作有《圣母子》《马利亚订婚》《披纱的夫人》《雅典学院》《西斯廷圣母》等。

❷ 达·芬奇(1452—1519),意大利画家、雕刻家,代表作为《最后的晚餐》《蒙娜丽莎》,后者又名《瑶公特》,人称"永恒的微笑"。

❸ 帕米贾尼诺(1503—1540),意大利画家。

❹ 贝多芬(1770—1827),德国大作曲家,代表作有《降E大调第三交响曲》《C小调第五交响曲》《D小调第九交响曲》。

❺ 瓦格纳(1813—1883),德国作曲家、音乐戏剧家。其歌剧代表作《漂泊的荷兰人》创作于1842年。

❻ 莫扎特(1756—1791),伟大的奥地利天才作曲家,维也纳古典音乐派的中心人物,虽1787年获奥室约瑟夫二世的宫廷作曲师职,但薪俸微薄,终因贫病而死。莫扎特的音乐使西方文化达到了一个顶峰。

❼ 威尔第(1813—1901),意大利著名歌剧作曲家。其父为客栈主、文盲,因家贫未能使其子受正规教育。威尔第自幼显露出音乐才华,其三部名作《弄臣》《游吟诗人》及《茶花女》于1851年、1853年相继问世,他也因此成为意大利家喻户晓的著名歌剧作曲家。

❽ 罗西尼(1792—1868),意大利作曲家。其代表作有《塞维利亚的理发师》。

书信集

《镜报》上看到你与我们的兄弟艾斯阿德·鲁斯图姆在开罗受到款待时，我心花怒放。当我听到关于你俩和从你俩那里传出的任何话语时，我都会欣喜不已，心花怒放。不过，艾敏，请告诉我，当你坐在黎巴嫩和埃及的精英中间时，你曾提到过我吗？你曾想到仍在海外的第三个圣像的名字吗？我猜想赛里姆·赛尔基斯❶先生已经告诉你，穆斯塔法·曼法鲁蒂❷先生发表了一篇批评《沃尔黛·哈妮》❸的文章，发表在《支持者报》❹上，是吗？我对此批评感到非常高兴。因为批评是新起点的营养滋补品，特别是来自像曼法鲁蒂这样文学大家的批评。

这些日子里，我的工作颇似多环锁链，一环紧扣一环。我的生活方式已经发生了变化。我已失去了梦想巴黎和远赴巴黎之前那种缠绕我心灵的离群索居的部分快乐。昨天，我只满足于在一个有限的舞台上曾经扮演过的小角色；如今，我发现那种满足只是一种懒散与呆钝。过去，我总是透过泪与笑观察生活；如今，我则是透过神奇的金色光芒看到生活——那光芒给我的灵魂注入力量，给我的心注入勇敢，给我的身体注入活力。兄弟，过去，我像一只笼中之鸟，仅仅满足于命运之手放置的谷粒；如今，我变得像一只自由的鸟儿，面临的是田野和绿色草原的欢乐，想飞上宽阔的天空，将灵魂的

---

❶ 赛里姆·赛尔基斯，黎巴嫩文学家，《赛尔基斯》杂志主编，卒于1927年。
❷ 穆斯塔法·曼法鲁蒂（1876—1934），埃及作家、学者。著有《观点集》《泪珠集》，还有译作数部。
❸ 《沃尔黛·哈妮》，系纪伯伦短篇小说集《叛逆的灵魂》中的第一篇，发表于1908年。
❹ 《支持者报》，由艾哈迈德·马齐和阿里·优素福于1889年创办于开罗。

幻影与爱好的影像洒向以太❶……艾敏,在我们的生活中有比声誉更高尚、更光荣的东西,那就是获取声誉的艰巨劳作。我自感内心有一种潜在力量,欲把艰巨劳作作为它的美丽外衣。我感到纪伯伦来到这个世界上,就是为了将他的名字用大字书写在生活的脸面上;这种使命感日夜伴随着我,使我看到未来充满光明,周围是一片欢乐和赞扬。我打十五岁起就做着美梦,梦想着精神的意义与特点。如今,岁月已开始实现我的梦想,巴黎之行将是由地登天的第一级阶梯。

来年夏天,我将为印行《被折断的翅膀》一书而努力,这是迄今为止我写得最好的一部书,至于将在阿拉伯世界产生轰动的那本书,那是一部名为《宗教与信仰》❷的哲学书。一年多之前就开始写了,在我的思想中它仍是圆的中心;我将在巴黎完成,也许要自费印行。

艾敏,当你置身于一个美丽的地方,或在尊贵的文学家们当中,或在废墟旁,或者高山顶。当你在这任何一处时,请你低声呼唤我的名字,我的灵魂便会立即飞向你,在你的周围盘飞,和你一道享受生活及生活中的全部隐秘。艾敏,当你看到太阳从萨尼山和米扎布山❸口之后升起之时,请你念及我;当你看到夕阳西下,废墟和山谷披上红色面纱,仿佛因为别离黎巴嫩而滴血替代垂泪时,请你念及我;当你看到牧人们坐在树荫下吹起他们的芦笛,像阿波

---

❶ 以太,古希腊哲学家首先设想出来的一种媒质,又称为"能媒"。
❷ 该书尚未发表。
❸ 萨尼山和米扎布山都在黎巴嫩境内。

罗❶被神灵放逐到这个世界时那样行事,使寂静的旷野充满歌曲之时,请你提及我;当你看到黎巴嫩少女们肩扛着水罐时,请你记起我;当你看到黎巴嫩村夫在太阳下耕地,额头上挂着汗珠,腰都被累弯了之时,请你想起我;当你听到大自然倾注到黎巴嫩人心中的歌——那歌用月华之线组成,夹带着谷地的气息和雪杉林吹来的微风——时,请你念及我;当人们请你赴文学和社会交流会时,那种思念就会把我对你的热爱和想念之情的画面送到你的心灵上,使你的言谈具有双重意义,使你的演讲具有精神上的感染力。艾敏,热爱与想念,二者乃是我们工作的起点和终极。

我写了这么多行字,现在我发现自己像个喜欢用贝壳把海水引到岸边沙坑里的顽童。不过,艾敏,难道你没发现字里行间有几行不是用墨水写的吗?关于那几行字的隐秘,我希望你来分析。因为那几行字是用灵魂手指写成,因为那几行字是用心汁写成,因为那几行字写在爱神的面颊上;那爱神挺立在大地与星辰间,遨游在大地的东方与西方之间,永远波涌在我们的心灵与至高无上的光环之间。

艾敏,请在你父亲面前提及我的名字,向他老人家转达我对他的钦敬之情。请向你的母亲——一位给阿拉伯世界以巨大力量的母亲,一位给黎巴嫩一闪光火炬的母亲,一个以亲爱兄长使纪伯伦倍感幸福的母亲——转达我的问候。艾敏,希望你就像四月的惠风遍吹苹果树花那样向所有亲朋好友问安。玛尔雅娜从海外向你问好,为你祈

---

❶ 阿波罗,希腊神话中具有多种职能和意义的神,在一切希腊神当中被崇奉得最广泛,也最有影响。在艺术作品中,阿波罗被表现为一位裸体或穿袍子的无须少年,手里常常拿着一张弓或一把里拉琴。

祷祝福。我们希望你万事如意，平安顺利。我的亲戚穆勒哈姆及他那聪明可爱的女儿要我代他俩向你问安。大家都常提到你，亲爱的艾敏兄弟，他们都很想念你。

纪伯伦

1909年7月28日　巴黎

艾敏兄：

这是我寄给你的另一篇小文章，是我昨天听说我的一位朋友与他那漂亮的女友分手之后写就的。

现在，我面前有篇新文章，刚写两页，是我今晨开始写的，写完之时将寄给你。艾敏兄弟，请稍等。

求你把你和《侨民报》的情况告诉我。我希望你告诉我个好消息：《侨民报》不会迁往叙利亚。艾敏，我之所以这样说，是因为我知道，在东方，《侨民报》的生命将被种种危险和恐怖所包围。向所有喜欢你的人问好致意。

纪伯伦

1909年7月30日　巴黎

艾敏兄：

我刚刚收到最近一期《侨民报》，使我静静地站立沉思。我不说遗憾，因为你比我更清楚《侨民报》在叙利亚的前途。告别的文章表明心中的希望和胸中的期盼。这使我展望未来——以未来的全部远离之苦——以希冀和等待的目光展望未来。

我昨天寄给你一篇短文，本想明天再寄一篇给你。但是，《侨民报》再也不在艾敏·欧莱伊卜的卵翼下了，因此，我不想再给《侨民报》投寄什么东西。那文章将保留在我的笔记本里，一直等到艾敏·欧莱伊卜的卵翼下长出第二种报纸。

现在，我求你把你想做的事告诉我，告诉我你何时赴叙利亚以及你在美国的物质、道义关系。艾敏，假若我今天在纽约，我定把《侨民报》编辑部从你手里买下来。可是，木已成舟，生米已经做成熟饭，我还能说什么呢？

艾敏，我求你把我手里没有的《侨民报》的合订本给我保留在纽约。当你路过巴黎时，我将把钱付给你。因为《侨民报》的合订本上载有我写的全部文章，我当然是要保存它的。同样，我想保存我所喜欢的报纸的每一期，因为我喜欢它胜过任何一种报纸，而且我曾竭尽全力为之效劳。最后两期合订本保留少量即可，暂放在法奥尔家，或者放在玛丽·伊莎·胡里太太那里，或者放在你的贤婿处。

《侨民报》已经落在再也不会触摸纪伯伦的手的手中了；对于《侨民报》来说，纪伯伦也变成了一个陌生人。但是，艾敏，《侨民报》一词将永远是那样甜美、滋润。

爱你的兄弟
纪伯伦

1913年2月18日　波士顿

艾敏兄：

这是你在这个国家，我要给你说的最后一段话；话虽短，却发自内心神圣之处，并带上思念的长叹和希望的微笑。

愿你月月、日日、时时健康快乐，尽情欣赏你在所到之处看到的美好事物，并将那些影响及其在你心中的回声保留到你返回亲友中间的时刻。请多见见埃及、叙利亚和黎巴嫩的《侨民报》的热情读者，向他们说说他们在海外的兄弟们的心里话；因为我们的心与他们的心之间相隔距离遥远，有许多情感难以交流，还请你代为沟通，愿你成为纽带，把我们的心与他们的心紧紧联结起来。望你清晨站在黎巴嫩的一座山顶上，观看日出及金色阳光遍洒乡村和山谷的壮景，并且将此绘图刻画在你的心房，以便你回来后好让我们欣赏。请你在黎巴嫩青年一代面前，亲切地道出我们的衷心祝愿。请你告诉叙利亚的老人们，就说发自我们头脑和胸中的一切思想、情感和梦幻，都将飞向他们。当你乘船到达贝鲁特港时，请你站在船头，遥望萨尼山和米扎布山口，代我们向长眠地下的先辈和活在世间的父老兄弟问安。请你提及我们在公众集会和私人聚谈中所付出的努力及辛苦，就说他们在美洲播种，正是为了有一天在黎巴嫩得到收获。你只管说，只管做，只要你高兴；因为你高兴才是旅居美国的每一个真正黎巴嫩人所期盼的。玛尔雅娜紧握你的手，并衷心为你祝福祈祷……请在埃及、叙利亚和黎巴嫩的《侨民报》热心读者面前提及我的名字；也许我的名字一进入他们的听觉器官，会化成甜美乐曲。

艾敏，再见！再见，亲爱的兄弟。

纪伯伦

纪伯伦书信摘录

这是纪伯伦写给《侨民报》主编艾敏·欧莱伊卜的书信摘录。艾敏的胞弟、画家海里勒·欧莱伊卜将之摘录在自己的日记中,其中一部分曾发表在已故历史学家优素福·易卜拉欣·耶兹拜克主编的《黎巴嫩文稿》杂志上。

黎巴嫩、叙利亚和埃及的部分报刊转载纪伯伦在《侨民报》上发表的文章时,既不署纪伯伦的名字,也不提文章来源,致使艾敏·欧莱伊卜十分生气,并以中断文稿交流威胁这些报刊。《实况喉舌》主编哈利勒·赛尔基斯只得写信给艾敏表示歉意。就这个问题,纪伯伦写信给艾敏·欧莱伊卜,信中说:

"……假若《实况喉舌》《艺术之果》和《灯塔》杂志再偷我的《泪与笑》,请你手挥利刃,斩断它们的魔爪,一来教育他们,二来警告他人,让它们从《侨民报》转载东西时,记住那是从《侨民报》上偷窃的。因为那是我的当然权利。"

* * *

《埃及联合报》写信给其主编奈吉布·葛尔高尔,盛赞《侨民报》上发表的纪伯伦的散文,并提及《埃及联合报》曾转载过其中一篇。纪伯伦写信给艾敏,信中说:

"我看过《埃及联合报》及其他报刊所载文章,你们愿意说我什么,就请说吧!你们乐意转载我的什么文章,就请转载吧!但是,你们不能够改变我的自我信仰,我深信纪伯伦这位在黑暗世界中蹒跚行走的柔弱老翁,一心想借朱庇特❶的闪电、雅典火炬之光、阿施塔特❷的光荣之美、阿波罗琴弦之歌,直到应该得到你们给的评价,至少让我知道自己距目的地还有多远。"

* * *

纪伯伦在《侨民报》上发表了一篇谈侨民诗人的文章,从而引发了纪伯伦与艾斯阿德·鲁斯图姆之间的口角,但艾敏·欧莱伊卜能够使二人重归于好。纪伯伦读过艾斯阿德·鲁斯图姆发表在《侨民报》上的一首题为《将军与大军》的长诗新作之后,写了一封信给艾敏,信中引了长诗中的几行诗:

其时将军像只鸟,
遭俘翻腾欲飞逃;
不期大风伤双翅,
脊梁几乎断碎了。

---

❶ 朱庇特,古罗马和意大利的主神,相当于希腊的宙斯,是天空的主宰。它最古老的称号是赐光朱庇特,后又称雨神朱庇特和雷神朱庇特。
❷ 阿施塔特,古代闪族腓尼基人所崇拜的女神。《圣经·旧约》称之为亚斯他录,司掌繁殖与爱情。

纪伯伦评说道：

"这真是好诗。这是我近来谈到的鲁斯图姆的精辟创造性比喻。请代我谢谢他，并转达我对他的最美好问候。衷心祝福他获得成功。"

*　　*　　*

《胡达报》主编奈欧姆·姆凯尔泽勒鼓励纪伯伦在他办的报上发表文章。艾敏便写了一封信给纪伯伦，信末尾说："亲爱的物质的新朋友，我不对你说'告别'，而是对你说'再见'。"这句话使纪伯伦感到痛苦，他回信说：

"你的纪伯伦不是物质的新朋友，也不会成为新物质的人，而是旧精神的人，尽管他在物质上是弱者，尚需要吃和穿，以便防饥御寒，免受大自然因素侵袭。所有这些都是为了心中至爱和保留生命。"

致贾米勒·马鲁夫

贾米勒·马鲁夫，1879年生于泽哈莱，在故乡接受初等教育，后入贝鲁特希克玛学院。

1897年，贾米勒移居纽约，主编《天天报》，该报原由其叔父努阿曼·马鲁夫发行，后由纽约迁居巴西圣保罗，继而迁至巴黎和阿斯塔那，然后返回黎巴嫩。贾米勒·马鲁夫卒于1951年，留下大量政治、历史著作，其中有《新土耳其》《人权》《民族如何振兴》《拿破仑·波拿巴❶的统治》《女人国》和《黎巴嫩问题》等。

1906年11月2日

亲爱的贾米勒：

你现在在太阳运行的另一个方向，而我仍在这里；我想念着你，而你已距我遥远。但是，这遥远的距离却不能将我们分开，因为巨大的心灵中有无数晕环，就像石子击破静静的湖面荡起的层层波环。

……我们这里是秋天。万木瑟瑟抖动，将剩余的黄色泪滴飘飘

---

❶ 拿破仑·波拿巴（1769—1821），法兰西第一共和国第一执政，法兰西第一帝国皇帝。

飒飒地抛洒在枯草地上，空气中波涌着冬天的气息。不几天之后，田野和草原就要披上银装。你们那里是春天，生活在苏醒，欢快地唱着歌儿行进。莫非你离去时带走了春天，还是无论春天走到哪里，大自然便美上加美，一片生机？

我依如积习，忙于写作和绘画，时而遨游太空，追逐着被太阳染着金色的云朵；时而沉入大海深处聆听波涛的呼唤声。我时而跌入黑暗的山谷里，这里充满可怖的幻影；时而又登上松柏密布的山顶，倾听回声的乐曲，不知道明天会有什么命运降临到我的头上。

这种思想折磨着我的心，因为我不知道自己能否找到值得留存的东西。不过，我应该发奋图强到明天，明天将为我进行裁决，它的裁决是公正的。但是，我想在走之前听一听裁决。

……我亲爱的，爱情是爱情的镜子，爱好是爱好的猜想。真正的爱情不会居于一颗心中，而要居于两颗心中。这使我想起我们曾经谈到的那种火焰，上帝亲自将之分为两半，一半是男人，另一半是女人。

……你在最近写给我的那封信中说，你多么希望有一颗充满爱的心和一个饱含恋情的魂。亲爱的，我可不希望如此。我宁可因爱而死，因恋而亡，也不要远离爱与恋。我宁愿被圣火吞噬，也不愿意身被冰包雪裹。我此生中的最大欢乐便是感到魂饥心渴，不饥之魂不会遨游梦想太空，不渴之心也不会翻飞在美之源泉四周。就请你保持原状吧！千万莫求孤独，因为孤独中存在着令人死亡的厌烦。

……

纪伯伦

1908年　波士顿

贾米勒兄：

　　读到你的来信，我只觉得有一颗神奇的灵魂在房间的各个角落游动。那是一颗美丽而令人痛苦的灵魂，它以它的波涛将我分离开来，于是我看到你成了一位具有两种不同圣像的人：一种圣像展开巨大翅膀飞翔在人类的上空，那翅膀就像约翰看见的站在七个尖塔旁的宝座面前的六翼天使的巨大翅膀；另一种圣像则是被坚固的锁链锁在巨石之间，就像将第一支火把从天上降入人间的布鲁米斯，神灵们甚为生气，于是将其躯体捆绑在海岸边的一块巨石上。一种圣像令我心神欢快，因为它伴随着太阳的灿烂光辉和拂晓的惠风波动起伏；另一种圣像使我情感痛苦，令我心与肋饱受压迫，因为它是夜神的俘虏。你过去和将来仍然能够从天上取来火焰，并能将之交给人类，为他们照亮前进道路，可是，世间有哪一条法律，有哪一种力量能将你置于圣保罗，又将你的躯体禁锢在那些生来就已死亡，只是尚未被埋葬的人当中呢？难道希腊女神仍有力量束缚这几代人吗？

　　我听说你想回巴黎居住。我也想去巴黎，我们能在艺术之都会面吗？我们能在世界中心见面和同住吗？在那里，我们夜里同去听赏戏剧，去法兰西游乐场，然后回来谈论拉辛❶、高乃依❷、莫里哀❸和

---

❶ 拉辛（1639—1699），法国著名悲剧诗人，主要剧作有《昂朵马格》《菲德尔》等。
❷ 高乃依（1606—1684），法国剧作家，主要作品有《梅丽特》《梅黛》《西拿》等。
❸ 莫里哀（1622—1673），法国古典主义时期著名剧作家，是法国现实主义喜剧的首创者，主要剧作有《愤世嫉俗》《屈打成医》《吝啬鬼》《女学者》等。

雨果的作品。我们相聚在这里，漫步走到巴士底狱，然后回到住处，仔细体会卢梭和伏尔泰❶的精神，然后再写作，写作。我们写关于自由和专制的文字，以便帮助人们摧毁东方每一个地方的巴士底狱。或者，我们去卢浮宫，站在拉斐尔、达·芬奇和柯罗❷的绘画前留意欣赏，之后，我们返回住处，写作，写作。我们写关于爱和美的文章，写二者对人心的影响。我们这样安排，你说好吗？啊，我的兄弟，我感到饥饿难忍，迫切需要接近艰巨伟大的工作；我感到思念难耐，曲线向往那种壮丽不朽的话语。我觉得这种饥饿和思念是深藏在我心底里的那种巨大力量的结果。那是一种想以不能估计的速度宣布自己存在的巨大力量，只是因为时间尚未到来——因为生时就已死亡的那些人成了活人行进道路上的绊脚石。

我的健康情况，正如你所知，是一把握在不善弹奏者手中的吉他，使你听到的只能是不令人喜欢的乐曲。我的情感如同有潮有汐的大海。我的神魂如同鸢鸟，双翅已被折断，只有藏在树枝之间痛苦不堪，因为看到群鸟展翅翻飞，而它却不能与它们长空比翼；但是，它像鸟儿一样，喜欢夜的寂静，喜欢晨曦的来临，喜欢太阳的光芒，喜欢山谷的壮美。我时而绘画，时而写作；在绘画和写作之间，我就像一只小船，漂泊在深不知底的大海与蓝天之间；那蓝天便是离

---

❶ 伏尔泰（1694—1778），法国哲学家、史学家、文学家，毕生主要从事戏剧创作，先后写了五十多部剧本，其中大部分是悲剧。他的主要历史著作有《查理十二世》《路易十四时代》和《风俗论》。
❷ 柯罗（1796—1875），法国杰出的风景画家。其名作《纳尔尼大桥》是比较典型的风景范例，现存于巴黎卢浮宫。另有《意大利城堡》《圣安哲罗堡》《芒特的嫩叶》等作品。

奇的梦幻、崇高的意愿、伟大的希望和断断续续的思想。在这些梦幻、意愿、希望和思想当中有一种东西，人们将之称作绝望，而我却将之称作火狱。

我昨天寄给你一本小册子，名叫《草原新娘》，由三个短篇小说组成。第一篇名为《世代灰烬与永恒世界》，那是我们关于真实一半的谈话的结果。我是在它那美的灵魂用它那饰带边沿触摸我的情感和你的声音回荡在我的耳际中时，写成那篇故事的。第二篇名为《玛尔塔·芭妮娅》，那是一位烟花女子的痛苦所洒出的一滴燃烧着的眼泪。那女子在还未听到一男子心灵的呼唤声，而且她的灵魂也没有感受到遇到真正一半所激发起的天赐爱的冲动时，便依附了那个男子。第三篇名为《痴癫约翰》，讲的是一个上演在黑暗舞台上的令人悲伤的故事，那是一个鲜活的故事，记录了一个盲目屈服者的生平及害人的专制制度。我观察过，认为过去作家们与牧师的专制进行斗争和反对屈服所采用的手段本身就有害于那些作家们的原则，而有利于敌人。那些作家们把蔑视宗教传统作为打倒那些坚持传统的神父的办法，那是错误的。因为宗教情绪是人的一种自然情感，而通过宗教说教实行的专制制度则相反，根本不是一种自然情感。因此，我使约翰热爱耶稣，信从《圣经》，忠实地服从宗教教育。

……你沉湎于香烟和咖啡，使我对这两种东西更加喜欢。我本以为更加喜欢香烟和咖啡是不可能的事情，因为正像你所知道的那样，我的生活已离不开咖啡和香烟。我想起了一个小故事，非讲一下不可，因为它与咖啡和香烟关系密切，请听我讲。

昨天有位美国太太请我去吃晚饭。这位太太是位富有创意的诗人，也是一位心灵与容貌俱佳的美女。她有一种嗜好，就是使生活锦上添花。她的心神渴望得到一切美好有滋味的东西。我们坐下，同张桌上没有第三个人。我们边吃边聊，在一饱眼福和口福之余，免得剥夺耳福享受。我们吃过肉和菜，又吃甜点喝咖啡，之后我点上一支香烟。呷一口咖啡，抽一口烟，我的那位女友津津有味地注视着我，脸上挂着类似春天到来时田野泛着微微笑容。一支烟快燃尽时，又续上一支烟，并且再次将咖啡杯加满，因为周围的环境和我们之间的谈话使得香烟和咖啡有了一种神奇的味道。一阵无言的寂静过后，那位女诗人将目光转向天花板，然后平心静气地说："纪伯伦，你可知道这是我第一次想做男人吗？"我问："为什么？"她回答说："因为男人可以无忧无虑地享受生活，既可以登上享受的顶峰，也可以潜入享受的深渊，而不必顾及人们说些什么。我们女人则不同，我们总是相互监督着，总是尖锐地批判我们做的好事或坏事。"

我用征询的目光望着她，希望她再解释一下。她说："假若我现在是个男子，我也能和你一道享受吸烟的乐趣。因为这种土耳其型香烟的气味和点燃的方法勾起了心灵中的强烈馋欲。"我当即站起来，打开烟盒，放在她的面前，用一种意味深长的方法，暗示着许多东西，对她说："上帝创造了我们，本来就是让我们欢悦，尽情地按我们内心深处招待自己。来吧，我们一起抽支烟吧！我们把我们一生吞云吐雾的时光比作烟花岁月。"

我们那位女诗人拿起一支烟，夹在她那秀美白皙的指间，将烟点着，开始如饥似渴地抽起来，边吸边凝目注视着那袅袅上升的银线般的缕缕烟丝。一支烟尚未吸完，只见她的脸色已显微黄。片刻后,她用手腕撑着自己的头,双唇间含着微微笑意。我问她:"你怎么啦?"她异常平静地回答道:"我的头略觉沉重,但我心中充满具有东方色彩的美丽幻想。"

我们离开餐桌,到了书房。在书房,我坐在两个松软的靠枕之间,和她继续交谈。一个时辰过后,她伸出她那丝绸般光滑的纤指,按了按自己身边的一个电钮,一个女仆应声赶到。她对女仆说:"约瑟芬,给我们煮一壶浓咖啡来!"

女仆走去,不一会儿送来一壶热咖啡。女仆正要离去时,我们的女诗人喊住她,吩咐说:"如果有客人来访问我,你就说我不在。"之后,女诗人倒了两杯咖啡,微笑着说:"纪伯伦,请给我一支烟!"我说:"你刚开始抽烟,过多对你有害。"我回答了这样一句风趣十足的话:"生活中真正甜美的东西,都是穿过痛苦之路来到我们身边的。"

亲爱的,我们就是在香烟、咖啡、诗歌及类似东西中度过那个夜晚的。第二天,她写信对我说:"给我寄一份香烟礼物吧!"我立刻让她如愿以偿,作为回礼,她给我寄来了那首关于土耳其型香烟的长诗。

……时光已指在午夜后两点钟。酣睡在翕动着人们的灵魂,窗外大雪纷飞,整个城市已换上银装。纪伯伦仍然在与你窃窃私语。黑暗与白雪将亚当的子孙送回了自己的巢穴,寂静笼罩着世间万物的灵魂,我能听到的只有狂风的痛苦啸吟。啊,多么美丽的夜,夜赐予灵魂以理想翅膀,以便让灵魂翻飞,盘桓在乌云之上和乌云之后。

纪伯伦

1912年4月23日

贾米勒兄：

……

明月啊，你怎么样？你好吗？你在巴黎欣赏其壮美，走遍它的角角落落，探访它的秘密和优点，感到高兴吗？巴黎——巴黎——巴黎，那是艺术和思想的舞台，那是幻想和美梦的落脚之地。在巴黎，我获得了再生，我想在那里度过我的余生。但是，我希望我的尸骨葬在黎巴嫩。假若天命助我实现至今盘飞在我上空的部分梦想，我将返回巴黎，让我那饥饿的心饱餐一顿，让我那干渴的灵魂一番痛饮，我们一起共餐那里的高级面包，一道合饮那里的神奇琼浆。

我在纽约的生活就像被无形之手日夜转动着的车轮。我的工作多不胜数，我的梦想联翩新奇，我的欲望令人生畏，它时而带着我升上云天至高处，时而又将我抛至火狱的最低层。只有站在生活的最神圣之地的人们，才懂得幸福的完全意义和绝对不幸的深层内涵；也只有他们才能在生的杯盏中饮到死的苦酒和从死的杯盏中饮到生的甜酿；我便是他们当中的一员。

纪伯伦

致奈赫莱·纪伯伦

奈赫莱·纪伯伦是纪伯伦·哈利勒·纪伯伦的堂弟。二人也是在故乡贝什里时的童年伴侣。然而移民将二人分开了,纪伯伦迁往美国,而奈赫莱则移居巴西,在那里经商。不过,兄弟友情和对故乡土地的思恋将二人紧紧结合在一起。

1908 年 3 月 15 日

亲爱的奈赫莱兄弟:

我是多么想念你,多想把你抱在我的怀里。我在这时收到你的来信,一方面感到心中高兴,同时也觉得心中难过,因为它使我回想起梦幻一样闪过去的时光画面。那些日子一闪而过,留下来的只有随日光而来、伴黑夜而去的忧伤幻影。奈赫莱,那些日子是怎样过去的呢?布特鲁斯❶活在世上时的那些夜晚到哪儿去了呢?充满布特鲁斯的甜润歌喉和他那英俊容颜的时辰是怎样闪逝过去的呢?那些日日夜夜、时时刻刻就像花儿一样,当黎明从灰暗天空降临时,连续不

---

❶ 布特鲁斯,纪伯伦的同母异父哥哥,1903 年(一说 1902 年)3 月 12 日死于肺病,年仅 25 岁。

断地飞逝而去。你知道你深深铭记着那些时日，每想起它便激动不已。我从你这封信的字里行间里，看到了你的情感的影像，仿佛它来自巴西，以便将贝什里周围的山谷、废墟和小溪的回声传到我的心中。亲爱的，生命有些像一年的四季。

欢快的夏天过去，紧接着而来的便是悲凉的秋季；随悲凉秋季而来的便是愤怒的冬天；美丽的春天随着可怕的冬季的消失而显现。我们生命的第二个春天还会再来吗？到那时，我们与万木共欢同乐，与百花一道微笑，跟着小溪流水奔跑，和着鸟雀啼鸣歌唱，就像布特鲁斯活着时我们在贝什里那样玩耍嬉戏……这样的春天会到来吗？风暴还会回来，就像将我们分开那样，再将我们聚集在一起吗？我们能够回到故乡再一起坐在玛丽·赛尔基斯修道院旁，坐在奈巴特河边，坐在玛丽·吉尔吉斯山的巨岩之间吗？这些，我全不知道，但我觉得生命是一种债务与偿还；它今天借给我们，明天则要我们偿还；然后又借给我们，再要我们偿还，直到我们在借贷、归还中疲惫不堪，由苏醒变为因疲惫而转入睡眠。

奈赫莱，你知道，纪伯伦把自己的生命的大部分都用在了写作上，他发现给他最喜欢的人写信，有一种神奇的乐趣。奈赫莱，你知道纪伯伦小时候最喜欢奈赫莱，而在长大成人之后也未曾忘记过奈赫莱。童年所喜欢的东西，深深印在心中，直至老年都不会忘记，奈赫莱，在这一生中最美好的东西，便是我们的灵魂盘飞在我们曾经享受某种乐趣的地方上空。我就是对事情永远保持记忆的人之一，无论那些时期多么遥远，多么细微，也绝不会让它的幻影随雾霭而消逝，我对以往岁月的幻影记忆得那么清楚，也许因为我在某些时候的忧伤与苦闷过甚；但是，若容我自由选择，我绝不会用心中的悲伤去换取世界上的所有欢乐。

现在，请允许我为过去的容貌罩上一层面纱，容我把我的现在和未来告诉你。因为我知道你想了解你过去喜欢的那个少年的情况。请听好，我现在就给你讲纪伯伦故事中的一节：我是一个体弱者，而我的健康状况总是好好的，因为我不去想它，也没有时间顾及它的特点和情况。我喜欢喝咖啡，喜欢抽香烟。奈赫莱，假若你现在来了，进到这个房间，便会发现我被散发着希贾兹咖啡浓香的香烟云雾所遮罩。

奈赫莱，我喜欢工作，不让每一分钟空过。对于我来说，我的灵魂沉睡、我的思想懒惰的那些日子，则苦过西瓜汁，难过得如同身落狼口。我在写作和绘画中度过，我在这两种艺术中所体验到的快乐胜过一切。这柄滋养我的情感的火炬，想以墨水和纸作为衣裳，我不知道阿拉伯世界是否仍像近三年那样还是朋友，或者变成了可怕的敌人；我之所以这样说，是因为叙利亚人将我称为叛教徒，埃及的文学家们则批评我说："这是公正法则、家庭关系、古老传统的敌人。"奈赫莱，这些作家说的是真理，也是事实，因为我一番自问之后，发现我的灵魂厌恶人类为人类制定的法律，憎恨祖辈留给子孙们的陈旧传统。这种憎恶是我深爱神圣精神情感的果实，这种神圣精神情感理当成为大地上每一种法律的起点，因为它是人间的上帝的影子。我知道，我为我的作品所确定的原则，得到了世界上大多数居民的响应。因为对精神上独立的向往是我们生命的一部分，如同心脏在体躯中的地位……难道我的学说在阿拉伯世界没有丝毫分量，或者像树影一样隐翳消逝了吗?

纪伯伦能把人从骷髅和荆刺变成光明和真理吗?或者纪伯伦像许多来到这个世界上的人们一样,身后没有留下任何值得人们提及的东西,便回到永恒世界去?我不知道,但我觉得在我的脑回和内心深处有一种力量,它一直想迸发出来;如蒙天意,它定会与岁月一道冲将出来。

我有一个不乏重要性的消息,那就是我将于七月初赴巴黎加入绘画委员会,而且将在那里停留一整年,然后返回这个国家。这次远行必将充满艰辛、困苦、学习与探索,但它同时也是新生活的开端。

奈赫莱,当你们聚会时,当全家人坐在一张桌子上吃饭时,我希望你常提及我,并说有一位名叫纪伯伦的亲戚,他对家中的每位成员都怀着深情厚意。

我妹妹玛尔雅娜与我一道向你们所有人问安好。我已向她读过你的来信,她非常高兴。当读到某些段落时,她禁不住淌出激动的泪水。

祝你健康、永远做你兄弟喜欢的人!

纪伯伦

1909年12月14日　巴黎

亲爱的奈赫莱兄弟：

　　奈赫莱，敏感心灵会记住每一句话的意思、每一个高尚的工作和每一项美好的活动，直至生命的尽头。在这个世界上，最令敏感心灵感到痛苦的则是误会。

　　现在让我来向你谈谈你最感兴趣的事情。我的健康状况很好，我的工作正像我所理想的那样进行着。如蒙上帝默助，我将于来年春天在国家的展览馆里展出我的部分画作。奈赫莱，我已看到未来正在向着我微笑，我不应该像偶像一样面无表情，而应该用工作、学习和探索面对未来的微笑。

　　我的朋友艾敏·哈里尼先生将到巴黎来。如蒙天意，你将听到令你快慰的消息。因为我们将进行一项极好的工作，如果条件允许的话。艾敏·哈里尼是叙利亚少有的人才，面对伟大工作，他是不会退缩的。

纪伯伦

1910年3月7日　巴黎

亲爱的奈赫莱兄弟：

　　这些天来，我颇似被工作转动的轮子，想停都没有办法停下来。但是，你知道，没有工作的生活就像死亡一样。两个月以来，我一直在忙于准备送往即将在下周开幕的法兰西美术展览会的部分画作。

在我准备送展的作品中有一幅巨制，被我命名为《历代行列》；至于我在这幅画中倾注了多少心血，则只有上帝知道。因为这幅画所涉及的题目，需要进行大量研究，要花费许多时间苦心思考，还要有深层次的感悟。我真不知道自己把工作做好没有，只知道自己在那幅画中投入了上帝赋予我的一切和人的能力能够完成的一切。不久的将来，我会将结果告诉你。

奈赫莱，我们能在黎巴嫩见面吗？到那时，我们将分骑两匹宝马，去巴勒贝克废墟一游。我们将穿越阿绥，从那里前往霍姆斯，再去宽广的平原。我们在阿拉伯人中间过夜，听他们唱歌，让我们的胸中充满美妙的"迈瓦利亚"情歌❶。这是遥远的美梦——随夜幕垂降而至，复伴晨光而去的美梦——人们醒时将之视作幻梦，很快便在眼前消失，就像山谷中雾霭画面，顷刻消散，影迹不见。

纪伯伦

1910年5月7日　巴黎

亲爱的奈赫莱兄弟：

　　几天之前，法兰西全国美展开幕了。这画展的重要性，当然

---

❶ 迈瓦利亚，意为"主人公呀"，是叙利亚地区人民反复唱的一种民歌，因为每一句尾都要唱"主人公呀"，故人们把这种民歌称为"迈瓦利亚"情歌。

你是知道的,它是现代文明展,其地位相当于阿拉伯蒙昧时期的"欧卡兹集市"❶。奈赫莱,我真希望你能来巴黎,一览法兰西共和国的壮美外观,亲眼看一看用绘画和雕塑表现出来的艺术之美,颇似《一千零一夜》作者所谈及的奇珍异宝。在法兰西共和国建造的代表着它的国力和财富的宏伟建筑中,排列着当代最杰出的画家和雕塑家们的绘画与雕塑作品。在这些作品中,有一幅生长在可迪河谷梁上的黎巴嫩青年的画作。奈赫莱,我不曾梦想评判委员会将接受我的这幅作品,以便将之悬挂在艺术大师们的传世佳作旁边。但是,我却在夜以继日地工作、学习,以期获得为实现理想未来的这种精神积淀,继而将我的目光转向太阳。上述画作所表现的是"秋",画面中站着一个半裸女人。瑟瑟秋风戏动着她的秀发和面纱,她以她的站姿、色彩向四周环境诉说着来自夏日欢乐和冬季痛苦之间的忧伤。法国报纸以大量篇幅谈这个展览,而且有文章提及我的名字,文章末尾用了一些很有味道的形容词,以赞美的词句评说这幅画。评判委员会还给我发来一封信,信中有许多鼓励的话语;我将把这封信保存到生命的终点,以便使我记起在巴黎度过的勤苦岁月。

---

❶ "欧卡兹集市",阿拉伯蒙昧时期著名集市,位于今沙特阿拉伯境内塔伊夫东北约35公里处。每年11月(当地历法)前二十天为集日,届时阿拉伯半岛各地人都来此赶集。这里不仅限于经济贸易,还是文化交流中心,各部族的诗人、演说家会聚于此,争相吟诵自己的新作,炫耀自己,赞美本部落,同时攻击、讽刺敌对部落,并要求权威对他们的诗歌进行评判,选出佳作。欧卡兹集市在形成统一的标准阿拉伯文学语言方面起过很大作用。

我还有一个消息，其重要意义可与上述消息相提并论：法国一家大杂志已经向巴黎学院阿拉伯教授米沙勒·拜伊塔尔先生约稿，要他把《玛尔塔·芭妮娅》译成法文。这位教授已经译完，不几周之后，这篇小说将登载在那家杂志上，并附有我的生平简介。也许《玛尔塔·芭妮娅》将是第一篇译成法文的阿拉伯短篇小说。不过，我希望《沃尔黛·哈妮》也能译成法文，因为我更喜欢这篇东西，更倾向它的思想和情感。你在我已故母亲的衣箱里发现的那些东西，虽然本身没有多大价值，也没有什么贵重之物，但我打心眼里想得到它，因为那是我母亲的遗物，我理当敬重母亲留下的东西。因此，奈赫莱，我希望你把那些东西送给贝什里的穷苦人家。

上面提到的那些东西，应该归穷苦人所有，而不属于那些讨饭的乞丐。你可以把那些东西悄悄地送给故乡穷苦人，只要提一提我已故母亲的名字就行了。

纪伯伦

1910年9月27日　巴黎

亲爱的奈赫莱兄弟：

你还记得冬天大雪纷飞、寒风在住宅周围呼啸时，我们围在火炉旁聆听的那些有趣的故事吗？你还记得那个关于花木茂盛、风景秀美、果实香甜的花园的故事吗？你还记得那个故事的结尾，那些中了魔法的树木怎样变成了大人和小孩儿,天命又如何将他们带进花园里的吗?当然,你记得这一切,但你不知道纪伯伦就像那些中了魔法的青少年,身上缠着无形的锁链,受着看不见的东西制约着。

奈赫莱,我是一棵中了魔法的树,直到现在阿拉丁❶也没有从七海来为我解开桎梏,从我的身上将魔套解除,使我成为一个完全独立的自由人。两天前,我买了一张去往纽约的票,下月十四日我就将告别巴黎和这里的一切。现在,我正忙于安排我的工作。上帝知道我像轮子一样,日夜围绕着我的工作转个不停。苍天就是这样与我的生命做游戏,命运就像这样让我围着一个已知点转动,使我不能偏离它。

我今晨收到了你的来信,自打那时起,我一直在想呀想,但不知道该干什么。奈赫莱,你能用你的思想和情感给我以帮助吗?难道你不能朝我的内心深处看一看,以便看一下上帝置于那里的不幸和辛酸?我所要求你的,就是让你与我一道感受一下,相信我已经变成了现实条件的俘虏。奈赫莱,我并不抱怨我的命运,而且也不想用另一种情况替代我现在的处境。因为我已经选择了文学生活,完全知道这种生活面临的痛苦。

奈赫莱,只要你稍稍观察一下纪伯伦的生活,便会发现那是一种奋斗和挣扎,简直是由艰难和困苦组成的锁链,一环扣一环。我虽然这样说,但我坚强地忍耐着,而且为生活中充满艰难困苦感到高兴,因

---

❶ 阿拉丁,即《一千零一夜》中神灯的主人。

为我满怀希望克服它、战胜它；如果没有艰难困苦，也便没有奋斗与工作；倘若没有奋斗与工作，生活会变得冷酷、荒凉、寂寞和令人生厌。

纪伯伦

1911年6月17日　波士顿

亲爱的奈赫莱兄弟：

　　近些天来，因为我在一次文学聚会上发表了一次演说，阿拉伯世界天翻地覆，对我议论纷纷。我在演说中说，叙利亚人不应该依靠自己的国家，而应该依靠自己。因此，埃及、叙利亚的报纸对我进行了严厉、尖锐的批评。

　　奈赫莱，我说过这样的话，现在我要沉默了，人们愿意说我什么，就让他们说吧！我应该忠实地说真理，不管人们满意还是发怒。

纪伯伦

1918年9月26日　纽约

亲爱的奈赫莱兄弟：

　　上帝向你的美好灵魂和宽广心胸致安。今天早晨收到你6月21

日的来信。看来北美洲的监察部门很像南美洲的监察部门。那是不足为怪的，因为协约国认为应该检查每一封信，以便弄明黑白，知道是德国人还是非德国人。

东方运动中的志愿活动在这个国家里依然开展得热火朝天，叙利亚和黎巴嫩解放委员会在此间成立，很重视在派往叙利亚的志愿者问题上与法兰西政府合作。但是，叙利亚人至今还没有学会如何真切地显示热情。虽然在美国军队中有一万五千名叙利亚裔士兵，与我们发起志愿活动的种种原因相比，至今派往东方的人太少太少了。但是，不管叙利亚人能否尽自己的义务，前程已在向叙利亚微笑。在过去的一周里，我们国家挣脱奥斯曼统治和奥斯曼压迫的疑问已经消失了。

纪伯伦

致赛里姆·赛尔基斯

赛里姆·赛尔基斯,1869年生于贝鲁特;先就学于艾尼·泽哈莱塔学校,后入布特鲁斯·布斯塔尼❶先生创办的国民学校;自幼与其叔父哈利勒在《实况喉舌》报工作。

1892年,赛尔基斯赴法国,在那里与艾敏·伊尔斯兰等文学家、思想家共同办《揭面纱报》,后由巴黎迁往伦敦,在那里发行《回声报》;没过多久,即离开伦敦,于1894年赴亚历山大,在那里创办周刊《指导者》,因此被奥斯曼帝国缺席宣判死刑;随即迁往开罗,然后赴美国。他到哪里,就将报办到哪里。他最后在埃及创办的《赛尔基斯》杂志是他于1905年从美国带到埃及的。

赛尔基斯卒于1927年,留下大量著作,最有名者当属《稻米》《美国的团结之心》《角落隐秘》《纺织潮露》《1920年的鲁图福拉家族》等。

---

❶ 布特鲁斯·布斯塔尼(1898—1969),黎巴嫩作家,文学批评家,著有《阿拉伯文学家》《骑士诗人》等。

1912年10月6日❶ 纽约

亲爱的赛尔基斯先生：

现将精灵新娘默示的一篇故事寄给你，以表示对哈利勒·穆特朗❷先生的敬重之情。正如你所看到的，这篇故事与伟大的埃米尔的尊严及伟大诗人相比，显得太短；而在喜欢文辞言简意赅的作家和诗人看来，又嫌过长，尤其是在表彰性质的大会上。不过，这是新娘的默示，其中必有些许原因，那又有什么办法呢？

谨对您邀请我参加表彰一位伟大诗人的盛会表示衷心感谢。这位诗人将他的精神作为玉液琼浆全部注入了现代阿拉伯复兴杯盏之中，将他的心作为香焚烧在两国圣坛之前，从而使友好关系更加密切。

请接受我充满敬佩之意的问候。

纪伯伦

---

❶ 时值埃及大学为哈利勒·穆特朗举行表彰会，纪伯伦将该信作为《巴勒贝克诗人》贺词的"序"寄给《赛尔基斯》杂志。《巴勒贝克诗人》后收在纪伯伦的散文集《暴风集》里。——原注
❷ 哈利勒·穆特朗（1872—1949），黎巴嫩伟大诗人，侨居埃及，被称为"两国诗人"，其最著名的作品名为《哈利勒诗集》。——原注

致艾敏·穆什里格

诗人艾敏·穆什里格,1894 年生于朱拜勒省的艾尔祖兹,在乡间小学接受初等教育,后入的黎波里的美国学校。

1914 年,艾敏离开黎巴嫩赴美;在纽约结识纪伯伦及其文学界同事,后由纽约去厄瓜多尔经商。

1932 年,艾敏回到黎巴嫩成婚;之后返回定居地瓜亚基尔❶;1938 年死于车祸。

1982 年,朱拜勒省文化委员会将他的诗作和散文收集成册出版,作为对他的永久纪念。

1918 年 11 月 23 日　纽约

亲爱的艾敏兄弟:

上帝为你祝福。收到了你的亲切来信,感谢你那罕有的文学激情及你留心在你的朋伴和相识中间传播《行列之歌》❷一书。那是一种持久的力量,我也是以默示你在这方面发奋图强的那种情感领受

---

❶ 瓜亚基尔,厄瓜多尔最大的港口城市。
❷《行列之歌》系纪伯伦唯一一首长诗。

这种力量的；我的意思是说只有精神上的联系才会产生的那种情感。按照你的旨意，今天我给你寄去了五十本《行列之歌》和一本《疯子》❶，但愿你从这两本书中发现使你感到高兴和快乐的东西。我将这些书打成十八包邮寄，期望你能顺利收到。

当然，《艺术》停刊，我和那些与你同感遗憾的人一样感到惋惜。我已试图与部分朋友一道努力，帮助奈西卜·阿里达复活这本杂志，但没有成功，原因很多，其中最重要的是有关印刷、出版的材料价格昂贵，使该计划的投资者失去了信心。不过，我们仍然怀着希望，也许一世难办的事情一时便告办成。

请接受我的问候、祝福和友情。上帝保佑你平安。

忠实的

纪伯伦·哈利勒·纪伯伦

又及：

寄给你的书所写地址如下：

  Ms. Amine Muchrck（艾敏·穆什里格）

  Coayaquil（瓜亚基尔）

  Ecuador（厄瓜多尔）

---

❶《疯子》系纪伯伦的散文诗集。

1930年7月7日

亲爱的艾敏兄弟:

　　向你的美好慷慨精神问安致意。我在波士顿城收到了你寄来的礼物,当着一些好友的面打开外封皮,取出礼物,一种奇异美妙的情景令在场者惊喜不已,更使他们发笑的是那王冠的拙朴,如同美术博物馆的藏品。你干得好啊!我知道你是怎样地使我感到自豪,让我高昂着头,几乎摩云接天……我感到豪迈无比。我仅仅看一看这件古董,便觉得白日的温度已开始下降至连神仙都会感到舒适的程度,于是我的心灵随即歌唱起来,感赞上帝。

　　只要我还活着,我一直将你的恩情顶在我的头上。愿上帝让你永做我亲爱的兄弟。

纪伯伦

致特里斯·哈纳·塔希尔

1924 年 2 月 12 日　纽约

亲爱的朋友：

谨向你的美好灵魂致敬。今天我见到了美国的茂顿太太，她将那封甘美的来信交给了我，之后她又絮絮叨叨地讲你对她和阿卜杜·巴哈·阿巴斯❶的两个女儿所表现出的慷慨品格及种种善举。听到这位贵夫人的絮语，我感到非常高兴。接着，我向她提出一千零一个问题，详细询问你和你的家庭情况，还问到故乡贝什里。她的回答使我心中充满对你们及故乡的想念之情。

近来我收到许多访问过黎巴嫩北方的美国人写给我的信。他们每个人都说了关于我们祖国及其人民的许多好话。他们当中的一部分十分希望黎巴嫩人，尤其是黎巴嫩北方人为旅游者提供更多舒适的条件。若把他们的这种想法告诉我们的乡亲，乡亲们定会留心。这不但能给他人提供方便，也将给他们自己带来好处。

请多多把你的情况告诉我，也希望把你的乡亲和我的乡亲的情

---

❶ 阿卜杜·巴哈·阿巴斯，系巴比伦派（起源于伊朗）创始人巴哈之子。他访问过美国，在那里纪伯伦与之相识，并给他画像。

况告诉我。请不要忘记以我的名义向你的双亲问安。求上帝保佑你平安。

忠实的

纪伯伦·哈利勒·纪伯伦

致菲里克斯·法里斯

菲里克斯·法里斯，1882年生于黎巴嫩山脉迈特尼省赛里马，在拜阿白达小学接受初等教育，毕业于1898年，跟其法裔母亲学习法语。

1909年法里斯创建《统一语言报》。两年之后停办，他便去阿勒颇教授法语。他在阿勒颇一直逗留到第一次世界大战结束。

1921年，奥鲁将军派他去美国的黎巴嫩、叙利亚侨民中间自治县执行一项特殊任务。在此行期间，他与侨民文学家和诗人的关系得到加强。

他回黎巴嫩之后，开始了律师生涯。逝世于1939年。

菲里克斯·法里斯以善演说而著称，是一位出色的演说家，同时也以文学创作为职业，致力于民族的复兴与觉醒。他的主要著作有《阿拉伯东方讲坛的使命》《与叙利亚妇女私语》；小说《纯真的爱情》《爱慕与狂恋》；剧本《桎梏》《雅典革命》；学术著作《德国近二十五年来的进步》；诗集《吉他》（未曾出版）等。

他最著名的译作是《琐罗亚斯德对德国哲学家尼采[1]如是说》、法国杰出诗人缪塞的《世纪儿的忏悔》[2]。

---

[1] 尼采（1844—1900），十九世纪德国哲学家，现代极具影响力的思想家之一。在德国，尼采是一位出类拔萃的散文作家，其诗作也颇有影响。

[2]《世纪儿的忏悔》是一部以作者缪塞（1810—1857）与乔治·桑的恋爱故事为中心内容的自传体小说。作者指出拿破仑帝国的崩溃和对拿破仑英雄主义的幻灭，是主人公阿克达夫的"世纪病"产生的社会根源，借此表达了对复辟王朝的不满。

菲里克斯·法里斯致纪伯伦

菲里克斯·法里斯写信给纪伯伦,信中说:

……纪伯伦,我看你的病比我的病还要重,来吧,我们到体躯的故乡去问候它一番吧!体躯热恋故乡的土,就像灵魂当痛苦风暴刮起之时对自身精髓的向往。

兄弟,来吧,让我们抛开那些垂头丧气的人,把身心健全的人带到安静的地方去吧!我的心灵中充满对你的思念之情;这种思念类似于思念把我自己的心放置的那个地方。站在贝鲁特港,我的双目仰望着我的雪杉乐园及我的祖国田园。纪伯伦,站在你的身边,我的心灵遥望祖国大地上的永恒雪杉,仿佛祖国居于宇宙的真正边沿。来吧,让我们争取爱国者,医治两种疾病吧!这种使你疲惫不堪多年的文明已经远离我数月。来吧,让我们把由此而产生的痛苦放在雪杉和雪松树荫中;到那时,我们将最贴近大地,最接近苍天。

……我的双眼思观大地沃土及隐秘世界在其中的显灵。纪伯伦,请相信,自打你我家乡东方大地的壮景消失在我的视野之内那一刻起,我再也没有看见过一朵鲜花,没有嗅到过任何芬芳气味,没有听见过鸤鸟鸣叫一声,没有沐浴过一丝惠风。

来吧,让我们唤醒沉静的痛苦!来吧,让你那晴朗的天空听一听你那饱饮忠诚的歌声,让你的画笔画出现在你心中的幻想印象。

菲里克斯·法里斯

纪伯伦致菲里克斯·法里斯（1930 年）

亲爱的菲里克斯：

……某暴君同时向我们射出一支箭，射伤了你的一个翅膀和我的一个翅膀，这是不足为奇的。兄弟，这没有什么关系。痛苦本是一只无形的手，它可以打碎桃的外壳，使核仁开始生长发育。我仍然是专科医生手下的人质，他们不停地为我称量，直至我的躯体背弃他们，或者我的灵魂抛弃我肉体而去。这种背弃也许以顺服的形式而来，或顺服以背弃的形式而去。不过，不管我背弃与否，我一定要返回黎巴嫩，一定吸收这种靠轮子行走的文明，一定要拥抱那种关于阳光的文明。但我认为，我不应该离开这个国家，直至借之斩断捆在我身上的绳索和铁链；君必知，那绳索和铁链是何其多啊！

我想去黎巴嫩，意愿不移。

纪伯伦

致艾德蒙·沃赫拜

艾德蒙·沃赫拜二十世纪初生于阿里亚县的赛勒法亚。

1925年,艾德蒙·沃赫拜访问纽约期间,在晚宴上与纪伯伦相识。

他在法国驻东方代表团工作,之后担任法国公使翻译。自1940年至1965年逝世前,他一直在法国驻黎巴嫩新闻处任职。

他发表过许多政治、社会方面的著作。

1919年3月12日❶ 纽约

亲爱的文学家兄弟阁下:

你好,我收到了你的来信。信中洋溢着你的文学天赋、灵魂美和你对艺术及艺术之子们的热情,这使我感到非常高兴。我真希望自己不愧你的信中对我的称赞,但我期望有一天实现你对我的美好祝愿。

我怀着敬佩的心情读了你选定并译成法文的《十字架上的耶

---

❶ 艾德蒙·沃赫拜将纪伯伦的《十字架上的耶稣》由阿拉伯文译成法文,发表在《拉西里日报》上,随寄给纪伯伦一份报纸,并附短信一封。这是纪伯伦的回信。

稣》❶，不过，你所谈到的黎巴嫩、叙利亚青年一代的心理状态及他们热衷于外国语的倾向，不免使我感到遗憾。正是这一点激起了你的爱国热情，于是将用祖辈语言写给青年一代的小品译成外文。

你对笔会❷及其成员所取得的成果所表现出来的热情，表明你倾向于革新、进步和发展的决心和愿望。在此，我谨代表笔会的兄弟同仁们向你表示衷心的感谢。

请接受我的敬意与友好之情，上帝保佑你。

忠诚的
纪伯伦·哈利勒·纪伯伦

又及：
劳驾代我向优秀的文学家菲里克斯·法里斯兄弟问好致意。

---

❶《十字架上的耶稣》系纪伯伦用阿拉伯文写成的一篇散文诗，收入《暴风集》。
❷ 笔会系阿拉伯叙美派文学家于1920年4月28日在美国成立的文学团体，纪伯伦被推举为主席，成员有努埃曼等十人。它的宗旨是努力使阿拉伯文学摆脱僵化状态和传统窠臼，革新其内容和形式，联合阿拉伯海外侨民作家，推动和发展阿拉伯文学事业。该会成员作品不断问世，很快蜚声阿拉伯世界，对现代阿拉伯文学产生了巨大的影响。1931年纪伯伦去世，1932年努埃曼回黎巴嫩定居，笔会名存实亡，遂告解体。

约1925年

亲爱的兄弟：

向你的美好心灵致意。我今天收到了你的有滋有味的上乘礼物。我真不知道该用什么词语感谢你对我的关心和重视。

那礼物何其多啊！它令我们赏心悦目，但不超越我们的目光。那礼物又是多么少啊！它却触摸和弥漫了我们的心，因为它是充满思慧与欢乐的巨大之心的外在表征。

你的善举令我感动得无以复加。我衷心为你祝福。若有机缘，我真想向你倾吐我的所有感触。

但求上帝让你的两掌中充满生活的甘甜和馨香。愿上帝保佑你。

纪伯伦·哈利勒·纪伯伦

致约·保罗太太

1927 年 4 月 23 日

亲爱的国家之女:

你好,向你致意问安。收到你的第二封信,我感到非常高兴。我在从加扎去波士顿又返回纽约期间丢失了你的第一封信。你的地址记在了一张纸上,真是难以找到——这房间里的纸实在太多了——求你原谅、宽恕我。

你知道,来自我们祖国的每一个人都会把我带回那座高山和那片神圣谷地。你和你的亲戚及每一个逃避到你那里的人都是好人……一年四季中的每一个季节,我都要放下我的所有工作,到波士顿去,因为我愿意走近那些和我在同一地出生,又像我一样背井离乡的人们。他们今天也像我一样仍然忠诚于那块美丽遥远的土地。

我希望你首先转达我对你那尊贵丈夫和你那大小孩子们的最美好的祝愿,并求你以我的名义向你的亲兄弟姐妹及亲人们问安致意。正如你所知,他们也是我的亲人,因为他们的血管里和我的血管里流着同样的血。

上帝保佑你,并为你的祖国之子保卫着你。

忠诚的

纪伯伦·哈利勒·纪伯伦

致玛丽·盖赫沃基

玛丽·盖赫沃基是黎巴嫩侨民,曾住纪伯伦的家旁边。据说二人曾经相爱,还有人说,纪伯伦所画《先知》造像便得启于玛丽的面容。

1929年×月×日

亲爱的女友:

衷心感谢你对我的健康的关心。我不会忘记这种充满温柔的亲切的情感。

我的身体已恢复正常,再也不用去费心考虑它,回到了工作之中,重新尝到工作带来的甘甜、痛苦、热情和思恋。

但是,还有一些与健康或工作不相干的事情,它牵涉我的梦想境界,使我从心灵上远离躯体,同样也令我远离我的书和书稿。朋友,我已经发现梦境是这个世界上最好的东西。在那种境界中,人能够从容不迫地崇拜自己的主,能够平心静气地去爱主的美德。

朋友,可是你却把我想象成"杰出先生"。在我的名字前后加上众所盼的种种金色称号。不过,假若你稍稍思考一下,便会发现我只不过是个心神普通的常人,有时候简直不知道其为何人或他在哪里。

你何不把你的情况告诉我呢？你的身体好吗？你在那风言风语流行的波士顿城中心里平静吗？当我被囚禁在波士顿时，我在那漆黑的监牢中只能听到心为之滴血、神为之战栗的鸡毛蒜皮小事、笑话、仇恨、嫉妒和花言巧语之类的宣传。多么奇怪呀！那些人只发现了一间囚室，以便表达他们的内心所有情感。上帝宽恕他们。

我求苍天永远保佑、护卫你。

忠诚的

纪伯伦·哈利勒·纪伯伦

致一位朋友

1908年×月×日 ❶

　　人类之心所热望期盼的一切，都会如愿以偿。难道你不记得有一次我曾这样对你说过吗？我说我将去巴黎，在那充满伟人气息的天空下度过生命的一段时间，那些伟大人物用他们的灵魂之美使生活变得丰美。看呀，我的梦想已经化为现实，你还未收到这封信，我就要准备远赴艺术世界之都、自由摇篮、诗歌思想和想象力的舞台了。我将在那里留住一年半时间，然后去意大利，游览最重要的古迹、博物馆，用那里的高山、峡谷、蓝天之美填饱我的饥饿心灵。在巴黎，我将同时从事绘画和写作，用我的灵魂中的所有耳朵聆听那座都城的乐曲，用我的心神里的所有眼睛静观社会的影像。

　　我的兄弟，生活乃是泪与笑。如今，垂泪的时光已经逝去，微笑的时刻已经绽现，就像星斗出现在乌云之后。我之所以这样说，是因为巴黎之行对我来说是新生活的开始，这新生活中充满伟大工作、可爱梦想、神奇音乐。因为我觉得在巴黎有一种看不见的力量，能让种子开出鲜花，使苗木长成大树。

---

❶ 这个年份仅仅根据纪伯伦在该信开头的一句话推定："……你还未收到这封信，我就要准备远赴艺术世界之都……"——原注

书信集　057

……

我认为人类联盟的败落产生自男人与其另一半相会和女人留在其另一半那里。我相信不道德婚姻之果在多数地方是腐败的,因此罪犯、不幸者、悲惨者和无声无息者,他们都是存在于已婚者当中的精神胆怯之辈。我在《叛逆的灵魂》❶中阐述了这些原则或其中一部分。埃及、叙利亚和美国的人们说,这是腐败说教,必将导致家庭解体。破坏建立在不幸、可恶和倒霉阴影下的家庭,正是我的理想和意愿。兄弟,假若我能够捣毁所有建立在虚伪、欺骗、谎言基础上的家庭,我是一分钟也不会迟疑的,即使是面临约翰❷的嘲弄、彼拉多❸的审判和被钉在髑髅地❹十字架上的痛苦。你仔细思考片刻,回忆一下过去你所认识的男女已婚者的影像,你可曾发现有谁敢于站在太阳面前说:"我现在与真正的另一半生活在一起,我和他一道外出,就像源自上帝胸中的一柄火炬。"欧洲的社会学者如今试图发现一条增加生育之路,根本不管生之核心出自什么地方;孩子究竟来自爱情光明或厌恶黑暗,他们全不在乎;他们所关心的只是有孩子出生就好。在我看来,这是十足的愚昧。因为由一百万个美好向上心灵组成的母亲要优于由一亿个木乃伊式的呆钝心灵组成的母亲。现

---

❶《叛逆的灵魂》系纪伯伦的一部短篇小说集,其中包括《沃尔黛·哈妮》《坟墓呐喊》《新婚之床》和《叛教徒海里勒》等四部短篇小说。
❷ 约翰,《圣经》中的人物,即为耶稣洗礼的那位约翰。他曾因指责希律王淫乱而被关进监狱。希律王见他在群众中威望很高,不敢杀他。
❸ 彼拉多,罗马人,公元1世纪罗马帝国委任为驻犹太等地总督。他审问耶稣时,原想释放无罪的耶稣,后却同意犹太公会的要求,把耶稣钉死在十字架上。
❹ 髑髅地,耶稣受极刑之地。

在已是夜深人静。我求你替纪伯伦做件小事，当你晚上离开你的生意办公室回到家里，和你的夫人一起坐在晚餐桌旁时，我希望你对她说这样几句话，就说亲爱的，我们有一位居住海外的朋友，他非常热爱我们，因为我们是好朋友，这位朋友求上天让我们今天、明天、后天、一直到永远，都像我们现在这样展翅飞翔在由天光构成的地球两侧。他希望展现在我们面前的未来就像春天美丽的田野一样。他还期盼那么一天见到我们，看到我们的孩子像河边的幼苗一样成长在我们身边。至于这位生活在远离他的真正另一半的朋友的大名，他叫：……

纪伯伦·哈利勒·纪伯伦

致艾敏·雷哈尼

艾敏·雷哈尼，1876年生于黎巴嫩的法里凯。在"冬青槲下"小学接受读写规则的教育。十二岁时去纽约，在那里经商。一时间，表演意识深深吸引过他，但他后来还是放弃了表演，潜心于写作。

1898年回到黎巴嫩，在家乡的小学里教授英文，之后再次赴美，在那里遇到了纪伯伦。

1922年起，他再次回到黎巴嫩，并开始周游阿拉伯各国，遍访各国国王和艾米尔们，足迹遍及阿拉伯半岛、埃及、伊拉克、北非等地，考察、了解当地人民的生活环境、风俗、历史变迁等情况，用英文和阿拉伯文写下大量内容充实的旅游札记。这些作品文笔诙谐，语言幽默，描绘生动，情趣盎然，既有当地民间的神话传说、遗风流俗和生活现状的实录，又穿插着历史根源、教训殷鉴，以及必须进行社会改革的议论。故事性与文学性相辅相成，构成了他的游记文学的特点。

雷哈尼是位多产作家，一生写了五十多部作品，其中不少作品已被译成十多种外文。他的主要著作有散文集《山谷的呼唤》，游记散文集《阿拉伯诸君王》《内志近代史》《伊拉克心脏》《马格里布》《费萨尔一世》《雷哈尼书信集》《纪念纪伯伦》，小说《骡夫的忠诚》《哈立德》等，还有英文作品《阿拉伯海岸》《也门国》《苏菲派信徒的颂歌》《关于〈一千零一夜〉的研究》《麦阿里哲理诗——鲁祖米亚特》，诗集《梦幻之路》等。

1910年8月23日　巴黎

亲爱的艾敏：

纽约不是，也不会变成诗人和梦幻家的故乡。但是，我相信你那博大的心灵会在杂乱无章的树枝间为它编织一个舒适的巢寓。明天，你的痛苦离你而去，逃遁到过去的深渊之中，你的力量将从蔚蓝色的薄暮后回到你的体躯。你将吃得香，睡得甜，纽约的一切争执与斗争都将化为梦想和愿望的舞台。艾敏，忍耐一下，忍耐到神使你挣脱痛苦，你便会发现纽约比你现在看到的样子要好。

医生把痊愈许诺给你，医生的许诺多么美，又多么庄重！就让上天给我做证，我将送给医生一珍贵礼物，如若他能实现自己的诺言。但期他能做到！

自打我从兰德拉回来，一直沉醉在线条和色彩之间，就像一只摆脱了笼子的鸟儿，展翅翻飞在田野与山谷之间。我如今做的功课要比我在巴黎做的一切都好。现在，我的无形的手正在将我的心灵之镜的尘土抹去，正将我的眼罩撕开，让我看到图画和幻影更加清晰，而且更加灿烂，更加美丽。

艾敏，艺术是一位伟大神灵，我们无法触摸到他的衣角，除非通过用经火净洁了的手指；你也不能看到他的真面目，除非透过用泪水浸透了的眼帘。

过不了几周，我就要离开巴黎。当我看到你健康已经得到恢复，健壮得就像挺立在阿施塔特庙前的圣树和流淌歌唱在卡迪沙山谷中的小溪一样时，我该是多么高兴！

亲爱的朋友,再见吧!愿上帝将你留给你的兄弟。

纪伯伦·哈利勒·纪伯伦

1910年10月17日 巴黎

亲爱的艾敏:

下星期六,即这个吉庆月份的22日,我就要离开巴黎,乘坐荷兰艾玛康林公司的"纽约斯特达姆"号轮船去纽约了。

我现在还不知道会在纽约海关遇到什么困难,但我希望随身携带的我的画作和书籍不用交纳关税便可顺利入关。不过,你若有时间,请你去问问此事,问问得交多少钱。我知道诗人是不想也不能够从高天光环中降到世间这阻止他的思想渠道、使他远离自己的幻想新娘的繁杂事务里来的。可是,艾敏,我该怎么办呢?在纽约,除了你我又没有"什么"朋友。

直到现在,你还没有告诉我你的肩怎么样了。医生已经为你调治好了吗?医生不是已经许诺过,难道你不记得了吗?我衷心希望你对病保持沉默,证明病已经远去。

昨天,我在卢浮宫,站在伟大的米开朗琪罗手刻的雕像前,想起了你,谈到了你,因为雕像上有许多东西很像你的部分特点和性格。当我们见面时,我将让你看看雕像的图片,你将看到你的影像出现在你的面前。

我是多么想念你，多么期望看见你健康幸福，亲爱的兄弟！

纪伯伦·哈利勒·纪伯伦

1910 年 11 月 11 日　波士顿

艾敏兄：

这些日子里，我就像一条被狂风撕裂了风帆的船，巨浪撞碎了船舵，而船在巨浪的愤怒与狂风的暴虐之间漂泊不定，时前时后，时左时右。因此，在今天之前，我没有给你写信。

直到现在，我还没找到让我的头靠一靠的地方，仍然处身于这些死人当中。那些死人时而抬头向星空，然后又回来睡在他们的黑暗的坟墓里。那是一些活着但不成长的尸体，那是动而不行走的尸体，那是张着口但并不说话的尸体。

我不时地想到你。每当我遇到洁净的值得听到你的名字的耳朵，我总是谈起你。当岁月把你我聚集在一个城市，你我同站在太阳下，我们向世界展示上帝寄存在我们灵魂里的东西时，我该是多么幸福！但愿岁月将那个理想化为现实。

兄弟，你有时间写信时，请给我写封信。当你尝试在《艾特兰蒂克·曼斯里》杂志上发表时，请告诉我一声，因为我想向波士顿的一些诗人们朗诵你的诗。

请向我们的姐妹玛丽❶转达我的问候。千万不要忘记你的兄弟和你的好友。

纪伯伦·哈利勒·纪伯伦

1911年4月5日

艾敏兄：

在已经过去的这漫长的日子里，我一直试图让我周围的一切服从伟大的美术。如今，面对着日日夜夜，我在黄昏末与夜初之间，简直就像一个颤颤巍巍的老翁似的。

兄弟，你可记得我曾告诉过你关于当代一些伟大人物的一组画吗？现在，我很重视为美国的一些大人物画像。不久前，我为哈佛大学校长艾略特画了像。现在，我想为你在昆凯德马斯的老朋友弗朗克·桑柏林画一幅肖像，你能给他写一封信，把我介绍给他，让我带着你的信去见他吗？

我只求桑柏林先生给我半小时的时间。在这半小时里，我会给他讲些老年人感兴趣的东方故事，哄他开心。你何时来波士顿到我这里玩玩呢？来吧，艾敏，这座城市很美，让我们在茂林和甘泉之间共享春时吧！

你的兄弟和好友向你问好
纪伯伦·哈利勒·纪伯伦

---

❶ 很可能是玛丽·伊萨·胡里。——原注

星期五晚 ❶

艾敏兄弟与伙伴:

我的识艺之兄弟,知上帝法则之伙伴!

自打我来到这座城市,我在相识与朋友之间就像居于藏神宿鬼的神奇魔怪山洞里的亚当一样,思维敏捷,夜末日初之时便躲藏起来。这种生活对于我来说并不觉得有滋味,虽然它不乏精神之美。

艾敏,我很想念你,你想念我吗?我凝视那双碧眼❷时便想到你;你看见那双蓝眼睛❸时便想到我?下周初我回到纽约时,我有很多问题要问你。

我不向你祝贺新年,而要在新年向你祝贺。我不期望你像常人互相期望的那样,而是期望人们拥有你所拥有的一部分。你因你而富有,我也因你而富有。上帝祝你长寿。

你的兄弟

纪伯伦·哈利勒·纪伯伦

---

❶ 很可能是 1911 年 1 月。——原注
❷ 此处也许指的是玛丽·哈斯凯勒的眼睛。——原注
❸ 也许此处指的是雷哈尼的女朋友莎鲁勒·泰勒的眼睛。——原注

1912年6月 星期一晚

艾敏兄:

在你乘船前往日出之地前,我本想与你吻别。我简直想陪同你到那个地方去,因为我爱那里的巨岩和山谷,讨厌那里的神父和统治者。但是,梦中的画面顿时被苏醒抹去,愿望所展示的美景很快被无能所淹没。

你明天就要奔赴世界上最美丽、最神圣的国度了,而我却仍然留在这遥远的流放地;你是多么幸福,我又是多么不幸啊!不过,你若在西尼奈山前、比布鲁斯❶附近和法里凯谷地时提起我,定会减轻我在流放地所遭受的折磨,减少我侨居异国和远离家乡的痛苦。

也许在叙利亚没有与我的事情有关的人,但却有少数人的事情与我有关。他们便是那些想得多、说得多、常有感触的人。我谨向这些人致以我的问候之意。至于那些吹得像鼓、噪若蛙鸣的人,我则没有任何东西捎给他们,甚至一丝蔑视。

兄弟,千万不要忘记镶金边的白色斗篷;不要问其价钱,那是叙利亚最有吸引力、最好、最美、最高尚、最灿烂、最辉煌的宝贝。

你首先要成为健壮的人。如有可能,就请把第二部《永恒书》❷

---

❶ 比布鲁斯,即朱拜勒,是黎巴嫩沿海的历史名城。
❷ 雷哈尼的一部名作为《永恒书》。——原注

带给我们。请记住,来年的冬天我将在纽约度过。上帝保佑你。

你的兄弟

纪伯伦·哈利勒·纪伯伦

又及:

这时,一位客人来访,他就是我们的朋友米莎勒·马鲁夫❶先生。他要我向你转达他对你的问候和致意。

约1917年❷

艾敏兄:

你好!这里的情况混乱不堪,日甚一日❸。我的耐心已届深渊边缘。我在这样一群人中间,我不明白他们的语言,他们也不明白我的语言。

艾敏·萨里拜已经试图将费城委员会并入他的委员会,也许会取

---

❶ 米莎勒·马鲁夫,黎巴嫩侨民,系1911年成立的包括纪伯伦在内的金环协会会员。——原注

❷ 估计这封信写于1916年。因为1917年雷哈尼正在病中,前往纽约疗养。——原注

❸ 此处指的是在美国成立的目的在于救助第一次世界大战难民的"叙利亚和黎巴嫩难民救助委员会"的情况。该委员会的成员有纪伯伦、雷哈尼及信中提及的那些名字。——原注

得成功！尼阿迈·塔德鲁斯不来访问这个办公室，也不进行联系！奈吉布·舍厄里正式提交了辞呈，而我却用我所掌握的证据试图让他满意。

纳吉布·凯斯巴尼很投入，但不知道该干什么。

杜德基先生回答说他要到旷野去，要我们去见苏库特先生。

本城的执政官无法允许我们拥有徽章标记。

如今，所有叙利亚人都比昨天有着更强烈的愿望，领袖们的领袖欲有增无减，多嘴多舌的人更加喋喋不休。所有这些都使我厌恶了生活。艾敏，若不是那充满我的心的饥民呐喊声，我一分钟都不愿意留在这个办公室，简直在这座城市里一小时也待不下去。

我们明天晚上要开会，我们将向委员会提出付些钱给美洲委员会的问题。

凭上帝起誓，艾敏，最好与饥民共饥饿，与难民同受难。现在，如果要我在死于黎巴嫩与生活在这些人当中进行选择的话，我一定选择死。

艾敏，请你好好享受谷地的碧绿，之后兴高采烈地回来，上帝保佑你，为你的兄弟保你平安。

纪伯伦·哈利勒·纪伯伦

致保罗·凯福利牧师

保罗·凯福利牧师原是扎赫勒"东方"学校校长,以坚持反对奥斯曼人的斗争而闻名。曾发行《导师报》,被认为是舍卜里·舒迈勒❶式的自然主义思想家。1920年脱去自己的牧师外衣。有多篇文章和通讯在黎巴嫩报纸和侨民报刊上发表。

1912年1月19日　纽约

尊敬的德高望重的改革家保罗·凯福利牧师先生:

我回到本城,即看到了您的惠书。

关于您,我所知道的和我所听到的,都使我欣喜不已。我多么希望自己配得到您的信中的那些赞扬,但我的心灵却把那些自己不配得到的赞扬化作其所需要的鞭策和鼓励。

上帝知道,我曾多次想写信给您,尤其是时光将您作为英雄树立在地位卑微者和那些处于愚昧、盲目状态中的被压迫中间时。但我

---

❶ 舍卜里·舒迈勒(1853—1917),黎巴嫩医生、新闻记者、哲学家、社会学家,受教于贝鲁特,生活在埃及,曾于1886—1891年创办《康复》杂志。他是阿拉伯世界进化论的先驱,以阐释达尔文进化论而闻名,又以批评社会不平而闻名。其重要著作有《演变与发展哲学》《文集》《达尔文论阐释》等。

没有写信给您，只因我知道您不需要外界因素去张扬您付出的巨大努力和您所进行的光荣斗争。

苍天已将您置于困难境界之中，那里缺少知识、正义与自由。这正是苍天对高尚灵魂的最好考验，因为高尚灵魂本是奉献自身诞生的，以让苍天将之派到坚持虚妄的民众当中去，向他们揭示真理；让苍天将之留在一个蒙灰的国度里，以便在那里点燃上帝的火炬。

有谚语说："不言真理，乃是哑鬼。"奇怪的是，在叙利亚有一个阶层的人将此谚语加以歪曲，改成"总言真理，乃长舌鬼"。你们已与你们的鲜活实体协调一致，人们的种种说道与猜测于你们何妨呢？莫非美德本身不就是美德的报偿吗？

至于我对叙利亚社会改革的意见，则与大多数忠于自己祖国的志士仁人的部分主要见解相吻合，所不同的只是关于一个民族要真正实现不断进步须走什么样的路而已。过去，我只认为叙利亚是一个被压迫的民族；而今天，我则认为她是个病夫——患了两种慢性病的病夫，其一是因循守旧病，其二是传统习惯病。我曾久久思考用什么药来医治这两种病，认为最好的药莫过于刮一场思想飓风，摧毁其枯枝，卷走其腐叶，让国中只留下能够耕种土地的强手和热爱真理与公正的纯洁思想。以前，我只认为绵软的话语和充满爱意的思想会唤醒呆钝的灵魂，愈合伤口，除去令人讨厌的面疤；今天呢，我则认为我们无力唤醒灵魂，也不能愈合伤口，除非借助于烈火，将疾病烧掉，令其不为新病所取代，彻底根除疾病，使之不再转化成另一种疾病。如今，东方缺乏一种绝对的新生力量，它既不怜悯消极怠慢者，也不同情暮气沉沉之辈，更不宽容那些只拿言词教训他人，而自己却不从中受到教育的人们。东方人，尤其是叙利亚人，他们对宗教头领和思想领袖十分宽容，从不违抗明知人们穷，但却总是忙于聚敛钱财的大主教；他们从不唾弃大写特写美德，而自己却净干缺德事的新闻记者；他们从不罢免对法律阳奉阴违的审判官。先生，东方人今天需要坚持改革原则的激进人士，因为温和害多利少——社会事务上的温和是一种消极情感，类似于使徒保罗谈及的温水。

先生，有句话我曾对我的欧美朋友说过许多遍，现在请允许我向你们再说一遍：你们所从事的光荣工作，你们向青年灵魂中灌输的正确原则及使你们单独站立在拿撒勒人耶稣威严面前的伟大勇气，必将使你们对我们今天历史的记忆成为锁链上的一个金环，而且将你们的名字记录在上帝的隐形之手写的真理与义务一书上。烈士时代尚未过去，谁牺牲得慢，谁的功劳就大。

谢谢你们赠给我的有益的自由报纸，请以我的名义向与你们一道服务于国家的文学家们致敬。

上帝使你为你们的忠实爱者长在久留。

纪伯伦·哈利勒·纪伯伦

致艾斯阿德·鲁斯图姆

艾斯阿德·鲁斯图姆，1878年生于巴勒贝克。先后受教于舒维尔、扎赫勒、西市小学和赛达高级小学，后在贝鲁特接受高等教育。

赴纽约经营波斯地毯生意获得成功。生意并未影响他与报界和文学界朋友交往，也未能阻止他写诗。他的诗作柔婉隽秀，独步诗林。

1958年回到黎巴嫩，1969年逝世。有《艾斯阿德·鲁斯图姆诗集》和《鲁斯图姆亚特》传世。

亲爱的艾斯阿德兄弟：

你好！

你离开许久，驾诗翼而归，的确是一件使我们感到高兴和值得庆祝的事。昨天我对你口头说过，今天我再写信对你说，你的抗议是一种犯罪，也是一种对安拉教律的叛逆。我昨天读了你那首丑美长诗，为你的作品感到由衷高兴。你在一行诗中提及我的名字，这是一种恩典，我谨表示感谢；又是一种情感，令我难以忘怀。今天，我给你寄去一册我用英文写的《疯子》一书，但期你从中找到你所喜欢的东西。如果你觉得有什么要说的话，就请将之抛入被我们称作沉默的无底深渊。

请接受沉浸着我的敬佩、忠诚之情的友谊。上帝保佑你！

你的兄弟
纪伯伦

致米哈依勒·努埃曼

米哈依勒·努埃曼，1889年生于黎巴嫩山的拜基堪塔。最初在乡间小学读书，后转入巴勒斯坦的拿撒勒小学。这是俄国传教士办的一所小学。1906年因学习成绩优异被选送到俄罗斯帝国的乌克兰一所教会中学继续学习。1911年毕业后回到家乡。其时恰逢哥哥由美国回来探亲，于是改变赴法攻读法律的初衷，前往美国。1912年进华盛顿大学，1916年获法律和文学文凭，同年应邀赴纽约任《艺术》杂志编辑。1918年应征入伍，随美军开赴法国前线同德国作战。战后复员回到纽约，专门从事文学创作，兼任《艺术》和《旅行家》杂志编辑。

1920年，努埃曼与纪伯伦、阿里达等一批志同道合的朋友发起成立文学团体笔会，该会包括了许多黎巴嫩和阿拉伯各国文学家。

1932年，努埃曼离开美国返回黎巴嫩，定居故土，专事著书立说。鉴于他对黎巴嫩和阿拉伯文学的非凡贡献，1978年黎巴嫩总统授予他国家最高勋章——黎巴嫩杉树勋章。1988年努埃曼逝世，留下大量有价值的作品，丰富了阿拉伯文库。

他的主要作品有：文学评论集《筛》，文学传记《纪伯伦·哈利勒·纪伯伦》，专论《来世的食粮》，短篇小说集《往事》，诗集《眼睑的低语》，小说《打谷场》《相会》《偶像》《富豪》《光明与黑暗》《礼物》，自传《七十自述》等。他将纪伯伦的《先知》译成阿拉伯文。1971年出版《努埃曼全集》三卷本。

1919年9月4日 纽约

亲爱的米哈依勒：

上帝为你祝福。我已从漫长旅行归来，会见了我的奈西卜兄弟，就复活《艺术》杂志及有关我们未来的事宜交谈了许久。有关这个问题，我已会见了波士顿和纽约的许多文学家和学问家，并与他们进行了交谈。而那些谈话都集中、停留在一点上，那一点便是：奈西卜·阿里达不能够独自做那个工作，米哈依勒·努埃曼应该回到纽约，在纽约的文学家和商家所进行的工作基础上，与奈西卜一道制订计划。因为这些人的信心要由两人构成，而非一人所能成就。纽约是侨居在外的叙利亚人的都城。米哈依勒·努埃曼在居住纽约的叙利亚人中间有影响力。应该在纽约为《医嘱》杂志举办一个大型募捐晚会，其中包括演说、音乐、演出和鼓动等活动，而策划、安排这场晚会的人却在华盛顿，那么，这个晚会又怎能取得成功呢？应该成立一个小委员会，以便进行工作。基金会的司库应该由一位在内地叙利亚人当中的知名人士担任，因为他们在答应杂志印发之前会提出一千零一个问题。请想一想，除了米哈依勒·努埃曼，谁能担当成立这个委员会的要任呢？

米哈依勒，每当我们谈起《艺术》杂志的话题时，便想到许多事情，都待你着手去做，并且由你做完。你如若想复活《艺术》杂志，你就该回到纽约，成为这一切活动的"发条"。因为现在奈西卜不能够做任何事情，而且在纽约也没有任意一位《艺术》杂志的爱好者和对之感兴趣的人能够肩负起计划的责任。我相信五千里亚尔❶能够保

---

❶ 阿拉伯货币名。

证杂志的未来，但我又认为只发公告而不举行募捐晚会，连这个数目的一半也筹措不到。简而言之，这项计划的成功有待于你莅临纽约。你若返回纽约，必然要作出牺牲。在这样的环境下，牺牲是放在至尊者面前的宝贵礼物，又是献给至圣祭坛的重要祭品。在我看来，你的生命中最宝贵的就是实现你的梦想，而你生命中至关重要的则是充分发挥你的天赋之才。

若有意，请写信给我。上帝为你的兄弟保佑着你。

纪伯伦

1920年5月24日　波士顿

米哈依勒兄：

向你那美好的灵魂和你的宽广的心致意。笔会将于明日（星期三）晚举行正式会议，可叹我运气欠佳，却离你们甚远。如果不是我在星期四晚作报告，我定会回纽约，目睹笔会的盛况；如若你们把作报告视为合法理由，我必感谢你们的慷慨照顾。不然，我将甘心情愿地交五个里亚尔作为罚金！

在过去的日子里，这座城市被称为科学、艺术城，而今日它却是一座传统城。这座城中居民的心灵已经石化，他们的思想陈腐破旧不堪。

米哈依勒，出来的是石化了的人却傲气横生，总是那样狂妄，陈腐破旧却颇善炫耀，老是那样居高临下。有多少次我与一位哈佛教授坐在一起，自感就像身在艾资哈尔❶的一位长老面前。有多少次我与一位波士顿妇人交谈，听她的智力与见识，无异于听叙利亚老妇的无知与纯朴。生活，米哈依勒，生活的外表现象，无论在黎巴嫩乡村，还是在波士顿、纽约和旧金山，全都是一样的。

请以我的名义向在笔会工作的兄弟们道声安好。上帝为你的兄弟保佑你。

纪伯伦

1920 年 星期三晚　　波士顿

米哈依勒兄：

我刚看过你关于《暴风集》的文章。米哈依勒，我该对你说什么呢？你是用水晶放在镜子里来看我的书啊，因此你所看到的要比真实的大。这使我内心感到不好意思。你以你的文章将一种巨大的责任压在我的肩上，我能承担得动吗？我能够将你理论中的基本思想化为现实吗？我发现你写这篇宝贵文章时，只看我的未来，而不看我的过去，因为我的过去只是一些线，还没有成为织物，只是一些大小、形状各不相同的石头，还没有成为一座建筑物。我发现你在用希望的目光看

---

❶ 艾资哈尔，指埃及的宗教学府艾资哈尔大学。

着我,而没有投我以批评的眼光。关于我的过去,我十分后悔;与此同时,我却梦想着我的未来,我的心灵中有一股新的激情。米哈依勒,当你写你的批评文章时,这就是你所让我做的,那么,你就成功了。

我认为笔会的文件校样很好。但是,我看"宝座下有上帝的宝库……"一段应该十分显著才好。如果想实现预期的精神影响,发表职员与成员的名字是必不可少的。每一个人员都是谁?虽然如此,但我觉得名单还是用已有的小号阿拉伯字印刷为妙。

米哈依勒,十分遗憾,下周中之前我是不能回纽约的,因为我被这座可恶的城市里的一些生活难题所纠缠;如若不是这些难题困扰,我和妹妹早在两周之前就到郊外去了。有什么办法呢!

你们到米福德去吧!把你们的杯子斟满精神佳酿和葡萄美酒,但不要忘记你们的兄弟和思念你们的好友!

纪伯伦

1920 年 星期三晚 波士顿

米哈依勒兄:

你好!谨向你的宽广胸怀和美好灵魂致意。我想知道你近况如何!我想知道你在哪里:你仍在梦林之中,还是在思想舞台,或者在那座高山之巅,在那里所有的梦化为一种幻影,所有的思想化作一种倾向!米哈依勒,请告诉我,你在哪里?

我则在紊乱的健康与人们对我的期望之间挣扎,颇似一个巨人手中的一把松了弦的乐器,弹奏出的是一种缺少和谐音韵的乐声(米哈依勒,愿上帝帮助我征服这些美国人),愿上帝让你和我远离他们,回到黎巴嫩那平静的谷地之中。

我刚刚寄给你和阿卜杜·迈西哈·哈达德❶一件要发表的东西。米哈依勒兄,请你看一看。你发现它不值得发表,就请告诉阿卜杜·迈西哈,让他将之置于夜半黑暗角落,等我回去后再议。那是我在夜半与黎明之间草就的文字,我也不知道它好不好。它的基本思想不外乎我们夜下聊天时的谈论。请告诉我,奈西卜怎样?奈西卜在哪里?每当我想到你和奈西卜,我总有一种平安放心和神奇的从容之感,总是暗自说:"太阳光下无虚伪之物!"

谨以真理精神向我们的兄弟们道千问万候。上帝保佑、护卫你。永做你的兄弟的亲爱兄弟。

纪伯伦

1920年 星期一晚 纽约

亲爱的米沙❷:

我们都很想念你,而你仍未回来。设想,你若三个礼拜不在我

---

❶ 阿卜杜·迈西哈·哈达德(1890—1963),《旅行家》杂志主编,笔会会员。
❷ 米哈依勒·努埃曼1906年因学习成绩优异被选送到俄罗斯帝国的乌克兰一所教会中学继续学习,他的俄文名字叫"米沙"。

们中间，我们会怎样呢？

《文集》和《让你知道何为文集之物》——原是一条用拖延和犹豫制成的环链。每当我对奈西卜或阿卜杜·迈西哈提一句关于《文集》的话，前者总是说"明天"，而后者则回答道"你是对的"。不过，尽管"拖拖拉拉"与"明天明天"，但期《文集》能在年底出版。

当你没有比给我写信更好的事情时，请给我写信。如若你的新诗已臻完美境地，请给我抄上一份。《致掌酒人》尚未给我，愿上帝宽恕你。无论如何你要做你兄弟的亲爱的兄弟。

纪伯伦

1920年10月8日　纽约

亲爱的米哈依勒：

每当我想到你像一家商户的代表辗转奔波在内地时，我就觉得有一种痛苦缠心。但我知道，这种痛苦是旧哲学的残余，今天，我相信生活，相信生活所带来的一切，确认日与夜所造就的所有成果都是美好和有益的。

昨天夜里，我们在拉希德❶处聚会，他为我们感到高兴。我们

---

❶ 拉希德，即拉希德·艾尤卜（1871—1941），黎巴嫩诗人，1893年移居美国，开始文学创作。笔会成员。著有诗集《艾尤卜亚特》《苦行僧的吟唱》《这就是世俗生活》。

吃过饭，听歌曲和诗朗诵。不过，我们度过的夜并不完美，因你不在我们中间！

《文集》的材料在精神上已经齐备，口头上也已安排妥当！每当我向一位兄弟要稿子时，他不是说"两天后"，就是道"本周末"，或者答"下周"。"拖延哲学"这种东方哲学几乎将我的忍耐力扼杀。米哈依勒，奇怪的是有的人把撒娇、卖俏当作聪明的两种外部表现！

我已通过阿卜杜·迈西哈要求奈西卜审阅《不育者》❶和《艾尔盖什回忆》❷，但期他着手做。

你说你不会久居他乡，我感到很高兴。也许我不该高兴。

米沙，回到我们当中来吧！到那时，你会发现我们就像你想的一样。上帝保佑你，上帝为你的兄弟保卫着你。

纪伯伦

1920 年　星期五晚　纽约

亲爱的米沙：

游荡在地角天涯的人呀，上帝祝你早安。我听到了你在市场上的叫卖你的货物的声音。我听到你用那悦耳的高声吆喝唱道："都来瞧，都来看！漂白布，印花布！龙涎香，成袋装……"米沙，我觉

---

❶《不育者》系务埃曼的一篇短篇小说，已被译成中文。
❷《艾尔盖什回忆》系务埃曼的另一篇作品，收入笔会《文集》之中，发表于 1921 年。

得你的声调很美。我知道,天使在聆听你的声音,天使正将你的喊声记录在永恒之书里。

我为"你的辉煌成功"感到高兴。但是,我担心这种成功!我之所以对之担忧害怕,是因为它也许会把你带入商业世界心脏中去,谁到了那里,也便很难回到我们这个世界里来!

今天我就将在这个禅房中见到奈西卜和阿卜杜·迈西哈。我们将谈谈有关《文集》的事宜。米哈依勒,但愿你能和我们在一起;若有你在,那该多好啊!

这些日子里,我忙于一千零一件工作,就像花园里的一只生了病的蜜蜂。花蜜是多么多!花上的阳光是多么美。但是,只可惜蜜蜂是一位狼狈不堪的病夫。请为我祈祷吧!你会得到我的报偿!问候亲爱的兄弟。

纪伯伦

1921年1月1日 波士顿

米沙兄:

上帝祝你平安!新年好!上帝让你的葡萄园果实累累,让你谷物满手,使你的器皿中充满油脂、蜜糖和琼浆。上帝将你的手放在生活的心脏上,让你感触到生活的脉搏。

这是新的一年里我写给你的第一封信。如若你在纽约,我定邀你到那寂静的禅房夜下畅谈。可是,纽约离我多么遥远,禅房又离我多么遥远啊!

你怎么样?你在写什么,赋什么诗,在想些什么?《旅行家》特别号已在准备出版中,还是我们想慢一些,而那印刷厂和机器却加速起来,我们想要它们快一些时,它们却慢慢腾腾、磨磨蹭蹭呢?西方是一架机器;在西方,所有东西都是轮子的抵押品。是的,米沙,就连你的《你知道荆棘吗?》,也成了机器传送轮子的抵押物!

在过去的一周里,我的健康状态不佳,什么新东西也没写。不过,我将《沦落人》❶过了一遍筛子,剔除了其中粗糙的东西,寄给了《新月》杂志。

米沙,请以我的名义向同事们问好,并转达我对他们的思念之情。上帝为你的兄弟保佑、护卫你。

纪伯伦

1921年　星期五晚　波士顿

我亲爱的米沙:

上帝使你早晚幸福!上帝让你的白日充满歌声,让你的夜晚美梦联翩。我寄给你一封好信,还有一张比笔会任何一个伙伴都好的汇票。关于那封信,你按照我们委托你的以健全鉴赏力和精确的表达方式回信了吗?关于那张汇票,你接到之时焚香又为长明灯添油了吗?

---

❶《沦落人》是纪伯伦发表在1921年5月号《新月》杂志上的一篇文章。

你对我说，你曾示意乔治❶给我寄一份西班牙文杂志和一份西班牙文报纸，而乔治至今没有行动。上帝宽恕乔治。上帝用我的耐心和坚韧之线缝补乔治的记忆力！"萨法兄弟"❷呀，看来乔治已把智利共和国抛进废纸篓子里去了。

波士顿冷得厉害，所有的东西都结成了冰，包括人们的思想。但是，尽管天气严寒，狂风大作，我却健康快乐，生活舒适。至于我的声音（或我的喊声），则类似于火山爆发一样的东西！我奔跑起来就像从天上落下来的流星，大地向它张开巨口！至于我的胃嘛，那简直就是一盘磨，下磨扇是一把锉，上磨扇喋喋不休，多嘴多舌！但期你的喊声、奔跑和胃口如你所愿，随地而想，心想事成。请向萨法兄弟们转达我的思念、友情和祝福，不论写几行字，还是赋几句诗，或附上几句话均可。上帝保佑你永做亲兄弟。

纪伯伦

---

❶ 也许此处指的是乔治·萨瓦亚博士。他离开纽约之前曾是金环协会成员，后到阿根廷，在那里主办《改革报》和《阿拉伯人觉醒》杂志。——原注
❷ "萨法兄弟"是一个具有宗教政治性质的团体，约公元983年产生于巴士拉。他们将自己的学说用详述的文风记录在五十二篇论文中。

1921年　星期五晚　波士顿

亲爱的米哈依勒：

你好！你会看到《闪电报》主编拜沙莱·胡里❶寄来的一封信，上面写着笔会顾问之名。正像你看到的，那封信短而有趣；与此同时，它可以证明写信人寄给你的某种痛苦，而那种痛苦是一种美好暗示。

我们在卡虹西拍的照片怎么样？你们不知道我每样要一张吗？如若我没有得到我应有的权利，我将告你们两状：一状提交友谊法庭，另一状告到屠夫艾哈迈德帕夏❷衙门。

米沙，请以我的名义向我们的兄弟们、同伴们问好。安拉保佑你永做亲兄弟。

纪伯伦

1921年　星期四晚　波士顿

亲爱的米沙：

向你那不打鼓、不同情、不电闪、不悸动的心致以一千个问候。

---

❶ 拜沙莱·胡里（1885—1968），黎巴嫩著名诗人，以"小艾赫塔勒"而闻名。
❷ 艾哈迈德帕夏，曾任奥斯曼帝国驻叙利亚地区总督，杀人如麻，史称"屠夫"。

你以我的已成和未成之诗斥责我。你拒绝我节略自己的交稿和不谈自己的情况。继之，你步入了骂门，进入一道门又一道门，真是无能为力，无可奈何啊！

至于我，则看不到你有什么可指责的缺点。你很完美，两鬓刮得光光的，顶发浓密，更兼诗才洋溢，散文洒脱，仿佛你胎生如愿，还在摇篮里时就大愿以偿。我们都属于安拉，我们都要回到安拉那里去！奈西卜的"焖蛋"❶已出炉，我不能缺席。可是，"焖蛋"又不能从一地延伸到另一地，有什么法子呢？！世间之事令人烦恼的是：有的人整日美味佳肴，而另一些人却饥寒交迫，"甚至"连天赐恩惠也享受不到，难得糊口之资，日子就这样在世人中间闪过！

奈西卜苦苦哀求你为笔会《文集》写序言，我感到很高兴。毫无疑问，你已经写就或者将要动笔，写那将要成为"《文集》脖颈上的项链和其手腕上的饰物"。阿拉伯人的兄弟，你仍然是"文学皇冠上的一颗珍珠和文学天空里的一颗明星"。

一周来，我的健康状况比过去好。但是，我应该在三个月里或更长时间，直到完全康复之前，静静地待着，不劳动，不工作，不思考，不动情感。米沙，我要说，停止工作是最难的工作；而对于习惯于工作的人来说，休息是最严厉的惩罚。

我已对威廉·凯茨费里斯及欢送他的人尽了义务，给威廉拍了电报，还给安东尼·赛姆阿回了电报，因为他曾邀我去纽约出席晚会。

---

❶ "焖蛋"，音译，奈西卜的拿手好菜，由肉、菜加各种佐料放置盘中在炉中烤制而成。——原注

上帝保佑你，保佑你的兄弟们！你的兄弟就是我的兄弟，你的朋伴就是我的朋伴。上帝为你的兄弟保佑你平安。

纪伯伦

1921年　星期四　波士顿

亲爱的米沙：

　　我认为你的《序言》写得很好。文中的"他们让我吃了跳蚤"，可否用另一种表达方式替换之？这只是一问，并非批评……但我觉得麦阿里❶那句诗意在以宏大气势召唤微不足道的例子。"他们让我吃了跳蚤"则逗人发笑，但很微小，就是在小学生看来也如此。因此，我们不应该将之树为"新奇动物"的敌人来为之增光。

　　我再说一遍：我只是问问，无意批评。

你的兄弟
纪伯伦

---

❶ 麦阿里（973—1057），阿拉伯诗人、作家，幼年因患天花双目失明。麦阿里的创作态度严肃认真，主张作品表现社会重大题材，反对应景之作，反对因袭古人。他的作品充满哲理，被誉为"哲学家诗人和诗人哲学家"。

1921年　星期四晚　波士顿

米沙兄：

　　我看过"文学联合会"的最近一期杂志，并翻阅了过去的数期之后，确信我们与他们之间隔着一条鸿沟，我们既不能到他们那里去，他们也不能到我们这里来。米哈依勒，无论如何，我们也无法把他们从文辞表皮的奴役下解放出来。精神上的自由发自内里，并非来自外部。你是最了解这一真理的人，因此不要试图唤醒那些人，因为上帝出于某种神秘智慧而将困神降到了他们的心间。对于他们，你想怎么办就怎么办，想寄什么就寄什么吧！但是，千万不要忘记在我们的笔会面上罩上一层厚厚的狐疑面纱。如果说我们有力量，那么，我们的力量在我们的团结与独立之中。如若非参加工作不可，那就让我们与像我们的、和我们说一种话的人一道参加吧！我认为阿巴斯·迈哈姆德·阿卡德❶作为个人与大马士革文学联合会❷已经和将要表现出来的一切相比，更接近于我们的文学倾向和文学意愿。至于我，作为笔会的一员，我则高兴地服从大多数人的声音。但是，我作为一个单独的人，我不想也不能高估与那伙大马士革人达成的有关文学艺术协议，因为他们试图用植物黏液织造锦缎。

---

❶ 阿巴斯·迈哈姆德·阿卡德（1889—1964），埃及诗人、作家，在文艺理论、诗歌创作、伊斯兰哲学、阿拉伯文化等方面均有重要建树，出版著述六十余部。
❷ 大马士革文学联合会，可能指的是在1921年成立于大马士革的文学联合会，常在其组织主席海里勒·迈尔达姆贝克家举行研讨会。——原注

你谈到萨巴❶的事,我很感动,十分感动,但期我能为这位可爱的青年做点事情,只是眼高手低。

你给拉希德、奈德莱和奈西卜❷的精神里注入了一种激情,这实在好极了。在这种情况下,1923年或1924年的笔会《文集》就收入以太之囊中了!请你们——并非命令你们——给我寄六份《文集》来,算在我的账上或给我寄一份即付汇单。

米沙,我的健康状况比过去好。医生们对我说,假若我能在六个月里抛开一切工作和辛劳,抛开一切事情,只管吃喝和休息,我就会恢复到正常情况!米沙,愿上帝助我一臂之力!

那么,我正处于疯狂边缘。这是一个大好消息,庄重威严,壮观艳丽之极。我要说,疯狂乃走向神性纯洁的第一步。米沙,你就成为疯子吧,做疯子吧,以便把"理性"面纱之后的秘密告诉我们。生活的目的就在于接近那些秘密,而畜生并不具有这种疯狂。你就做疯子吧,为你的疯弟做狂兄。

纪伯伦

又及:

"向兄弟们致意问安!"

---

❶ 萨巴,系奈西卜·阿里达之胞兄弟,笔会会员。——原注
❷ 拉希德,即拉希德·艾尤布;奈德莱,即奈德莱·哈达德;奈西卜,即奈西卜·阿里达。三个人均是笔会会员。——原注

"你的《论〈笛旺〉❶》一文在哪里？至今我还未看到。那篇文章怎样啦？"

1921年 波士顿

米沙兄：

自打我来到这座城市，我看了一个专科医生又一个专科医生，进行了一次详细检查又一次更详细的检查。所有这些，都是因为这颗心脏失去了它的节律和韵脚。米哈依勒，你知道这颗"心脏"的节律绝对与别的节律不合，而韵脚也绝不似其他韵脚。既然偶然从属于本质，影子从属于真实，那么，我胸中的这团东西注定要与那颤抖在太空的云雾相结合——那云雾被我称为"我"。

米沙，没什么，注定的东西必定要产生。但是，我感到在黎明之前，我是不会离开这山麓的。黎明将给一切东西蒙上一层用光和美制成的面纱。

我离开纽约时，我的行囊里只放着一本《先知》❷和几件衣服。我的那些旧本子，仍然存放在那间寂静房子的角落里。我究竟该怎样做才能使你的大马士革的"文学联合会"满意呢？按医嘱，我应该抛开一切脑力劳动。但是，假若在未来的两周里，我的感官"渗"出一种什么东西，那么，我就该取来我的海绵，用之将感官"渗"出

---

❶《笛旺》系一部诗集，由埃及诗人易卜拉欣·卡迪尔·马兹尼与阿巴斯·迈哈姆德·阿卡德合作，发表于1921年。
❷《先知》，纪伯伦的散文代表作，曾轰动文坛。

来的东西吸收。如若不然,我的自我辩护理由还是可以被接受的。

我不知道我何时能回纽约。医生们要我的健康恢复之后再回去。他们对我说,我"应该"到旷野中去,投身到不想一切、毫无目标、没有任何爱好的单纯生活中去,也就是说,他们要我化为菜圃里的一棵卷心菜,或一株寄生植物!因此,依我之见,你可以把笔会的一张没有我的面孔的图片寄到大马士革去,或者寄一张旧图片,将我的面孔用墨水涂掉。不过,如果纽约的笔会必须完整全面地出现在大马士革的文学联合会面前的话,那么,就请奈西卜或阿卜德勒❶,或米沙(如若可能)从《疯子》❷或《先行者》❸摘译一段,你看如何?这是一种拙劣的意见,也许是荒唐的。但是,米哈依勒,我在这种情况下,如何是好呢?对于没有能力缝制新衣的人来说,也只有回头去补自己的旧衣服了。兄弟,你可知道这种疾病必定要将《先知》的出版推迟到猴年马月吗?

我将赏阅你的《论〈笛旺〉》一文。我知道,该文将像你写的一切东西一样公正而优美。

请在我的笔会兄弟们面前提及我的名字,就说我虽身在夜雾之中,但我对他们的钟爱并不亚于在响晴白日。上帝保佑你,护卫你永做我的亲兄弟。

纪伯伦

---

❶ 阿卜德勒,即阿卜杜·迈西哈·哈达德。
❷《疯子》,纪伯伦的一部散文诗集。
❸《先行者》,纪伯伦的一部散文诗集。

1921年 星期一 波士顿

亲爱的米沙:

把来自伊米勒·泽丹的一封有趣的信寄给你,请你一阅,并以敏锐思想和正确意见处理信中的事吧!不论何时何地和何种情况下,都由你决定。这座城市像周围的城市一样,天气简直热煞人。纽约的情况如何?你们在做些什么?

米沙,在我的心中有许多形象和幻影,就像雾霭一样,摇摇摆摆,晃晃荡荡,蹒蹒跚跚,而我却不能将之放在词语的模子里。也许沉默于我最为适宜,直到这颗心回到一年前的状况。也许沉默于我最好不过,但是,沉默又是多么困难,在一个习惯于说话、谙熟于歌唱者的嘴里又是多么苦涩!

向你及亲爱的兄弟们致一个个问候。愿上帝护卫你永做我的好兄弟。

纪伯伦

1922年2月 波士顿[1]

亲爱的米沙:

切莫说我已经爱上了波士顿的气候,也不要说我已向安逸屈服,

---

[1] 努埃曼将此信的书写日期定为1923年。我们则认为这封信很可能写于1922年,因此信里提到的那份礼物是1922年1月25日送给美国总统的。——原注

因而忘记了纽约，忘记了纽约的同事和那里等待我完成的工作与应尽的义务。上帝知晓，在我过去的生活中，从未经历过像上个月那样的时光，那样艰辛困苦，难题此去彼来，接二连三。我曾自问多次，是否我的"精灵"，或我的"侍从"，或我的"护身灵"❶已经变成了与我为敌的妖魔，故意抗拒我，关闭了我面前的门，设了路障，不让我通过？自打我来到这座偏僻城市，我便进了人间地狱；如若不是我妹妹，我早就离弃了这里的一切，回到我的禅房，掸净我脚下的尘土。

　　我今晨接到你的电报时，自感像从纷扰梦中醒过来的人一样，静思片刻，回忆起我们一起谈论灵魂与艺术问题的美好时光，简直忘记了我身处激战喧嚣声中，更不知我的军团已落尴尬境地。不过，时隔不久，我又回到了现实世界，想起了过去和未来的种种灾难，想到自己应该留在这里，许下诺言，并实现自己的诺言。米哈依勒，我应在下周为一个"令人钦敬"的团体朗诵我的作品，共两次，一次朗诵《疯子》和《先行者》选段，另一次朗诵《先知》选段。该团体由关注这种思想表达方式的人士组成。然而使我留在这座城市和迫使我再待十天的那些事情，与我写的，或朗诵的，或将要朗诵的均没有关系，而是与一些僵死、遥远、令人疲倦、让人心充满荆棘和苦涩的事情有关；正是这些麻烦事，用粗糙似锉的铁掌狠狠抓住了人的灵魂。

　　下周三是笔会聚会之日，我绝不曾忘记。但是，眼高而手却低，又能奈何呢？我希望你们聚会，做出有益的决定，说我两句好话。因为我这些日子里十分需要朋友们的祝愿和虔诚信徒的祈祷，简直需

---

❶ "精灵""侍从"或"护身灵"都是阿拉伯人所相信的供役使的魔鬼。

要来自忠实者眼睛里的甜蜜一瞥。

侨居巴西的兄弟们所送礼物将到白宫，白宫主人将感谢他们的高贵品质的美好愿望。所有这些都将以美好适宜的形式完成，之后便有来自遗忘大海的巨浪，将事情从头到尾淹没。但是，《艺术》杂志仍在沉睡，笔会依旧很穷困，而我们那些侨居巴西和美国的兄弟们却对此只字不提，根本感觉不到这种事情的存在。米沙，人们多怪！我们在这些人中间又显得多么陌生！

兄弟，向你致敬，向同伴们致安。上帝保佑你做你兄弟的好友！

纪伯伦

1922年　波士顿

米沙兄：

萨巴走了，给我的刺激是巨大的。我知道他已步上康庄大道，已经到达了安全地带，不再受我们所诉之苦，而且知道他已得到我们日思夜盼的结果。我知道那一切；虽然如此，奇怪的是这种知晓却抹不掉的蹒跚、摇摆在我的心与喉之间的悲伤与痛苦。这种伤痛究竟意味着什么呢？

萨巴曾有许多想实现的愿望。他的那份希望和梦想与我们每个人的那份希冀一模一样。在他的愿望未曾开花、梦想还没结果之时，就一去不复返了,这会激起我们心中的痛苦与悲伤吗?我为他而感到悲伤,难道实际上不就是为自己青春时代的梦想未能实现,青春便一去不复返而感到遗憾吗?痛苦、遗憾与烦恼不就是形形色色的人类自私自利的表现吗?

米沙,我不应该回纽约。医生已宣判我必须隐居,远离城市和文明。因此,我在海边上租了一座小茅屋,两天后我将和妹妹一起到那里去。我将在那里停留到这颗心恢复正常心律,或者变成最佳心律的一部分。不过,我想在这个夏季闪过之前见你一面,但不知何地、何时、怎样才能见到你。无论如何,这件事要很好安排一下。

你的"隐修"思想与我的思想完全一样。好久好久以来,我就想有一个禅房,再加上一个小花园和一眼清泉。你还记得优素福·法赫里❶吗?你还记得他那黑色思想与白色苏醒吗?你还记得他关于文明与文明人的看法吗?

米哈依勒,我要说未来将把我们限定于坐落在黎巴嫩某一山谷的谷梁上的某个禅房里。这骗人的文明把我们的精神之弦绷得太紧了,几乎要断。因此,在我们的那根弦绷断之前,我们应该逃离。不过,我们还应该坚忍、耐心地留下,直到逃离之日来临。米沙呀,我们应当忍耐。

请在众兄弟们面前提及我的名字。请告诉他们,我爱他们,我想他们,我的思想与他们生活在一起。米沙,上帝保佑、护卫

---

❶ 优素福·法赫里,纪伯伦《暴风集》中的《暴风》中的主人公。此文开头便是:"优素福·法赫里三十岁时逃离尘世,来到黎巴嫩北部卡迪沙河谷山坡上一座孤零零的禅房,开始了默默无闻的隐士生活。"

你永做我的好兄弟。

纪伯伦

1922年 纽约

亲爱的米沙：

上帝祝你晚安。告诉你个好消息，奈西卜仍然和我在一起，在我们中间，属于我们当中一员，直到上帝称心如意。他到阿根廷去，简直就是古人神话中的一则神话。

本月最后一个周三，笔会不能聚会，原因其一是你不在此地，其二是没有开会的理由。依我猜想，仅仅第一个原因也就够了，它导致了第二个原因产生。

你说你星期四回到我们中间，我感到高兴。米哈依勒，你别离我们太久了；由于你不在我们中间，我们的这个集团变成了一种无形的星云雾霭之物。

你说"伊兹拉伊勒❶带着米卡伊勒❷"，这使我感到不悦。依我之见，米卡伊勒强过伊兹拉伊勒。因为米卡伊勒在伊兹拉伊勒面前

---

❶ 伊兹拉伊勒，音译，又译作"阿兹拉伊"，《古兰经》中记载的著名天使之一，亦称"麦崃苦勒毛特"，意为"死神""司命天使"。

❷ 米卡伊勒，音译，又译作"米卡勒"，《古兰经》中记载的著名天使之一。与吉卜利勒、伊斯拉菲勒、伊兹拉伊勒并称为安拉的四大天使。因其在众天使中的品位仅次于吉卜利勒，居第二位，故亦享有"天使长"之称。

是有权威的，而伊兹拉伊勒对于米卡伊勒来说则没有权威。名字里有比我们想象的更深刻、更精确的秘密，且有着比我们所思考的更明确、更重要的象征。自打当初，米卡伊勒就比伊兹拉伊勒具有更大权威和更强力量。

兄弟，再见！上帝护佑你永做我的好兄弟。

纪伯伦 ❶

1923 年　波士顿

亲爱的米沙兄弟：

　　请原谅我长久沉默，并请帮助我要求你我的兄弟们宽谅我。夏初医生们告诉我，我应该抛弃一切形式的写作；在我的意愿与妹妹及部分朋友的意愿之间进行了剧烈斗争之后，我终于屈服了，但结果真的很好，我又接近于过去的两年的任何一个时间的旧情况了：远离了城市，远离了平静有规律的简单生活，远离了大海和森林的空气，一颗颤动的心被一颗几乎窒息的心所替代，一只战栗的手被写这封信的手所替代。

　　两周或三周之后，我将回到纽约。那时，我将把自己展示在各位兄弟面前：如果他们喜欢我，我便晓得他们宽厚；倘若他们讨厌我，我便知道他们变了。要知道，乞丐从不固执己见，罪犯从不讲

---

❶ 努埃曼将这封信的日期定为 1923 年星期一。——原注

究条件。

这是我三个月以来写的第一封信。

向所有朋伴致一千个问候。上帝永远为你的兄弟保佑、护卫你。

纪伯伦

1923年 波士顿

亲爱的米沙兄弟：

《筛》❶问世了，我向你表示祝贺，也祝贺自己。

毫无疑问，这部大作是源自神风的第一阵惠风，必将扫荡我们文学森林中的枯枝败叶。我已从头到尾读过这本书的新旧文章，有一个事实是确定无疑的，我曾思考多次，并向你吐露过一次，那便是：你若不是诗人、作家，那你的批评艺术就不可能达到你现在这个水平，也便不易揭去遮罩着诗歌和诗人、写作和作家真情实况的幕幔。米沙，我要对你说，假如你没有用你的灵魂实践过诗歌创作，那么，你也就不可能阐明他人的诗歌创作实践；假若你没有在诗歌天堂里作长途旅行，那么，你也便不可能背弃那些只会在狭窄诗歌韵律中行走

---

❶《筛》系米哈依勒·努埃曼1923年发表的一部文学评论集。在该集中，作者对现代阿拉伯诗歌的形式、表现手法和思想内容作了全面系统的阐述，提出了独到见解。

的人们。圣·比夫❶、罗斯金❷和沃勒特比特在他们评论别人的艺术作品前后都是艺术家,每个人都是运用自己实有的灵魂之光对他人的艺术作品进行评论,而不是用借来的鉴赏力来工作。灵魂之光是一注纯美与高尚的源泉。灵魂之光随着主人的意愿化为评论,评论随即化为纯美、高尚的艺术。如果没有那种灵魂之光,评论只能是令人厌恶的固执,缺乏积极肯定铿锵之声和干脆开篇谐音。

是的,米沙,你首先是一位思想家诗人。你在评论里所表现出来的卓越才能,只是你的思想和诗情的一种外在现象。你不要提供"鸡蛋"那样的东西,我也不会接受那种东西,因为那种东西只能证明某种争辩才能,而不能证明纯粹真理。

我将在十天之后返回纽约,但期如愿。那时我们将长谈一番,为拉希德❸的诗集插图。我们将有很多工作要做,我们将有许多美梦要做。

请告诉兄弟们,我很想念他们。上帝保佑你永做我们的好兄弟。

纪伯伦

---

❶ 圣·比夫(1804—1869),法国作家、文艺评论家,最初是"浪漫协会"会员,曾发表诗集《约瑟夫·杜鲁姆生平及其诗歌与思想》、小说《滋味》,之后转入文艺评论和文学史创作。其作品有《布尔·鲁亚勒》《文学人物》《星期一杂谈》等。

❷ 罗斯金(1819—1900),英国作家、文艺评论家,代表作有《时至今日》《芝麻与百合》《野橄榄花冠》《劳动者的力量》等。在英国被誉为"美的使者"达五十年之久。他一生为"美"而战。他的文字也非常优美,色彩绚丽,音调铿锵,如《现代画家》和《往昔》,都是散文中的佳作。

❸ 即拉希德·艾尤布,笔会会员。——原注

1923年8月11日　波士顿

亲爱的米沙兄弟：

　　上帝祝你早安。《筛》一书出版，我感到高兴。但是，不瞒你说，该书在今年的这个季节出版，并不使我过分欣悦，虽然我知道该书是特有的一种既不受季节的限制，也不受某一年代的制约……已经印行了，也便没有什么不便……

　　就校订《疯子》和《先行者》的译文，我与白什尔❶院长磋商多时，虽然我不太满意，但他的激情和决心值得称赞。我们一起校订完之后，他对我说："我将把这两部作品的译文呈交给努埃曼、奈西卜·阿里达，我要求他俩给予尖锐的批评。"我认为他这句话说得甚好。我知道，实际上他想从二位那里受益。

　　自打我离开纽约，我没做什么值得一提的事情，只是写了点儿随笔，理了理旧的想法。米沙，看来在妹妹家的有条不紊的生活使我远离了创造和写作。奇怪的是，杂乱无章的生活却能更好地激发我的才情。

　　读过你和奈西卜的两首新诗，我必将兴高采烈。但是，我站在你俩面前，不免将感到害羞，因为我的箭囊里空空如也。但是，站在那里的并非只有我一个人，因为拉希德仍停留在"拖延"状态。既然他仍在那里拖延着，我可就不晓得如何能够出版他的诗集了！

---

❶ 白什尔是修道院院长，或称（希腊教）大僧院长。纪伯伦的《先知》《沙与沫》《人之子耶稣》《大地之神》《先知花园》《疯子》《先行者》等用英文写成的作品，均由白什尔译成阿拉伯文。

请向同仁、朋友们转达我的问候之意。请告诉他们,没有他们的生活,乃是支离破碎的生活。米沙,上帝为你祝福,让你永做我的好兄弟。

纪伯伦

1923年 波士顿至纽约

亲爱的米沙兄:

问到我的病情,言语多么甜蜜!但愿我能坦率回答。我的病情是"日好日坏"。但是,十天以来,我总的感觉是我的情况比过去好。不瞒你说,我已厌恶了我的疾病;也许这种厌恶感是通向痊愈的最佳途径。

有关阿卜杜·迈西哈拟请埃及文学家写些东西,我说他做得很好。不过,我希望埃及人和"埃及化了的人"的货色比两年前从大马士革来到我们这里的"稻子豆树"的货色好点儿。米沙,假若你是某报主编,你定会请黎巴嫩那些能言善辩、言之有物、善于斥责的人写文章,并发表他们的言论。但是,《旅行家》是笔会的喉舌,因此,《旅行家》不能像我们中间的一个人那样发疯。

你和阿卜杜·耶苏阿❶肩负重担,因为你俩不屑于参加星期六的

---

❶ 阿卜杜·耶苏阿,即阿卜杜·迈西哈。

"游戏"。愿上帝帮助我和你们俩在星期六操办《旅行家》事宜。

我力争本周末之前回纽约。我回去时将打电话告诉你。我很想念你,想念你和我的每位兄弟。上帝护佑你永做我的可靠兄弟。

纪伯伦

1924年9月7日 波士顿

亲爱的米沙:

数天来,我成了被这间房子扣押的人质。我终于能够离开床,给你写这封信。你知道,我是带着病离开纽约的,而且仍然在与胃中食物中毒作斗争。如果不是这样,我是不会不去参加孤儿院的开院仪式的。米沙,你知道,不论我的工作多么重要,也不能阻止我抽出两天或三天时间,特别是出席在美国的一座最尊贵的叙利亚学院的开学典礼。希望你代我向大主教致以歉意,说明我不能出席的真实原因。

请转达我对兄弟们的友好情谊。上帝护佑你永做我的好兄弟。

纪伯伦

1925 年　波士顿

米沙兄：

　　向你的灵魂致安！按照你的旨意，我刚把为《旅行家》设计的精装封面寄了出去。国王的指令，当然是指令的国王！希望你叮嘱阿卜德勒在刻版工用完之后，将原稿妥善保存起来。

　　你在寂静的禅房里得到休息和安逸❶了吗？我真担心你在那里受凉。我应该告诉你禅房里应该放一个电热器，以便将一个角落烤暖。"无论如何"内热之心不需要外在之火。

　　我一周后回纽约，也许多一点儿或少一点儿。届时，我们可以天上地下长谈一番了。上帝保佑你，米沙，愿你永做我的好兄弟。

纪伯伦

1928 年 10 月 11 日　波士顿

亲爱的米沙：

　　向你的灵魂致意。关于我的健康，你问得那样详细，你真好！你的心真宽！我患了大家都知道的夏季痛风症，待到夏天过去，酷热

---

❶ 纪伯伦已将努埃曼所要求的从事职业的秘诀交给努埃曼，因为努埃曼需要独处一些时间，以便写完自己所写的东西。——原注

消退，痛风也便消失了。

我知道你已返回新巴比伦❶，已是三个星期前的事了。喂，青春之美呀，你从你那隐身的宝库带回来了什么宝贝呢？我一周后返回纽约，必将去翻看你的口袋，以便弄到你带回来的宝物。

《耶稣》❷一书耗去了我的两个夏天，有时是在病中写，有时身体倒还好。不瞒你说，尽管这部书已经出版，如同"鸟儿已飞出樊笼"，但我的心仍在书中。

米哈依勒，代我向你我的兄弟们问安。上帝保佑你平安。

纪伯伦

1929年3月26日 电报

你的电报令我深受感动。我好多了。健康将慢慢得以恢复。有人对我说："你停止工作一年吧！"对于我来说，这比生病还要艰难。只要坚韧不拔，生活中的一切都会恢复正常的，呈上对你和同仁们的友情。

纪伯伦

---

❶ 新巴比伦，指的是纽约。——原注
❷ 指纪伯伦的散文作品《人之子耶稣》。

1929 年 3 月 26 日　波士顿寄往纽约

亲爱的米沙：

　　你问到我的健康，情感多么美好深厚！米沙，我的情况已变得"可以"，痛风或"神经痛"已经消失，肿胀情况也已向反面转化。至于疾病，则在比神经、骨骼更深的地方。我已经思考过多次：那究竟是疾病，还是健康？

　　米沙，情况如此，那究竟是健康，还是疾病呢……那是我的生命四季的季节，在你和我的生命中都有冬天和春天。你和我，实际上，我们都不知道哪个更好。我们见面时，我将把情况告诉你；到那时，你便知道我为什么一次次高喊:《你们有你们的黎巴嫩，我有我的黎巴嫩》❶！

　　在水渠之中，没有比酸柠檬更好的了。我每天都吃……余下的全托付给上帝！

　　在一封信中，我对你说医生禁止我工作，但是，我却不能不工作，哪怕是静静思考，或争胜斗气……出一本关于米开朗琪罗、莎士比亚、斯宾诺莎和贝多芬等四个人的故事的书，你看如何？每个人的故事是否都是人心中的痛苦、志向、孤独和希望的必然结果……此外，关于《先知花园》一书，则已是既定之事。但我认为，现在还是远避出版商更好些。

---

❶《你们有你们的黎巴嫩，我有我的黎巴嫩》系纪伯伦的一篇散文，见《珍趣篇》，译文篇名改为《各自心中的黎巴嫩》。

问候你和我的亲密兄弟们好。上帝保佑你永做我的好兄弟。

纪伯伦

1929年5月22日　波士顿

米沙兄：

我今天的情况比离开纽约的那天好。我是多么需要休息一下，多么需要远离社会及其喧闹和难题呀！我将轻松一下。米沙，我将远离一些，但希望在精神和情感上离你和兄弟们近些。请你们不要疏远我，不要忘记我。

向你和阿卜杜·迈西哈、拉希德、奈迪穆、奈西卜及上帝用纽带与我们联结在一起的每位兄弟问好。

兄弟，苍天护佑你，并为你祝福。

纪伯伦

致伊米勒·泽丹

伊米勒·泽丹,1896年生于埃及。其父乔治·泽丹是著名的《新月》杂志的创办人,留下大量文学评论及历史小说。

1914年毕业于贝鲁特美国大学。是年,其父逝世,由他继续经办《新月》杂志。他一接手工作,便开始扩大该杂志的出版工作,发行了一批有关政治、社会、笑话和艺术的阿拉伯文和法文版杂志。

有的杂志至今仍在发行着,如《画报》《星星》《星期一》和《夏娃》等。

此外,还出版发行了《新月》系列丛书和《新月故事》系列丛书。

伊米勒十分重视出版新文学成果和阿拉伯遗产一类的书,同时重视著作与翻译,因此,留下许多书籍。

逝世于1982年。

伊米勒兄弟:

……

我过去和将来著书的第一个目的是写些能够滋养心灵和有利于神魂的东西。假若那里有物质利益,我想成为最后一个而不是第一个取利的人;即使我想做最后一个取利者,也是一种形式的自私;请不要认为我不是个人主义者!

我的健康状况现在较过去好。但是,它仍像一把断了弦的吉他。令我心烦的是,环境已使我处于每天必须工作十个小时的状态下。我根本不能抽出比四个或五个小时更多的时间用于写作和绘画。心有余而力不足。再没有比这更难过的事了。

我觉得——并非谦虚——自己仍然是站在路端的人。我在写作和绘画中度过的二十年,只不过是准备和立志时期。直到现在,我还没有做出过值得留存在太阳面前的事情。我的思想尚未结出成熟之果,而我的网也尚未被水浸没。

纪伯伦

1919年7月12日　纽约

亲爱的伊米勒兄弟:

向你的美好灵魂致安。我给你寄去了一个小邮包,里面有一组在报刊登出的文章和故事,都是你要我选择的,以便分别收入书中。我本来能够给你寄发更大一批东西,但我认为还是应该维护这些文章和故事之间的精神联系或艺术上的统一性。因此,我没有加入序曲、谚语及语录,恐怕发生混乱。

这本书的书名为《暴风集》——文章、故事、诗歌和散文集,纪伯伦·哈利勒·纪伯伦著。

我感觉到,我知道你将千方百计出好这本书,无论用纸,还是印刷、装订，都将力求完美。我之所以这样说，因为我知道你是世界上极少数用灵魂重视书籍装帧的人之一。我受你给予我的有力暗示推动，不无冒昧地寄给你一本《泪与笑》，以便请你把它交给《新月》杂志的编辑和印刷工人，指示他们按照它的样子安排《暴风集》的出版。我感到《泪与笑》一书的样子甚好，我特别欣赏它所用的那种漂亮字母，我喜欢行短、页小和文章与文章之间的间隔。我的这些意见只是我个人的欣赏观点，但我希望你与我在这方面是共通的，免得我显露出一种冒充内行的表现。

至于这本书的价值、出版与收益，所有这些事情都托付给你的智慧和见地，你要怎么办就怎么办，要什么时候办就什么时候办，要在什么地方办就在什么地方办。

你不想请奈吉卜·胡瓦维尼贝克用波斯题材书写书名《暴风集》吗？

你说你来年将为《新月》杂志换上美丽的新装，这使我感到非常高兴。正如你所知，我爱《新月》，对《新月》充满激情，赞美《新月》的清高灵魂。我衷心希望日后《新月》享有更清新雅致的体躯。许久之前，西方人就懂得杂志装潢对民众的影响，于是，他们卖丝争绣，竞相装饰外表，往往不遗余力。如在美国，人们争买《散术里》杂志，不是因它内载最好文章，或最佳诗歌，或最美故事，而是它比其他杂志具有更雅致、更合宜、更惹人喜爱的外表装潢。如今，大战已经结束，我看《新月》杂志能够通过造就庄重、美妙的外在形式，除了为阿拉伯世界提供食粮，还能为阿拉伯各国报纸杂志树立一个有益榜样。我相信，并且以个人的经验深知以精美装潢出现的杂志也必将带来可观的物质利益。

你很喜欢《行列之歌》❶及其非同寻常的形式，令我欣悦不已。你想请梅娅❷小姐为该书写几句话，我在此谨对梅娅小姐致谢。

我将把文章或故事于来年的一季度寄给你。

说起"故事"，难道你不认为我们的文学觉醒已经足以鼓励、吸引作家们用小说的模子表达他们的思想、喜好与梦想了吗？人们已经厌恶了众所熟知的"文章"和"诗歌"，也厌恶了作家和诗人用来陈述他们所思所想的陈旧模式。东方人当然倾向于讲故事——而且正是东方人创造了这种艺术——但是，我们这个时代的东方人却变不成作家或诗人，甚至于忘记了自己的最佳天赋。正是故事或小说酿成了欧洲和美洲的社会政治改革。依我之见，我们应该唤醒这种在东方人中实际存在的倾向，因为它是表达艺术天赋的最好能媒。民众生活只有通过艺术创造才能变成具有影响力的东西。没有比"故事"更能影响艺术创作的形式。假若你能就这个题目写上一篇文章，用以表达《新月》杂志有征故事稿子的愿望，那该多好！

写到这里，我忽生一种想法，即是，你若愿意，就请写一篇关于故事的文章，在文章末尾写上这样几句话：谁能以东方题目写一篇故事，篇幅不超过《新月》杂志十个页码，投寄《新月》编辑部，可以

---

❶《行列之歌》，纪伯伦的一首长诗，出版于1919年。作者在诗中表达了他对善与恶、宗教、正义和真理的见解。这种表达通过两种声音实现：其一，表现在生活丑恶的一面；其二，赞美"森林"中的生活。——原注

❷ 梅娅，即梅娅·齐雅黛（1886—1941），黎巴嫩女作家。与纪伯伦有大量书信来往，详见《情书集》一书。

获得一千吉尔什❶奖金。你可以指定部分文学家做评奖人，如梅娅小姐、赛里姆·赛尔基斯等。至于这一千吉尔什奖金，我乐意在艺术竞赛结束后寄给你。

请接受我的充满友情和敬佩的问候，愿上帝保佑你。

纪伯伦·哈利勒·纪伯伦

1919年❷

伊米勒兄弟：

几天前，《行列之歌》出版了，寄给你一本，希望你从中发现你所喜欢的东西。我的本意在于，这本书要以有别于大部分阿拉伯新图书的形式出版，以便唤起阿拉伯世界的印刷厂主们的雄心，将他们的注意力吸引到书的外表装潢上来。因为在我看来，印刷是我们应当予以重视的一门艺术，尤其是在当今这个时代，我们正处于从一个时期过渡到另一个时期的转折阶段。我之所以这样说，是因为我知道好诗终究是好诗，即使用炭块写在墙上。但是，难道你不认为那些著名的诗集的"躯体"因没有精美雅致的外观而令人感到惋惜吗？《行列之歌》作为一首长诗，乃是我在森林中的梦中所见。当我想将

---

❶ 吉尔什，埃及货币辅币。

❷ 该信寄出的时间由《行列之歌》出版推算，当在1919年。——原注

梦境写出来时，我发现我像一位雕塑家，企图用海上的雾霭做一尊塑像。一位诗人能怎样处理自己的梦呢？恐怕也只能用言词和韵律将之表现出来。那不正是锁链和桎梏吗？

纪伯伦

1919 年 ❶

伊米勒兄弟：

……

我主张维护叙利亚在议会政体下的地理上的统一和国家的独立。当叙利亚人应该实现这一点时，即新的一代人成熟之时；此事的成就要在十五年之后。我主张阿拉伯语要成为学校和所有政府机构的官方首选语言。至于把叙利亚置于美国关怀之下，则是一种极美想法；如果这种想法得以实现，我们将成为最幸运的东方人民。但不幸的是这种想法根本实现不了，因为美国政府不想要叙利亚，美国的报纸反对叙利亚，美国民众厌烦叙利亚。我与这个国家的许多有名望的人物及思想家交谈过，给我留下的印象是他们不希望美国总体上介入欧洲问题，尤其是不要插手近东事务。

---

❶ 该信写于就派遣代表团问题征询黎巴嫩人和叙利亚人的意见那年，因此可以断定是 1919 年。——原注

我知道，出于宽厚与慷慨，部分美国知士要求把叙利亚、亚美尼亚和阿拉伯半岛置于他们的政府关怀之下。但是，宽厚与慷慨是一件事，而国际政治毕竟是另一件事。你们知道，国际野心仍然怀抱着国际政治。美国不想与欧洲国家发生争执。这便是弱小民族的一种不幸。假若将叙利亚置于美国，或法国，或英国，或所有这些大国的关怀之下，正像部分叙利亚人所要求的那样，那么，还有许多事情我们必须继续提出强烈要求，那就是同时实现叙利亚的地理上的统一、国民议会政体、义务教育和将阿拉伯语作为优先语言和官方语言……如果我们不想咀嚼、吞咽和消化，那么，我们就应该维护我们的叙利亚模式，即使叙利亚在天使的呵护之下。我相信，叙利亚在脱离见习阶段进入独创时期之后，一定能够做些值得感谢的事情；假若我没有这一点儿自信，我早就作了加入任何一个强国的选择。西方人可以在科学、经济和农业上给我们以帮助，但是，他们却不能给予我们以精神上的独立。如果没有精神上的独立，我们就不可能成为生机勃勃的民族。独立是人的实在的属性，每一个叙利亚人都有，但它正在沉睡之中，我们应该将之唤醒。

纪伯伦

×年×月×日

伊米勒兄弟：

　　向你的美好灵魂和博大胸怀致意。

十天前我就想给你写信,但我不想让自己的一封信不附上寄给《新月》的一点儿东西,因此稍晚了一些,直到写成这篇《沦落者》。正如你所看到的,这篇东西奇异含糊,题目也含糊奇异。写这篇东西时,我自感自己在用雾霭塑像。但我认为写这样题材的东西是对东方新一代人有益的事情。因为它会唤起询问遥远的和隐蔽的东西的兴趣。上月我写了一篇故事,题目是《有高柱的伊赖姆人》,想寄给《新月》,但笔会——纽约的文学家协会——成员没能一致同意在《旅行家》特号上发表;你知道,《旅行家》是笔会的正式报纸。

我不知道,也不曾梦想到,叙利亚的监督机构竟敏感到了连《各自心中的黎巴嫩》这样的文章也不允许进入那个可爱而又可怜的国家。那真是令人啼笑皆非的状况。我觉得他们把那些文章从《新月》撤下来,他们是在赞扬我,而我是不值得赞扬的;他们在侮辱自己,而他们是不该受侮辱的。这种令人痛苦的问题已经给你带来了麻烦,也给可爱的《新月》带来伤害,使我感到甚为不安。

你向我转达文学家们对我表示同情并对我怀着美好情感,这使我感到欣喜不已。但是,我觉得——不是我谦虚——我们仍在路端,已经过去的二十年,无论是写作还是绘画,对我来说都只是准备和立志时期。直到现在,我仍未做出什么值得留存在太阳面前的东西。我的思想尚未结出成熟之果,而我的网也尚未被水浸没。兄弟,你何不要求亲爱的兄弟们宽限我一点儿,好让我做出点儿值得敬献给他们的东西呢?你知道,假若来自外界的敬重是我所不配得到的,那将会使我心中充满痛苦和忧伤,我会感到由衷的害羞。

在已过去的春天里,我本准备去巴黎,然后去埃及和叙利亚,但我改变了主意,遂将自己置身于游戏绘画和文学创作之中,这些工作需要我在这个国家留上两年,至少也要十八个月时间。如果不是这些工作和合同把我紧紧缠住,我今天已在开罗了。我的生活很饱满,简直有些混乱不堪。我雕刻的那些小石子,本想用来建造一座梦中之屋,如今却变成了一座狭窄的监牢。不过一定要回到东方去,我很想念我的祖国和国人。

……

纪伯伦·哈利勒·纪伯伦

×年×月×日

伊米勒兄弟:

　　向你的博大心胸致意。

　　寄给你我的一篇文章《谈阿拉伯东方复兴》。正像你看到的,文中不乏剧烈、严责之词。可是,我又不能把我的信仰表达出来,有什么办法呢?难道你认为我们已经到了应该依靠自己,回到东方原则上去的时候了吗?难道你不认为我们应当向西方人显示我们还没有死去,我们有我们自己的追求和理想,我们不需要抓着他们的尾巴往前走吗?

　　是的,我本想在今年访问埃及和叙利亚。但是,由于健康原因,我离开工作已经整整一年,从而使我倒退了两年时间,就是把我告诉过你的文学、艺术合同全部搁置下来了。我应该在这个国家待到用英文写的《先知》出版,完成我已许诺下的画作。我很思念东方,尽管有些朋友写给我的信使我感到内心失望,甚至有时使我宁愿在异乡人中孤度日月,也不愿意在亲朋之间苦熬时光。尽管如此,我也将回我的老"家"去,亲眼看看岁月使它发生了什么变化。

我相信,东方思想,尤其是阿拉伯思想,在不久的将来必有举足轻重的作用。

请接受我的敬意与友情。上帝为忠实的兄弟护佑你。

纪伯伦·哈利勒·纪伯伦

1918年×月×日❶

伊米勒兄弟:

……

《疯子》在美国和英国所造成的轰动效应确实是最奇妙的事情之一。法国赴美国代表团团员比亚德·兰克斯将《疯子》译成了法文,本季度末将在巴黎出版。《疯子》的部分内容被译成俄文、意大利文和挪威文,看起来西方人已经对他们的灵魂之梦及思想倾向感到疲

---

❶ 此信可确定写于《疯子》发表的1918年或1919年。——原注

悉,于是对奇异及熟悉的东西产生了兴趣,简直有些渴望至极。尤其是对东方的东西或被他们想象为东方的东西更感兴趣。

我相信东方思想,尤其是阿拉伯思想,在不久的将来必有举足轻重的作用。

纪伯伦·哈利勒·纪伯伦

×年×月×日

伊米勒兄弟:

1. 重视印刷

几日前,《行列之歌》一书出版了,我寄给您一本,期望你们从中发现令你们感兴趣的东西,我想以不同于大多数阿拉伯新书的装帧设计出版这部书,以便唤起阿拉伯世界印刷者们的雄心壮志,把他们的注意力吸引到外国图书上来。因为在我看来,印刷是一门艺术,我们应该给予重视,尤其在今天,我们正处于转型阶段的今天。我之所以这样说,是因为我深知一首好诗永远是一首好诗,哪怕用炭块写在墙上。不知您是否见过,那些被称为"诗集"的书,因为没有精美的装潢而叫人感到有些遗憾?《行列之歌》作为一首长诗,是我在森林里做的一个梦;当我把它写出来时,我发现自己就像一个雕塑家,试图用海上的雾霭塑一尊像。诗人的心事只能用锁链、桎梏似的语汇和韵律来表达,又能怎样述说自己的梦呢?

2. 意在著述

过去和将来,我的第一志愿都是著具有精神滋味和道义价值的书。不过,若有物质利益,我想当最后一名受益者,而不是去争第一。我想当最后一名受益者,也是一种自私;请不要认为我不是个人主义者!

3. 我的小传

……你很关心我,要我把我的小传寄给你。兄弟,对于我来说,这是个难题,简直可以说是难中之难了。除了说我生于四十年前,工作了四十年,我还能说我自己什么呢?

这就是我的小传全部。有时候,我仿佛认为自己每天都有一个新生。我的过去,只不过是在夜里做了一个梦。你知道,自认为孩童的人,是羞于在人们面前谈自己的生平历史和展示雾霭一般的朦胧过去的。我的意志、慕爱、背叛与驯服,直到现在还没有选定一个自由模子,以便面对太阳而站立。如果明日到来了,我且结出了适于见光明的果子,那么,那种果子本身便是我的生平小传,那其中包含着我生平中所经历的痛苦、欢乐、寂寞、欢庆、光明与烟雾。

我的兄弟,请接受我的饱含友爱与敬佩的问候。安拉让你把兄弟的亲情牢记心中。

纪伯伦·哈利勒·纪伯伦

致阿卜杜·迈西哈·哈达德

阿卜杜·迈西哈·哈达德，1890年生于霍姆斯。在叙利亚小学接受初级教育，之后入巴勒斯坦拿撒勒的俄国师范学校。

1903年迁居美国，1913年在那里办起《旅行家》报。1920年笔会成立之后，《旅行家》报变为笔会会员的讲坛。阿卜杜·迈西哈及其胞弟奈德莱·哈达德为笔会成立做出了巨大贡献。

我们这位文学家远离祖国半世纪之多，只在1960年遍访过祖国的山川并将这次返乡旅行的收获写成一本书，题名为《游子印象》。之后，阿卜杜·迈西哈回到美国，1963年客逝异乡。

除了开办《旅行家》报，还留下《侨民的故事》《游子印象》等著作。

他是纪伯伦最忠实的朋友之一。

1918年10月7日　纽约

《旅行家》报主编先生阁下：

叙利亚难民需要援助，这个问题在今天比过去任何时候都重要。

鉴于叙利亚与外界的通路已经打开，没有任何理由怀疑援助物资能否送到灾民的手中；鉴于叙利亚的大批饥民在美国没有亲人，也没有能够专门帮助他们的人；鉴于"援助叙利亚和黎巴嫩难民委员会"已变得虚弱与混乱不堪，再也不能尽自己的职责。因此，我认为应该要那些曾为这个援助计划出过力的阿拉伯报纸的主编们和富有民族热情、能够代表公众舆论的优秀文学家们采取一切可能采取的措施，以便为委员会注入新的生命，将委员会置于能够为难民尽更高的义务的地位。我作为上述委员会的成立发起人之一，建议首先重新选举该委员会的成员；其次，重新审阅委员会的基本办法条款；第三，研究增加收入、减少支出的办法。

请就此问题发表你的坦诚意见。上帝保佑你！

纪伯伦

致艺术家优素福·侯维克

优素福·侯维克，1883年生于黎巴嫩贝特龙省的哈勒塔，就读于"希克玛"（睿智）学校，在那里结识了纪伯伦。

在罗马学习艺术，然后转巴黎，在那里与纪伯伦再次相见。1939年回到黎巴嫩，在贝特龙省的奥拉村定居下来，远离人们，专心持锤雕琢艺术作品。1962年逝世。

侯维克的著名雕刻作品有黎巴嫩和阿拉伯的名人雕像，如他的叔父易里亚斯·侯维克大主教、黎巴嫩英雄优素福·凯尔姆、费萨尔一世国王、法赫尔丁二世埃米尔、思想家和文学家艾敏·雷哈尼、诗王艾哈迈德·邵基……他还把黎巴嫩的许多神话传说用雕刻语言表现出来。

他著有《回忆与纪伯伦相处岁月》，由易德费克·吉里迪尼·舍伊布卜编辑出版。

1911年2月19日 波士顿

优素福兄：

能在巴黎拥有一个山羊的榻位，那真是幸福的人！漫步在塞纳河畔，注视着那些旧书旧画箱，该是多么惬意！我居住在这座充满朋友和相识的城市，犹如被流放到天涯海角，那里的生活冷似冰霜，黑暗得如同灰烬，沉默无声好似狮身人面像。虽然我的妹妹就在我的身旁，不论到哪里，周围都是亲近的人。优素福，早晚都有许多人到我家里来，但我对这种生活不满意……我的工作正走上山巅，我的思想平平静静，我身体健康，正享受着存在的乐趣……优素福，但是，我并不愉快。我的心灵又饥又渴，需要吃的和喝的，但不知那食与水在什么地方……森林一位高贵之花，它不会生长在背阴处。荆棘则会生长在任何地方……雷哈尼住在纽约离我不远的地方，他的生活很贫困。我俩常常诉自己的内心苦楚，想念黎巴嫩，歌颂祖国之美……那便是患艺术病的东方之子的生活。那便是被流放到这个地方，工作奇异、行动呆滞得令人啼笑皆非的"阿波罗"子孙们的生活……优素福，你好吗？你生活在你在大路两侧看到的人类幽灵中间快活吗？我不在期间，你都画了些什么画？哈米尔顿太太给我写的信中说了你许多好话。你做她的朋友吧，她很热情，此外她还是暴虐、怜悯与黑暗、光明艺术之神的殉难者之一……但丁把你带到了何方？难道你陪着他到了那个深"渊"和那些危险渡口之间？波提切利❶的精神金发女友把你带到了什么地方？莫非你在那远离世界的遥远舞台上，面对永恒世界，就站在她的附近？围绕着地狱和天堂，我有许许多多问题要问。但是，我不想将之付于墨水和纸张。请在卢浮宫和胜利女神前提及我的名字，

---

❶ 波提切利（1444—1510），意大利著名画家，生于佛罗伦萨。其绘画作品有《春》《圣母颂》《维纳斯的诞生》《维纳斯与马尔斯》等。

向《蒙娜丽莎》致意，向翻飞在你的头周围的灵魂致敬……爱你的兄弟向你致意问候。

纪伯伦

致艾迪勒·瓦特荪

×年×月×日

亲爱的瓦特荪女士：

是啊，尼采是位巨人，一位响当当的巨人。你每读到他的书，就会对他增加一分爱戴。也许他在现代灵魂中是最活跃、最自由的因素。他的著述将在被我们今天认为是伟大作品的许多东西闪过之后永存于世。我希望你，我——希——望读读《查拉图斯特拉如是说》❶，如果有空的话。因为在我看来，这部书是历代最伟大的作品。请近日到我这里来，让我们谈谈尼采。

纪伯伦

---

❶《查拉图斯特拉如是说》，尼采的主要著作，1884年1月出版。查拉图斯特拉（即琐罗亚斯德）是古代波斯拜火教的创始人，尼采借这个教主之口，说出自己的哲学思想，其中两个主要内容是"超人"和"万物永远还原"。

致女子爵西西里娅·乌夫·鲁唐伯格

×年×月×日

女子爵：

惠书收到。信中说："我喜欢叙利亚，因为她美，她的美中有一种精神特质，唤起我心灵中的一种神奇的异常情感和遥远而亲切的回忆。我热爱叙利亚人，因为他们聪明，只是时运不济。但是，我憎恶这个阶级，因为它抛弃了古老的东方文明的善美，而偏向新的西方文明的丑恶；这个阶级所收纳的东西偏离了人类阶层。"

女士阁下，这的确是一个严酷的事实，东方的保守主义者们听后，无不表示遗憾，只有他们之中的现代主义者能够理会，听后微微一笑。在这遗憾的痛苦与微笑的讥讽之间，今日的叙利亚处于尴尬立场，处于三岔路口，一时失去了前进的方向。至于我呢，则因为看到叙利亚的旧衣服上补了一块新补丁而感到痛苦遗憾。

当我发现躯体归于一个陈旧灵魂时，我是不会因高兴而微笑的。我像一个怜悯病母的儿子那样看着叙利亚。我的祖国母亲身患传统重病。女子爵，正是传统使人像走在白日光明中的瞎子一样，正是传统使人像走在夜幕中的明眼人一样。这两者之间的差别，无非是第一个的心灵"包围着黑暗"，而第二个的心灵则"被黑暗包围"。

叙利亚的保守主义者,他们是宗教首领、部落头人和旧家族的长老。宗教首领们之所以保守传统,并非由于他们喜欢其纯美与质朴,而是因为他们发现保守传统可以维护他们的权威。至于部落头人和旧家族的长老们,他们则像在各国的同僚们那样,天生贪婪他们的权势,拼命抗拒由马格里布传入叙利亚的新灵魂。无需抱怨他们,因为他们所看到的盘飞在他们国家上空的那种新灵魂践踏了东方礼貌的尊严,破除了迷信,撕毁了叙利亚脸上的"光荣"面纱,扯去了叙利亚身上的尘衣。

毕业于欧洲学校的现代人,或迁移到新世界的现代人,他们当中的多数人就像低等世界花园里的果子一样,有着吸引人的外表,但却受了烟尘的污染,但他们很少伤及保守主义者,原因在于他们影响微弱,影子很短,欲望也极少。

不过,女子爵阁下,你知道在叙利亚有个第三阶级,他们的思想比保守主义者宽广,也比假现代人的智慧高超。这些人抛弃了宗教首领的权威,所爱的仅仅是宗教自身的美。他们逃离了被人牵着走的命运,出于对心灵尊严的敬重,转化为继承下来的光荣之子。他们远离了欧洲的丑恶传统,汲取了欧洲人的知识和引人喜爱的文学。我不把这个阶级称作"温和阶级",因为它不想调和传统奴隶美德与传统之子优点之间的矛盾,因其深知玫瑰花不是从萤火虫那里采来的,好酒也不是用荆棘酿出的。我也不把它称为"宽容阶级",因为它既不和蔼可亲地对待东方迷信投降的人,也不同情沉湎于西方恶德的人,因其深知东方人的愚昧和西方人的堕落。它是一个道德、意识、特点、兴趣和爱好完全独立的阶层。它在自己的社会中讲的是阿拉伯语，因为它通晓阿拉伯语。它渐渐深入学习法语和英语，并非因为喜欢巴黎和伦敦的各个角落抛出的低俗小说和肮脏故事，而是因为深爱法国的高尚文学和英国的宝贵科学。有关欧洲的情侣奇妙的故事和淫乱小说作者的情况，它一无所知。但它对莎士比亚、歌德❶、但丁和巴尔扎克❷了如指掌。它对报纸上宣传的达尔文❸、康德❹、尼采等提出来的新文明理论不屑一顾。

这个阶层便是叙利亚不同于东方各国的所特有的阶层。正是这些人造就了埃及和沙姆的文学复兴，也正是这些人使得东方人有了接受议会政体的精神准备。

世界上的各个国家都像树木，开始发芽，继之生长，长高成树，然后结果，结出的有好果，也有坏果。这些年后，树便变老，枝干枯萎，接着狂风吹来，将枯枝树刮倒，卷入低凹处，用秋叶和冬雪为之作殓衣。叙利亚是一棵葡萄树，久久生长在太阳下，结出了可口的葡萄，其鲜美味道曾受到神灵称赞；也曾酿成葡萄美酒，人类饮之而醉倒，至今尚未苏醒过来。如今，旅行者的脚踩过葡萄藤，盗贼破坏了篱笆之后，过路人走过那里，那些葡萄藤再次长出了叶子，而且伴随着微风吹过而微微抖动着……那真是历史上从未出现过的奇

---

❶ 歌德（1749—1832），德国诗人，一生从事文学创作，研究自然科学，并参与政治活动。其代表作有《少年维特之烦恼》《浮士德》等。

❷ 巴尔扎克（1799—1850），法国小说家，从年轻时开始自信有很高的文学才能。用超人的才智和精力，不到20年时间内，创作91部小说。

❸ 达尔文（1809—1882），英国博物学家，进化论的奠基人。

❹ 康德（1724—1804），德国哲学家，德国古典哲学的创始人，代表作有《纯粹理性批判》《实践理性批判》等。

迹，只有了解从奈布胡兹·纳斯尔到阿卜杜·哈米德时代的人们经历的人才会重视这一奇迹。

……

纪伯伦

致约瑟芬·比布迪

约瑟芬·布里斯顿·比布迪是美国文学家、诗人。1898年,纪伯伦在摄影家法里德·荷兰德·戴伊举行的摄影展览上结识了这位诗人。二人见面不久,纪伯伦便回了黎巴嫩,就读于贝鲁特的希克玛学校。离去时,纪伯伦将亲手为约瑟芬绘制的一幅画像留给她,并用阿拉伯文写着:赠给素不相识的女士约瑟芬·比布迪,纪伯伦·哈利勒·纪伯伦,1898年8月23日。

纪伯伦在黎巴嫩期间,收到了约瑟芬于1898年12月12日发出的第一封信。其后,二人之间有书信来往。但是,发表的仅有一封,那就是载于纪伯伦堂弟所著《纪伯伦生平及世界》一书中纪伯伦写给约瑟芬的这封信。

1905年,约瑟芬与工程师留尼尔·马克斯结婚。

1899年×月×日

亲爱的约瑟芬:

看来我终于赢得了你这位朋友。我能够希望这一点吗?这种希望几乎濒临死亡。

当然,我看到你的照片和听到人们对这张照片的评说时,感到非常高兴。不过，使我感到更为高兴的还是你的这封短信，它为我打开了我们之间友谊的大门。

正如我说，当我收到你的来信时，我盼你来信的希望几乎濒临死亡。你的来信告诉了我许多你没说的事情。啊，我是多么幸福，我是何等高兴！我的兴奋心情是我这可怜的笔不能用语词述说的。

你可以看出来我用英文写信是多么不自如，因为我无法用英文诠释我的思想。不过，你也许不在乎这些。我认为我知道我怎样对你说我将把你的友情铭刻在我的内心深处，即使你我相距千山万水，我也把对你的一种爱保存在我的心中。我将把你记在我的心里，任何东西也不能将你与我的思念分开。

啊，我多么希望我的英文学得更好一些，同样也希望你会阿拉伯语；到那时，我们该有多么高兴！虽然如此，我还是向你许下诺言，将写信给你，把我值得的和我所做的全都告诉你。我希望你写信给我，把你的情况告诉我。你所写的一切，都将使我感到幸福快乐。

是的，这些日子里，你一直停留在我的记忆中，正如你的信上所说："因为我常常保存着这种东西。"可以肯定地说，我就像一架照相机，我的心就是底片。为什么？我已经把你保存在我的记忆中，因为我每当想起你的时候，好像你的面容就想对我说些什么。在戴伊先生举行摄影展览的那天夜里，你单独和我谈的那些话，我是永远不会忘的。那天夜里，我问戴伊先生："这位穿黑衣服的女士是谁？"他对我说："她是比布迪小姐，她是一位女诗人，她的姐姐是位女画家。"我对他说："好一个幸福的家庭！我多想结识她一下呀！"

那之后，日子飞快闪过，我再也未能见到你，无从增加对你的了解。出于对智慧和知识的渴望，我远渡重洋，来到了贝鲁特，在一所学校里，开始学习阿拉伯语、法语和其他的许多东西。

叙利亚是个美丽的国家，那里有很多古迹，与美国很不相同。那里寂静得很，尤其在乡村，像我们那个山村，人们心地善良，互敬互爱。他们不像美国人这样做很多事，他们只在自己的田地里劳动。不论富人、穷人，看上去都很幸福。

我想问，你怎么知道我喜欢清静和安静的地方呢？为什么？我确实喜欢清静，我也几乎能听到清静的甜美乐声。我要问：当你坐在一个黑暗、宁静的房间里时，可曾听到细雨静静飘洒而下的音乐声吗？

你给我写信了吗？我将在下封信中告诉你许多事情。

你的远方朋友
哈利勒·纪伯伦

致玛丽塔·鲁荪

玛丽塔·鲁荪或玛丽塔·基亚库比,结婚前曾是纪伯伦的绘画模特。纪伯伦不仅欣赏她的善良心地,而且欣赏她的匀称身材。玛丽塔亲切地称呼纪伯伦为叔叔,曾著过关于纪伯伦的一部书,至今未能付印。

1973年,玛丽塔访问了黎巴嫩,到过纪伯伦的故乡贝什里。在那里,她站在玛尔·赛尔基斯修道院的纪伯伦墓前注目许久。

1920年5月19日　波士顿塔伊勒大街76号

亲爱的公主:

你将来做什么呢?你不应该住在波士顿!对于我来说,波士顿是一座寂静的死一般的城市,没有什么要做的事情。在这里,人们生活在苍白的记忆之中,尽管这里有他们的多座漂亮教堂。他们比起别的城市居民,确乎缺少热情和品位。当然,这里有我的不少朋友,但他们也不喜欢波士顿。他们生活在这里如同生活在流放地。

玛丽塔,我想在离开纽约之前见你一面,但命运没有给我以应有的协助。同时,我也想看看你为我和职业者所拍的照片。我指的是最后半打。我希望它比第一批照片更好。在我看来,你的那架照相机可以记录下那次咖啡晚会上跳动着的灵魂。我回到纽约,我们还应该举行一次晚会。当然,我们要请你的母亲参加。其实,晚会将欢迎你的母亲和你。

亲爱的美丽公主,请写信给我,把你的良好健康情况及你在今春的幸福生活告诉我。

主为你祝福,主永远保佑你。

你的忠实叔叔
哈利勒·纪伯伦

1920年5月26日❶

亲爱的公主:

没有一个人能像你一般写如此甜美的信。我敢肯定,除了你没有一位公主能用神笔画出像你那样的纯美图画。我为我的侄女感到自豪。

玛丽塔,我的健康不佳。尽管如此,我还要去作两个报告。请允许我向你强调,这些日子里,诗人的生活不是在七大海之外的神圣土地上所做的梦。人们有办法将诗人变成机器——这是我绝对不喜欢的。

---

❶ 此为邮戳上所标明的日期。

不，玛丽塔，你不是福特牌、鲁勒斯·路易斯牌汽车，你的住宅也不是汽车库。你是生活在神山后象牙塔里的一位公主。

公主可以化装得非常俏丽，但无论何时何地，她的叔叔都能认出她来。叔叔就像母亲，其识别能力远远超出你的想象。

我担心我应该在这座异常阴影遮罩下的城市再停留上一个星期的时间。我被迫签过合同，我当然应该执行完合同。正像我对内一说过的那样，人类折断了诗人的翅膀，使他们不能随自己意愿而飞。你说你在找你的叔叔，这话多么美妙！要知道，你的叔叔也在常常找你。

我回去能来看你和你的母亲，我该是多么幸福。到那时，我们一定会举行晚会。亲爱的玛丽塔公主，苍天永远护佑着你。

你永远忠实的叔叔
哈利勒·纪伯伦

又及：我希望你在你母亲面前提起我，就说我为结识她感到幸福。向可爱的玛丽塔的灵魂致以最亲切的问候和一千个幸福。

源于她的忠实叔叔
哈利勒·纪伯伦

1920年6月22日[1]　纽约

亲爱的公主：

　　我于十天前回来，但我并未觉得好，因为我应该离城到乡下去了。我回到这里，是为了更新旧画室。

　　我常常想起你。不过，我知道你整天忙于学习，故没给你写信，同时也不急于听你的消息。我完全知道学习的周末情况是怎样的，因为我也上过学，即使你不相信我的话。

　　假若我知道你将庆祝自己的生日，我定会参加庆祝这个令人高兴的日子。尽管如此，我还是能够做点事情的。时间尚未错过。

　　你近来不和我打电话联系吗？我听到你的消息，将是十分快乐的。

　　祝你福运长久。

　　我永远做你的忠实叔叔。

哈利勒·纪伯伦

---

[1] 此为邮戳上所标明的日期。

1920 年 7 月 19 日[1]

亲爱的公主:

这画室里一片狼藉,我怎能给你写一封漂亮信呢? 我连一张适于写信的纸或一个坐的地方都找不到。

我听说你病了,令我痛苦不堪,实在难以用文字表达。 为什么天使总是把病魔降到可爱的小孩子身上? 我实在难以相信。 真正生病的是你,还是另外一个小孩儿? 我不想用真实名字称呼那个人!

我希望,我祈祷,以便使你立即痊愈。 你应该常常成为健康、强壮和幸福的人。 如若不然,你的叔叔们都将成为不幸的人。 我们只有你这么一个侄女,你关心自己就是关心我们大家。 你明白我的意思吗?

我希望你和我通信,告诉我你安好快乐。 生活在象牙塔里的公主应该健壮,以便承受王冠和权杖的重压,足以统治自己的庞大王国。

愿主永远为你的忠实叔叔保佑你。

哈利勒·纪伯伦

---

[1] 此为邮戳上所标明的日期。

1920年7月23日 ❶

亲爱的公主：

　　你的朋友遭遇磨难，令我十分不安。我希望他很快痊愈，因为有你护理他。其他情况如何？

　　收到你的来信，我比幸福的人还幸福。信中的一切消息都是那样甜蜜。顺便说一句，我相信你是个爱开玩笑的人。假若你发现自己开的玩笑没起作用，你将怎么办呢？我相信你背朝月亮，会拿你的影子开玩笑！

你的永远忠实、可爱的叔叔

哈利勒·纪伯伦

1920年8月14日 ❷　　波士顿塔伊勒大街76号

亲爱的公主：

　　昨天下午我劝告得太多了吧？我真担心我那样做还留下了某种遗憾。不过，正像你所看到的，我们都是你的真正朋友，只想你更好。我们希望你成长，成为一位出色的人物，因为我们相信你能够成材。

---

❶ 此为邮戳上所标明的日期。
❷ 此为邮戳上所标明的日期。

我感到非常高兴，因为你那慈祥的母亲同意我在一些事情上的见解。你母亲聪明过人，知道你应该做些什么。你有这样的母亲，你应该感到十分自豪和高兴。

我又在劝告了！我认为那是我的天性！

我星期一或星期二是不会离开这里的，请写信到波士顿，我很想听说你在做什么。给我寄一张你昨天拍的照片好吗？我希望你这次能够成功。

请代问你母亲好，就说我为同她结识感到非常幸福。

向玛丽塔的美好灵魂致以亲切问候和一千个吉祥。

你的忠诚叔叔
哈利勒·纪伯伦

1920年8月18日❶ 星期三

亲爱的公主：

你给我写了信，并寄了照片，真是太礼貌周到了。

我认为你这次取得了巨大成功，令我十分佩服。无论如何，画室不是住的地方，也许我有些失望了！假若你希望那些灵魂继续在我住的地方做它们那奇怪的工作，我将向主祈祷让它们回来。到处都有善良的灵魂，那就是我亲爱的玛丽塔。她在我们所有人的周围。

---

❶ 此为邮戳上所标明的日期。

我相信她会帮助我们做高尚、美好的事。我相信所有的善良灵魂都爱我们,当然都爱我们。自然,你的信中所夹寄的那些照片,我是很喜欢的。每当我看到你的作品时,我便更加佩服你选择了艺术,用以表达你的内心所思。我相信这就是你的巨大天赋。

你母亲与我的看法没有什么不同,不是吗?如果是这样,我也就什么也不用说了。不过,你是最清楚的!你知道的很多,我们何不多多分享你的学识呢?

请代问你母亲好。祝你平安!

你的忠实叔叔
哈利勒·纪伯伦

又及:

我很想得到六张我的那张照片(我指的是我那张站像)。你不会把这些照片给我吗?我回去后会付钱的。

1920年8月25日❶ 星期三 波士顿

亲爱的公主:

我从乡下回来,就看到了你的来信和六张照片。你多好、多甜,我亲爱的玛丽塔。为了让我得到这几张照片,又这样迅速,真是麻

---

❶ 此为邮戳上所标明的日期。

烦你了。

但是，你的信还远远不能令人满意，仅仅是一封信的影子，而且是个微弱的影子！不过，我知道事情在家中是如何进行的。不到一个月之前，我不是也有过同样的处境吗？人的记忆力并非十分活跃，不是吗？

我在这里的几位朋友认为你的照片（我指的是你本人的照片）美极了。我告诉他们说，你不仅人美，而且善良、温柔，有天赋之才。他们很相信我的话。也许我还没有把全部真实情况告诉他们。说不定我还应该把你别的情况讲给他们听！求上帝宽容我没把话说完！可是，一个人能对自己的侄女说什么呢？应该对某些事情闭口不言！

请写信给我，把你的好事告诉我，把你开始做的工作告诉我。上帝永远保佑你！

你忠实的叔叔
哈利勒·纪伯伦

1921年7月25日❶　波士顿塔伊勒大街76号

亲爱的玛丽塔：

复信收到了，请你原谅。由于健康原因，我约两周前离开了纽约。这是我从来未经历过的一种情况，我仍然病着。但我的健康好

---

❶ 此为邮戳上所标明的日期。

转得比我预想的要快得多，时间短得多。

玛丽塔，我不是一位坏叔叔。我只是有时运气不佳。看来你应该明白我深深沉默的原因。你知道，对于我来说，你是多么珍贵。我不写信，并不意味着你在我心中的地位降低，只说明我要么病了，要么有可以原谅的类似理由。

请把你的情况告诉我。你很健康、幸福吗？你真在找你那位生病中的老叔叔吗？让我知道所有一切吧！

永远爱你的叔叔
哈利勒·纪伯伦

1921年9月26日❶ 星期一

亲爱的玛丽塔公主：

我终于返回了纽约。好一座没有休闲的城市，但我为回来感到高兴。人能在纽约以外所做的唯一一件事就是懒惰。没有比懒惰更令人厌烦的事了！

无论你说学校什么，我总相信对你来说，这是最好的地方！有的鸟儿需要樊笼，有的自由心灵需要锁链！你不要忘记去学院。会鸣唱的鸟儿应该有一只金笼子。

---

❶ 此为邮戳上所标明的日期。

给我打电话吧！我很想见到你，听听你的消息。假若我有办法帮助你，我将为欣赏你的哑剧感到高兴。说不定我们将安排一次茶话会。

永远爱你的叔叔
纪伯伦

1926年8月9日❶ 星期一 波士顿

亲爱的玛丽塔：

你的信真好！给我送来了欢乐和愉快，我为此向你祝福。

其实我是很愉快的，今天感到比过去任何时候都好。七天时间内，我将去农村。我相信大海和绿色森林比城市好。

听说你母亲的手指有恙，我甚不安，但期早日痊愈。她是一个可爱的灵魂，请代我向她致以美好问候。

不巧得很，没找到《先知》那幅画，这幅画的负责人心理状态紧张，我真的为他感到遗憾。虽然如此，但还是应该继续寻找；如果找不到，出版社应该尽一份力量，以便满足两年来买那幅画的人们的要求。

亲爱的小娃，有时间就给我写信吧！上帝为你祝福！愿生活在你的心中歌唱。

哈利勒·纪伯伦

---

❶ 此为邮戳上所标明的日期。

1926年8月17日❶　星期二　波士顿

现在，那么，你不想当"亲爱的小娃"；不过你很小，很可爱，不管愿意与否。当然，你在努力成为成熟的、羽毛丰满的女子。但是，我担心，你只有在我离开这个世界，走向另外一个世界时，你才会成功。

虽然如此，无论你是个女孩儿，还是个女子，你都是很美的，我将一直守护着你。也许有时我会成为一位严厉的叔叔，但我相信你是能用耐力承受的！

亲爱的玛丽塔，我的情况不大好。我的肌体有些毛病，需要在另一个地方做长时间休息，最好在一个安静的、只能听到无名呼唤声的地方。

上帝为你祝福，可爱的玛丽塔！让生活在你的心中歌唱。

哈利勒·纪伯伦

1926年8月26日❷　星期五　波士顿

玛丽塔：

现在请听我说，你不应该为我担心。我作为男子汉，或作为叔

---

❶ 此为邮戳上所标明的日期。
❷ 此为邮戳上所标明的日期。

叔，或朋友，你不应该对有关我的任何事情担忧。坦率地说，我离开纽约时，是个病人。

不过，我十分幸运，遇到了一位好医生，他不仅了解我的肌体，而且知道我的工作，对我很关心。现在，我的身体很好。但我应该留在这里，只要医生希望如此。我们这里没有电话，我妹妹很重视来访客人。

让我们抽出片刻谈谈更重要的事情吧！你说"近来我在每一个转折点都遭到失败"，这是什么意思？你要知道，你不曾遭受任何形式的失败。对你来说，只有儿童的啼哭和空谈失败。上帝赐予女性甚多，给其手和内心的东西也很多，因此女性不能失败，同样也不能落泪、低头。

我应该在这里停留多久，他人说或不说什么，也没有什么关系。你应该保持你的真实自我。你只管做你的梦，做你想做的小事。你要成为有激情的人，因为你有梦想，你在学习。看在所有高贵天使的面上，你永远不要说你的心"在小肢体"里。你是一个非常完整的大世界，或者绝对不是一个心。

我希望你高高兴兴，玛丽塔，你要知道，生活在你的灵魂深处是美好的，一切都好。

非常爱你的叔叔
哈利勒·纪伯伦

1926年9月3日 ❶ 波士顿

亲爱的，亲爱的玛丽塔：

请你原谅，我复信晚了。我的情况不好，现在好多了。一切都会好的，如果你能忍耐稍长一点儿时间的话。无论如何，你应该常常"做我的明理的小先生"。不论有无信相通，你也应该在无声的时刻常常听到我的声音。你应该知道，我总是爱着我心中的女孩儿；每时每刻，我都在向她祝福。我要去农村两三天。我相信，无论如何，农村要比这里好，那里将更绿。

就让你心中歌唱昼夜吧！

哈利勒·纪伯伦

又及：

我希望你常给我写信。

1926年9月8日 ❷ 星期三 波士顿

亲爱的玛丽塔：

听说你患了鼻黏膜炎，我很难过。你本不该这两天外出。可是，

---

❶ 此为邮戳上所标明的日期。
❷ 此为邮戳上所标明的日期。

在这个世界上,有谁能对你说应该或不该做什么呢?你能够常做一个"坏女孩儿"!

我试图让自己痊愈。我肯定对你说,那是一个十分令人厌倦的过程。"病的实质"是:我身上的所有关节都使我感到痛苦。有时候,我几乎不能走动。尽管医生们说我将在适当的时候康复,但我还是担心。他们试图给我做电疗,那倒不坏,但人要有忍耐心。

玛丽塔,现在让我告诉你,我来帮你解决难题。你不应该做轻率、孟浪人。我看没有必要"急匆行事"。你永远不应该知道"你停站何处",如果你坚持知道此事。适当时候到来之时,生命自身将告诉你站在哪里或不站在哪里。如果我处于你的位置,我会等待生命开口。希望你安好、幸福,上帝为你祝福。

哈利勒·纪伯伦

1926年9月28日 ❶

亲爱的玛丽塔:

是的,我一直沉默无言。不过,我仍然有许多话要说。七天之内,我将返回纽约,我们将会交谈。我相信我们能说清楚用书面说不清楚的事。书写工作是半个哑巴,如果这种表达方法贴切的话。

---

❶ 此为邮戳上所标明的日期。

我感觉现在好多了，但仍然不像应该的那样。有人对我说，我应该继续休息，思想与躯体上都应该休息，那要休息更多几个月。还有人说，我该逃避纽约的冬天，到别的地方去，也许去佛罗里达。

我回到家中就给你打电话，并希望当晚见到你。也许是星期五，或者星期六。我将为看到你而高兴，亲爱的玛丽塔。

祝你吉运临头。

爱你的叔叔
哈利勒·纪伯伦

1927年4月6日❶

亲爱的玛丽塔：

信复迟了，请原谅。我的健康情况不大好，而且头脑里有大量的疑难问题。

正如我的许多朋友所知，即使我在最好的情况下，也是世界上最差的写信人。我的沉默是一种习惯，也是最佳表达方式。加库比丝太太过去和现在都工作得很好。她是一位好朋友，理当得到世间的一切成功。

你工作了，我很高兴。在我看来，没有比工作更重要的了。任

---

❶ 此为邮戳上所标明的日期。

何其他事情都是慢性死亡。

你来纽约时给我打电话联系。听到你做的任何事或任何想做的事，我都会很高兴。

请代我问候拉伍逊先生。

请相信我永远是你的忠实朋友。

哈利勒·纪伯伦

1927年8月7日❶　　波士顿

亲爱的玛丽塔：

在过去的两个月中，我在这里和纽约都病着。我仍然不能行动，但期你明白我的境况。假若没有妹妹和医生的帮助，我简直连封信也写不成。但是，我相信这寒冷的天气将会给我带来些宽舒。

当然，我会重视天使给你和你的丈夫带来的欢乐。我向上帝祈祷，愿你一切顺利如意。

你的忠实朋友
哈利勒·纪伯伦

---

❶ 此为邮戳上所标明的日期。

致玛丽塔的母亲加库比丝太太

亲爱的加库比丝太太:

我与玛丽塔一起度过了三个小时。她是我毕生从未见过的最恐怖、最讨人喜欢的姑娘。我给她起了一个绰号,叫"尼禄"❶。

尽管如此,我仍然选她做我的女儿,不管世界上其他任何事情……我为我的余生而感到痛苦。我嫉妒你,太太,但我对你满怀敬慕之情。

我认识玛丽塔是一种幸福。也许我近来结识她的母亲将得到好运。

顺致
安好

哈利勒·纪伯伦

---

❶ 尼禄,古罗马暴君,以焚烧罗马城而闻名。

集外集

原序

钻入黄纸堆里，一旦从中寻到文学巨匠的那些逸失和被遗忘的能够为思想提供滋养的作品，就像探海采到了光彩耀眼夺目的珍珠。文学家及诗人的作品，无论怎样收集，总有一些像留在葡萄酒窖里的陈酿，因时间久长而味道更加醇香甘美。

某位文学艺术家的一篇鲜为人知的作品一旦被发现，通常引起世界范围内文化界的一时轰动。因为它的价值不仅仅在于完备其人的全集，而且还在于进一步完善其人的品格。有多少篇在报刊中被忽视的文学或保存在抽屉里的手稿的发现，为作家的脸上增添了新的姿容，或者改变了作家已知的几乎固定了的面貌！

我们习惯于在出版社出版的"全集"中看文学家们的成果，那些"全集"常常只包括已经出版过的书，而这些作家的另一部分作品，如手稿或发表在报纸杂志上的作品，却被忽略、遗忘了。

但是，有些研究者，一旦担任出版"全集"的任务，便要付出实实在在的力量，将部分逸失和被忽视的作品加进去，以求使之近于完全。之所以说"近于完全"，且因为不大可能将作家的所有作品收齐，部分原因如下：

——作家本人对自己的某些作品不满意，尤其是早期作品，因而试图将之抹去。

——作家本人没有留心收集和保存在期刊上发表的作品，因此大部分丢失。

——没有专门的文化机构从事保存、维护文化产品的工作，从而为回顾、收集文学家的作品提供方便。

我们看纪伯伦的遗作，发现他的阿拉伯文作品集和译文作品集仅仅收集了他的已经发表过的作品，还有许多作品散落在过去和现在出版的书中和数种在海外或本地出版的期刊上，或者藏在那些沉睡在"古物"上的人们的抽屉里，使之随他们而逝去。虽然纪伯伦的部分遗作已见光明，但被遗忘和丢失的仍然很多。

因此，我们值得为收集伟大的纪伯伦的遗作竭尽全力，使之见到光明，因其代表着人的价值和思想的深度，从而使他排在黎巴嫩和世界文学大师之列。在这方面，我们做了我们应该做的事情。我们从教科书、非教科书和杂志里收集了他的这些文章，这都是未曾收入他的阿拉伯文集和译文集中的文字。

我们为此文集命名为《集外集》，意在表示这不过是实现这种目标的一次简单尝试，希望得到大家的喜欢和鼓励，为那些重视此类工作，并且试图不断完善"全集"目标的人们开启一樘大门。

安东·盖瓦勒
1992年8月6日

第一章　散文

一　卷着的报纸

我心所爱女子，昨天还坐在这个静悄悄、孤零零的房间里。她将她那美丽的头靠在这玫瑰色的柔软枕头上，把着这水晶杯，抿了一口掺着香精的醇酒。所有这些都是昨天的事，全是一去不复返的梦。至于今天，我心爱的女子已经走了，去了一片遥远、空旷、荒凉的大地，那里被称为空虚、遗忘之国。

我心所爱女子的指印仍显示在玻璃镜上，她呼出的香气仍然洋溢在我的衣褶里，她那话音回声尚未从我家的角落里消逝。但是，我心所爱女子，却已迁往遥远的地方，那里被称为遗弃、淡忘之谷。至于她的指印、口香和魂影，则将一直留在这个房间里，直到明天早晨，到那时，我会打开门窗，让风神进来，用其狂浪巨流卷走那位美女留给我的一切。

我心所爱女子的画像，依旧挂在我的床头边。她寄给我的情书，仍然放在镶嵌着玛瑙、宝石的银盒子里。那诱起我想念她的银盒子，一直用衬着麝香的绸布包着。所有这些都将留在原来的地方，直到晨阳东升。晨光初照之时，我要打开窗子，让风神进来，将那些东西带往空无黑暗中去，带往无声寂静居住之地。青年们，我心所爱女子就像你们心所爱的姑娘一样。那是一位罕见的女性，是神用鸽子的温柔、蛇的反复无常、孔雀的妩媚、野狼的凶狠、白天鹅的纯美和黑夜的恐怖,再加上一把灰和一勺海沫造就而成的一位奇妙女子。

童年时代,我就认识了我心所爱的女子。我跟在她的身后,奔跑在田间;我抓着她的裙尾,走在街上。

少年时代,我就认识了我心所爱的女子。我曾在书籍里和经典著作中看到过她的面容和幻影,曾在水云中看到过她的身段线条,曾听到她的歌声与小溪淙淙流水声一起升腾。

成年时代,我就认识了我心所爱的女子。我曾与她对坐畅谈,向她请教教律方面的问题,向她倾诉我心中的痛苦,向她展示我心灵中的秘密。

所有这些事情,都发生在昨天;昨天是个梦,一去不复返。至于今天,那位女子则已经走了,去了一片遥远、空旷、荒凉的大地,那里被称为空虚、遗忘之国。

我心所爱的女子名叫生活。生活是一位窈窕淑女,令我们身心向往,使我们神魂颠倒,给予我们许多许诺。她若慢慢腾腾,会夭折我们的耐心;她若忠于诺言,会唤醒我们的厌恶感。

生活是一位女子,用情人的泪水洗浴,身上滴着被杀者的鲜血。生活是一位女子,身穿以白天当面、用黑夜衬里的衣衫。生活是一位女子,乐意将人心作为好友,拒绝选其作为丈夫。生活是一位女骗子,但她很美;谁能看出她的谬误,便会厌恶她的姿色。

二 人分四类

人分四类：第一类人，你一见他便会害怕他；第二类人，你不会怕他，说不定初见之时，还以为他是个弱者，但短暂相处之后，你会认为他是个强者，说不定会被迫怕他；第三类人，你一见他便会怕他，但短暂或长期相处之后，怕意便会从你心灵中消失，说不定你会使他感到害怕；第四类人，你一见他便认为他是个弱者，你会使他常常惧怕你。

你始终害怕的第一类人，那是灵与肉俱伟大之人，而且灵魂的伟大与天资聪慧、心力强大紧紧结合在一起，肉体的伟大与机敏的外貌紧紧结合在一起，也就是说其性格全部表露在他的两眼里和面容上。

这类庄重严肃之人以意志坚定、庄严可怕、机灵警觉、思想敏锐为特点，对事事关心，不乏正确见解，仿佛力量和智慧集之一身。如果你不是他的对手，他便立刻狠扑向你，把你当作弱者，使你不得不怕他。

这类人在四类人中首先进入社会机构领导层，掌握管理大权。他们多半成为掌握实际控制权的人，很少有人成为受控制的人，即使是被领导者。

他们不贪钱财，除非利用钱财加强自己的权势。也许他们较之他人更正直，因为他们依靠的是自己的力量。他们很少同情弱者，即使对弱者有怜悯表现，也多半从政治目的出发，但不是经常性的。毫无疑问，他们是人类社会中最重要的成分，也许社会的进步全靠着他们；他们的人数多了，社会的进步则更快。关于这些人，我们要说他们福星高照，因为我发现他们事事随心如意。其实，我们并不觉得他们的权势能够使万事按照他们的意愿发展，因为他们依靠自己的威严控制着社会中的其他因素，使之变为他们手中的工具，那些因素便一起为他们的利益效力。表面上，那些因素在做着不同的工作，而实际上那些因素在按照掌握权势者的意志行事，而不是按照自己的理想工作。因此，我们看到事事在随权势者的意志发展。

第二类人，你初见他之时，你不会怕他，也许你还认为他是弱者，但短暂相处之后，你会认为他是强者，说不定会被迫怕他。这类人则是灵魂伟大，而非肉体伟大；灵魂伟大与天资聪慧、心力强大紧相结合，但并非显示在外貌上，而且你也很少能够觉察出他的锐利眼光。

这类人也像第一类人一样，意志坚定、庄严可怕、机灵警觉、思想敏锐、事事关心、见解正确，但是不易变成掌握实权的人。

这类人与第一类人的不同，往往在于机敏和善用计谋。因为这类人依靠自己的智力多于依靠自己的眼力，虽然其坚强意志与勇气并不比第一类人差。

大谋士、阴谋家多半属于这一类人。多数政治家、政权操纵者、商号及公司的经理等，他们也属这一类人之列。

这些人，我们对他们了解得越深，便越是害怕他们。因为我们能够感觉到他们的坚强意志、正确见解、坚定原则和为了目标而不懈努力。

第三类人，即见之即怕之的那类人，但经短暂或长时间相处之后，怕意便从你的心中消失，说不定还能使他怕你，因为他的力量只在脸面和外表，而头脑和心胸都很小。他的外表会把你欺骗，而他的言谈又会使他自我暴露。这类人中的许多人都是靠外貌骗人的人，他们实则内心勇气极小；他们能够伪装自己，在周围那些天真幼稚的人们眼里，他们是受敬重的人，虽然他们的头脑空空如也，他们的心柔弱无比。

在这一类人当中，多的是自鸣得意者，而他们却是没有意识地洋洋自得，不知道自身的分量，而是一味骄傲自大，恐吓普通人。他们当中不乏进行空洞宣传者，在天真幼稚者看来，他们的外表也还能加强他们的宣传，因此总受他们的欺骗。

至于第四类人，你一见到他们便认为他们是弱者，你会使他们常常惧怕你。这类人多数被权势和绅士们拉去当作工具。他们的外表可明显表现出他们的心灵、头脑和意志均弱小无比。没有人指教他们，他们什么事也干不成。

这便是对人的阶层的综述。从威严层面上说，他们是一脉相承的。不过，在人们争夺权势时，他们当中的意志最坚强者将捷足先登，首先获得权势和威严。

也许有一个事实要弄明，那便是谁将成为胜者和赢家：假若上述同一阶层的两个人相遇，则是先获得权威的那个人，将依靠个人素质战胜另一个人，迫使另一个人畏惧他。

这便是某些人的政策，尤其是那些不具备战胜别人的真正智慧资本的人，他们从初次见面开始，就竭尽全力以高傲和勇敢给聚集在他周围的人们留下印象；此外，他们还竭力让人们想象他们还有什么伟大的地方，很少暴露他们的实质，以免导致他们的地位降低。

你只要了解这些，便容易明白如何与人们相处。在你弄明他们的实质之前，既不要屈从于他们，也不要去判断他们的地位和权势高下，更不要过分地在他们面前掩饰自己，以免他们知道你的底细之后看不起你。你要努力知己知彼,正确看待自己,也正确看待他人。

三 美❶

我是心情的向导,我是灵魂的佳酿,我是心灵的美食。

我是一朵玫瑰花:白日里张开我的心扉,让姑娘把我采去,亲吻我,将我置于她的胸前。

我是幸福之家,我是欢乐泉源,我是轻松起点。

我是靓女的柔润微笑,小伙子看见我将疲惫忘怀,生命变成展示甜滋梦想的舞台。

我是诗人的启示者,我是画家的引路人,我是音乐家的导师。

我是婴儿眼中的一瞥,慈母见之必顶礼膜拜,连声赞美上帝。

我把夏娃的胴体展示给亚当,使得亚当成了奴隶。我把身段展示给苏莱曼,使苏莱曼变成了哲理诗人。

我冲希拉娜微笑,她周围充满诱惑之力。我给克娄巴特戴上王冠,温情立即弥漫尼罗河谷。

我就像时光,今天建设,明日毁坏。我令人活,又令人死。

我比紫罗兰花的叹息温和,我比暴风强烈。

众人们,我就是真理——我是真理;这一点不为你们所知。

---

❶ 在《泪与笑》中,有一篇题为《美》的散文,纪伯伦主张把美作为宗教。在《先知》中,有一节系穆斯塔法《论美》。——原注

四　致叙利亚人 ❶

你们就让她死去吧！因为她已在永恒世界面前挣扎了许久。你们就让她死去吧！因为她的双目中闪烁着殉难的光芒。既然她的双唇间总是含着忍耐的苦涩，那么，她死去则比活着好。你们就让她受苦受难吧！因为你们不能够使她幸福，你们远离她的病榻吧！她的疾病会讥笑你们的药剂，她的失望会蔑视你们的眼泪，她胸腔的咯咯响声会嘲弄你们的叹息声。

你们赶快离开她，让你们的心神平静平静吧！大地已经敞开胸怀，准备掩埋她；地狱里的巨蛇已张开大口，就要吞噬她；深渊里的魔怪竞相冲她跑来，即将把她除掉。

沙尘暴已经将她的双眼迷瞎；盛夏的酷热已将她的脂肪熔化；林中野兽已将她的皮肤撕裂；天上猛禽已将她的头发拔光；她只剩下一具骨架，被抛在灰烬堆上。

敌人已经杀掉了她的女儿；战争摧毁了她的城堡和庙宇；盗贼毁坏了她的田地和葡萄园；留给她的只有一张土床和一个荆棘枕头。

征服者们洗劫了她的宝库；大兵们分掉了她的项链和手镯；流氓们偷走了她的衣服和腰带；她的身上只留下芒刺编的花环和用泪水铸成的项圈。

你们就让她粉身碎骨吧！你们不能够把她从脚和铁蹄下救出来，

---

❶《西方明镜》一书中载，也许作者此处指的是叙利亚。因此，我们将题目定为《致叙利亚人》。——原注

因为恐惧心态已使你们的神魂死亡，犹豫不决令你们手腕失力，胆怯折断了你们的宝剑长矛。

你们无声无息地离她而去吧！号啕不能起死回生，呐喊无法使灵魂归来。你们远远站着吧。不要作声！因为山洞中的呻吟叹息无法制止大海的潮汐。

你们就让她走去吧！因为她在死神宝座面前比你们在奴役脚下更富有尊严。

你呀，光明的巨心，充满生活和自由之歌的巨大之心，你就独自向高山之巅走去吧！你所看到的居于路两旁的幻影，那只不过是僵硬的顽石和腐朽的骨头罢了。

五　雪杉青年

——献给完美灵魂哈纳·达希尔

雪杉青年已经死去，雪杉的儿女们，快来吧，让我们把他安放在用月桂树叶和玫瑰花做成的灵床上，抬着他遍游山谷和坡地吧！

大山青年已经死去，让我们把他父亲的宝剑给他佩带上，用他祖父的旗帜作他的殓衣，把他安葬在巨人埋葬他们的英雄的地方。

骑士之子已经死去，快给他的马鞴上鞍，挂上银锁链，让它跟在灵床后；骑士之子听到马的嘶鸣声会感到亲切，马蹄的节奏会使他感到欣喜。

每个人都有那么一天，他的生活画面会反射在他的民族面目上。

心灵高尚的人们,他们的一天从消逝开始,但并不以死亡结束,而是一直稳定在存在的舞台上,直到存在被永恒雾霭掩没。

每个青年都有自己的真实,清晨将之显示,夜色又将之掩没。至于那些心胸宽广人们的真实,当他们行进在死亡队列中时,则闪闪放光,永不消隐,除非人类灭绝。那么,雪杉的儿女们,你们就不要为失去雪杉青年而号丧!因为他在幻想的舞台上要比做肉体的俘虏光荣体面得多。

你们不要哀悼他!因为他正在雪白的宝驾上嘲笑坐在黑色宝驾阴影里的人。你们不要捶胸顿足,为他感到痛苦!因为他在死神翅膀中间比被生活锁链禁锢要自由得多。

你们不要为他哭泣!因为灵魂高尚的人,死神能使他的日月更新,再次让他面对太阳站立。不过,你们当中谁泪流如注,就让他哭自己吧!因为雪杉青年的死,使他失去了一位朋友、学长、医生、诗人和文学家。

六 里达·陶菲格贝克❶

假若天命要对抗一个民族,便会使其先哲们处于其愚昧的怜悯之下。

先人们说:"天命是一种隐蔽的盲目强大思想,漫游在大地的东

---

❶ 贝克,土耳其奥斯曼帝国时期,对中小官吏的尊称。

方和西方。如果这种说法正确无误,那么,我要说,那种思想在同所有的民族开玩笑,但它在讥笑奥斯曼人,有时耍笑人民,却常常戏弄土耳其人。

几周前,奥斯曼哲学家里达·陶菲格贝克在伊斯坦布尔的公众集会上发表演说,结果刚刚离开讲台,就被判监禁二十五天。那是因为他想说话时和在说话想让人们去思考之前,没有得到政府的许可。

两周前,里达·陶菲格获释,去了库勒曼城。当他谈到目前的选举时,立即遭到十五个土耳其流氓攻击,他们把他打得头破血流。

奥斯曼政府囚禁了哲学家里达·陶菲格,奥斯曼流氓拷打他、侮辱他。一个政府,能把一位思想家投入黑暗监牢之中;一群流氓,能在大路当中把一位思想家毒打一顿。谁能找出那个政府和那群流氓之间的差别,那么,他定是一个多嘴多舌的瞎子;这种瞎眼人在东方是常见的,他们只从他们的父辈那里继承来了说漂亮话的学问。

假若上帝要昭示真理,就请把反对他的人派去作代表吧!

伊斯坦布尔政府宣判监禁里达·陶菲格,无意识中给这位贝克以巨大荣誉;而那些流氓则因为拷打、侮辱他,不知不觉之中赠予了他一枚高级荣誉勋章。暗在的公正只要夺取一位大人物的肉体欢乐,一定会给之以精神上的荣誉补偿;只要剥夺一位自由人的生命,指定会为之打造用荣誉、功名穿成的项链。

* * *

真正的自由是孕育着高尚精神的一种情感,但只有在专制的阴影下和坐落在人类尸骨、头颅上的宝座面前，才会将之生下来。

自由是神灵点燃在强者心灵中的一柄神圣火炬，无论风暴多么狂烈，它依旧炽燃闪光，戏弄着周围的烟雾，嘲笑着压迫者的灰烬。

自由者也许会身陷囹圄，而自由则永远飘逸在广阔天空，永远面对太阳；自由者也许会身遭毒打，而自由却被永远由粗手污指紧握；自由者也许会丧命，而自由则伴随着生命大军走向永恒。

* * *

我真不明白，世界上竟有这样一群人，他想试图压制思想、扼杀原则，不知道心灵的巨大反抗力量会使之发展壮大，对低微兴致施加压力反倒能激发其成长。奇怪的是，掌握奥斯曼帝国事务的人对历史留给我们的谚语故作不知，不懂得真理是压不倒的；那些与社会原则、学说相对抗的人，无异于借油灭火。

随反抗而消逝的原则，其实并不是什么原则，只不过是伴夜梦而来，又随清晨苏醒而去的幻想罢了。在反抗者脚下被踩碎的学说空无真理，因为真理是一种永恒的精神，一会儿或更长些时间，便隐没在人们的目光下，但却不会消失；它会远离人类家庭，一代、两代、三代，但不久又会随着圣先知、大诗人、改革家的出现而显现在人类家庭面前；先知、诗人、改革家的出现不过是存在竖琴上的银弦，随着整个绝对思想的颤动而颤动，发出无比甜润的乐声，与天地共存，其中既没有天使，也没有魔鬼。

那位高喊"安拉至大"的先知什么也没有说，但让人们听到一则格言，星星、太阳和月亮不断地重复之，其声音每时每刻、每日每夜都回荡在大海深处、山谷沟壑。他没有创造新思想，但把自古以来隐藏在人们心中的声音送到了人们耳里。

那位说"美就是真理"的诗人，没说明暗蔽的东西，而是睁开双眼，看到了与大自然同在的原始真理。

由此可见，真理是一种实在的鲜活力量，自身便可当众宣布人们的喜与怒。那些从事昭示真理的人们，他们是上帝的无形手指弹拨下的乐器：人们可以对之进行击打，但真理不被击打；人们可以对之进行监禁，但真理不被监禁；人们可以对之进行屠杀，但真理是杀不死的，而是沿着自己的道路前进，并且无情地嘲笑紧抓着它的两只脚的无力弱手。

假若里达·陶菲格贝克已被真理视作门生和追随者，那么，就让他以监牢的黑暗而自豪吧！因为那黑暗使他在苏格拉底与米拉布之间停留了二十五天。就让他为流氓痞棍们的粗糙手掌感到高兴吧！因为那手掌使他与阿里·赛阿维、米德哈特帕夏同杯共饮美酒。就让他与我一起高呼："真理是狂烈风暴，而反抗者只不过是枯枝、危房！"

七　生命多么慷慨

生命多么慷慨，生命的赠礼多么华美！
大地何其大方，大地的手掌何其宽广！

可是，我是多么无力取拿、接纳！

面对生命的涌泉，我的水罐显得多么微小！

面对大地的宝库，我的提包显得何其狭窄！

但期我有一千只手，伸将过去，抓取满把，然后腾空，再次抓满把，替代那只隐藏在衣褶里的巍巍颤抖的手！

但期我有一千只手，在生命和大地面前伸展开来，替代这只抓着一把岸沙的害羞的手！

但期我有一千只杯子，日夜为我将之酌满甘露，让我痛饮，干渴不解；我求日夜一再酌满，痛饮不止，依旧干渴不解！

但期我有一千只杯子，取代那只充满个人主义的饮料；正是那杯东西，我仅仅呷了一口，醉眠了整整一个月！

但期我的饥饿盖过一千名饥饿者，出席春夏秋冬四季设下的一千次宴会，贪婪地吞食种种美味，然而我仍然饥饿难忍！

但期我有一千副饥饿的五脏六腑，取代我这副刚刚出生就填饱了的脏腑！

但期我有一千只耳朵，倾听这醒着的夜莺和鸤鸟为我唱的歌；但期我用被监牢寂静奴役千年的喧哗回报甜美乐声！

但期我有一千只耳朵，替代这只永远聆听海浪和风波轮流吟唱的挽歌的耳朵！

但期我有一千只眼睛，观看存在展示给我的奇妙景物；但期我总是向往眼见不到的存在的秘密！

但期我有一千只眼睛，取代仅能看见闪烁在远处地平线上被狂风压倒的微弱亮光的一只眼睛！

但期我有一千个体躯,穿上一千个清晨和一千个夜晚赠予我的一千袭锦袍;但期我在那之后羞于赤身裸体站在夜色和清早面前求乞!

但期我有一千个体躯,取代因恐惧而穿起用雾霭织成的外衣的那个躯体!

生命多么慷慨,大地何其大方!

可是,我是多么无力取拿、接纳!

面对着每日每时的馈赠,我是如此视而不见!

我是多么迷恋这个有限的小小自我!

它只是一个分子,却把自己看成无边无底的大世界!

这是颗果核,只顾自己的硬壳,忽视了目的完美!

这是棵柔嫩的幼苗,春天将之从沉睡中唤醒,夏天将之举起,放在自己的双肩上;但它认为苏醒是自己的一种特质,高高在上是它的一种品性!

这是沐浴在光明中的一株甘蔗,但它认为自己落在地上的那个影子是它的一种标志!

难道我被有限的小事所吸引,因而忽略了大事?

难道我成了自私自利、自满自足两种黑暗的人质?

众人们,莫非你们当中没有那样的人:生命队列走过他的面前,他根本不抬眼看一看人们所取得的功业,而是仍然低着头用手指戏动石头子做的念珠?

莫非你们当中没有那样的人:他喝了一口水,既忘了制造杯子的人,也忘了泉源和河流?

莫非你们当中没有那样的人:他吃了一口饭,便看不起做饭的厨师，更不把生产粮食的田园放在眼里？

莫非你们当中没有那样的人：他穿了一件柔软光滑的外衣，便以为那是他的皮肤显现了奇迹，而全人类穿的不过是粗纤维？

莫非你们当中没有那样的人：他枕着一种柔软的床单，起初还感到舒适，顷刻间整个世界便开始在荆棘、芒刺上打起滚来了？

难道唯独我成了官司、自大两种监牢里的俘虏？

莫非你们当中没有那样的人：他点着一支蜡烛，便嘲笑起星星来？

莫非你们当中没有那样的人：他只说了一句戒斋的话，便免掉了永久的赞词？

莫非你们当中没有那样的人：他写了一段文字，便自以为那是一切规章制度的精华？

莫非你们当中没有那样的人：他仅仅叹了口气，就敢嘲讽风暴和火山？

莫非你们当中没有那样的人：他仅走了一步路，便以为到了木星？

莫非你们当中没有那样的人：他仅跳过了一条小溪，便以为自己正在银河上空盘旋？

难道唯独我生来就是否认、遗忘两种恍惚状态的奴隶？

众人们，莫非你们当中没有那样的人：当一个女子爱上他时，他却无视她的情感，而是对镜欣赏自己的美貌？

莫非你们当中没有那样的人：别人说了他一句好话，他便得意得像孔雀一样，惶恐、害羞的站姿完全消失？

莫非你们当中没有那样的人：人们把一种功绩归于他，他却以为自己是所有功绩的磁石？

不，并非我自己是自私自利、自满自足两种黑暗的人质！不，并非我自己是官司、自大两种监牢的俘虏！

不，并非我自己是否认、遗忘两种恍惚状态的奴隶！

并非我自己，我们的本质是一样的：我和你们的骨头里有同一种钙质；我和你们的血管里流着同一种血液。

我那躲藏到山洞里的思想与你们那避开上帝天空的灵魂何其相似！

但是，生命是慷慨的；若非其慷慨，她不会把我们当作她的儿女！

但是，大地是大方的；若非其大方，她也不会让我们走在太阳面前！

八　艾卜·阿拉·迈阿里❶（上）

艾卜·阿拉·迈阿里时代已过去一千年，然而艾卜·阿拉仍然伴着人类思想的生活而活着，依旧随着绝对精神的存在而存在着。

艾卜·阿拉·迈阿里被遮在一千层面纱之后，本无须手握尺度、量器者的赞扬与尊崇。我们无论怎样行事，在他摆脱了生活的虐待和肉体的昏暗十个世纪之后，我们也无法给他以荣誉。不过，我们却能够把他的大名作为净化我们灵魂的中介，把他的高尚品格当作提高我

---

❶ 艾卜·阿拉·迈阿里（973—1058），阿拉伯古代思想家、诗人；生于迈阿拉·努阿曼镇（位于今叙利亚的霍姆斯与阿勒颇之间），四岁失明；著有《燧火》《鲁祖米亚特》《宽恕书》《天使》等，总数达七十部之多。他在历史上具有重大影响。

们道德的学府，用他那不朽灵魂建造我们的精神殿堂。当我们为他庆贺节日时，我们会像一群饥饿的孩子，围坐在布满美食佳酿的餐桌四周。当我们因想起他而受到鼓舞引吭高歌时，我们会像夜间受惊吓的人们一样，立即起身握住宝剑和长矛——东方能找到比艾卜·阿拉的名字更锋利的宝剑，或比他的存在更坚韧的长矛吗？在叙利亚出现过比艾卜·迈阿里的思想更聪慧的思想吗？迈阿里的灵魂叛逆之前，在伊斯兰教或基督教中出现过叛逆历代幻梦和传统的灵魂吗？

无论我们的声音多高，也无法传到迈阿里灵魂居住的世界，而迈阿里那可怕感人的声音，却可以穿越十个世纪，像洪流的咆哮一样传入我的耳中。那是一种巨大而柔和、柔和而可怕的声音，带着种种希冀高飞到绝对幻想的剧场，又带着愿望种种降落到纯粹现实的舞台。那声音里包含着大海波涛的喧啸、狂风的怒吼和夜莺的鸣唱，那是盲诗人的声音。那是痛苦的叛逆者的呻吟。那是坚韧不拔者的声音。那是思想王国国王的声音。那是一个自立的叙利亚人的声音；即使阿拉伯半岛被海水淹没，死神从大地上唤走最后一个阿拉伯人，那声音也会随世代而回荡不息。

*　　*　　*

这就是艾卜·阿拉·迈阿里。

天命把迈阿里赐予我们，并使他的辉煌成了留给我们的遗产，正需要有一个能使我们引以为豪的人，开发利用这种辉煌，并且教育后来人如何利用、开发它。我们应该对我们的子孙后代尽初步的义务，即在我们为他们建造的房舍里,为艾卜·阿拉·迈阿里竖立一座巨大塑像,供我们的子孙瞻仰、遮阴、朝拜,以便日后与那些以莎士比亚、但丁、弥尔顿和琼斯而自豪者的子孙相遇时,他们也一样为自己的先人感到豪迈。

叙利亚人啊,因此,我要求你们和我一道分享执行这一计划的光荣。我要求你们每一个人,无论男女,我要求工人、文人、商人和记者,要求每一个自爱自重的人,帮助我偿还这笔生命给我们带来的不得不偿还的债务。

假若你们当中有人不能出钱帮助我,那就请用心和爱进行帮助。但是,倘使你们当中有这样的人:日月既没有赐予他糊口之资,生活也没有给他一颗心,安拉亦没有赐予他以激情,那么,我要对他说:"你不是叙利亚人!叙利亚不需要像你这样的人!" ❶

九 艾卜·阿拉·迈阿里(下)

他是明眼人当中的盲人,又是盲人中的明眼人。这种状况将他领入孤独寂寞、惶恐不安、悲伤痛苦、多疑叛逆的境地。

他用自己的智力之目观看生活:他看到迷信、神话,便将之想象

---

❶ 《西方明镜》中的《才智的一项奖》一文向我们谈过这个问题,安拉于一千年之前在迈阿拉·努阿曼竖立起的那座灯塔照亮了东方,东方的儿女们不应忘记它,或佯装忘记它。纪伯伦今日的话语足以表明一位伟大爱国文学家的责任感。我们希望看到他的箴言所产生的影响,期待他关于竖立塑像的主张得到响应。

为宗教；他看到死亡，便将之猜想为消失；他凝视天空，便将之想象为天主。于是，他站在自己思想的幻影之间，开始渎骂那一代人的生活。因为他们像没有理性之物将自己交给惯性那样，向日夜的意愿投降了。

他是一位叛逆诗人，而不是哲学家。哲学家总是剥去存在的外部表征，看到的是绝对赤裸裸的本质；诗人看到的存在却是进行在铿锵韵律和意义夸张的田野上。迈阿里不曾创造绝对哲学，却创造了绝对诗歌。

可是，哪个人又能创造绝对哲学呢？

哲学不正像衣服，总是随着时代更替，伴着好恶变化吗？

生活是一支永远前进的队伍，哲学家能够用创生的思想和新的学说使之停留一分钟，却不能阻止它继续向着我们不知道的地方行进。

诗人则与生活一道前进，吟唱着诗句，仿佛已返老还童，昂首挺胸，无比豪迈。当他偏离生活道路时，生活便会笑话他；只要他沿着生活的脚印前进，生活便会把他带往他那更加神圣的殿堂，为他戴上桂冠。

生活已为艾卜·阿拉戴上桂冠，但生活没有把他当作哲学家看待。

生活是叛逆的，甚至对叛逆者也是如此。

十　我爱我的国家

我爱我的国家，其爱有一千只眼睛在看，有一千只耳朵在听。

我爱我的国家,虽然她多病;我爱我的国民,虽然他们屡遭不幸。假若不是我的国家有病在身,我的国民神魂受损,我便不会信守誓言,也不会日夜将我的国家和国民挂在心间。

我爱我的国家,心明眼亮;爱若失明,会化为愚昧;爱中的愚昧既伤害爱者,也欺骗被爱者。

我爱我的国民,神清志醒;爱中的清醒,既不穿纱织之衣,亦不着用赞美所做之装。

我爱我的国家,多思多想;爱中的思与想,不会将被爱者思为瘦弱憔悴,也不会将被爱者的眼睑想成发黑。

我爱我的国家,我爱我的国民;但我的爱中没有什么迷恋之意,而是有一种朴素的甘甜的力量,且永不变化,不为自身乞求任何东西。

* * *

昨天,我参观了本城中的一座豪宅。当我进入厅里,挂在墙上的一帧女人肖像吸引住了我的目光;有人告诉我,那是女主人的肖像。我暗自心想:"那位画师多么善于欺骗,而买画的女主人又是何等愚蠢!"我之所以这样想,因为那女主人已是满脸皱褶,干枯而丑陋,而画中人的面孔却是丰满秀丽,线条匀称,没有一丝缺憾。我向女主人问起画师,女主人对之赞不绝口,竭力夸奖画师天赋才高。

走出那家门,我暗自说:"画师的手艺多像人们对自己祖国和国人的热爱之情啊!人们总是用尊贵线条和艳丽色彩勾画自己的国家,提到国人便是连声赞颂不止。"

我知道那位画师的艺术骗术竟得到了一万里亚尔的酬金。想一想，那些自欺且欺骗自己的国人和安拉的"爱国主义者们"又能得到什么呢！

* * *

热爱祖国是人的一种实在情感：如果政府拥抱这种情感，它会变成一种高尚美德；倘若政府仅仅用之作为佯装、炫耀，它便会变为一种丑恶行为，既伤人，也伤害其国家。

让我们热爱我们的国家，知其屈辱与破碎！

让我们在光明中去爱国爱民，无论光明会揭示出多少缺点与不足！因为在黑暗中的人只能像鼹鼠一样，总是在永恒黑夜中挖洞。

十一　安德罗玛克❶

昨天，几位朋友对我说："今晚和我们一道去看由一群女性和桃金娘式的美丽小姐表演的阿拉伯故事吧！"

---

❶ 安德罗玛克，荷马史诗《伊利亚特》中的特洛伊城主将赫克托尔之妻。赫克托尔被阿凯亚人的将领阿基琉斯所杀。安德罗玛克拒绝与阿基琉斯之子皮罗斯成婚，因而成为夫妻之爱的最高典范。希腊悲剧作家欧里庇得斯、法国悲剧诗人拉辛均著有同名剧作。拉辛将之写成爱情与嫉妒烈火燃烧的悲剧。安德罗玛克被俘房之后，为了她的儿子免于一死，不得不含羞忍辱，同意和敌人皮罗斯结婚，并准备婚礼完毕立即自杀。

"什么故事？"我问。

他们说："艾迪卜·伊斯哈格❶的《安德罗玛克的故事》。"

我心想："多么离奇的时代呀！它能把许多人认为不能会聚在一起的彼此互不相关的事情集拢在同一时间、同一地点！"

这使我想到安德罗玛克。那是一个不幸的女子，她在特洛伊城的永恒悲剧中扮演了一个悲剧角色，从而给荷马以最佳思想启示和最美韵律，使他将这位女子作为忠贞爱情的象征载入史诗《伊利亚特》之中。

之后，我想起伟大拉辛的《安德罗玛克》。我想起那位漂亮女人莱莎，她曾在弗朗西斯喜剧舞台上，为拉马丁、维克多·雨果、肖邦❷和圣·巴福演出过此剧，致使那些艺术大家们忘记了自己的过去和现在，纷纷拜倒在莱莎的面前，简直就像印度教徒在首神面前顶礼膜拜。

随之，我又想起艾迪卜·伊斯哈格——那是一柄日夜炽燃的火炬，尚未烧着周围的荆棘和枯树干便熄灭了。

我想到希腊的那块旧殖民地梅尔辛❸。

之后，我想到叙利亚妇女——她们像民族一样诞生，像孩童一样生活，像叹息声一样消失。

我想到这些事情……当我收回思路时，暗自言道："这个时代是多么离奇呀！一个梅尔辛女子在一个美国城市当着众人的面扮演了一

---

❶ 艾迪卜·伊斯哈格（1856—1885），黎巴嫩文学家，生于大马士革，卒于贝鲁特。
❷ 肖邦（1810—1849），波兰作曲家和钢琴家。
❸ 梅尔辛，土耳其南部的一个海港城市。

集外集

个希腊女子的角色。那故事诞生在荷马的灵魂里,由拉辛将之表述,之后被艾迪卜·伊斯哈格所迷恋!"

我与朋友一起去看了那场演出,从头到尾,细心听过每句台词,注意到人物的一举一动。而且,我同时看到了两出戏,一出在舞台上,另一出在观众席中。那第一出是精神悲剧,晚九时开演,午夜落幕;那第二出则是实实在在的悲剧,其实在巴比伦、尼尼微建城之前就开始上演了,一场场、一幕幕随着战争和征服活动而进行,只会随着奥斯曼帝国的瓦解而结束。

那故事中没有半点荷马的威严和拉辛的雄辩。艾迪卜·伊斯哈格是一位社会政治作家,并不是小说家。他的这出悲剧的歌曲和音韵与十九世纪后半叶出现在埃及、叙利亚的话剧没有什么不同,当时的表现艺术只限于在校学生和部分音色好的人们之间。

戏剧场面中没有特洛伊人的痕迹,也没有希腊的回音。索福克罗斯❶、欧里庇得斯❷和埃斯库罗斯❸用他们的诗作具体化了的永恒精神,就在那天夜里远离了那个游乐场,如同穆台奈比❹、迈阿里的精神远离埃及现代诗人。

女演员们的表演十分忠实,然而忠实是一码事,而艺术则是另一码事。

---

❶ 索福克罗斯(约前496—前406),古希腊三大悲剧诗人之一。
❷ 欧里庇得斯(约前480—前406),古希腊三大悲剧诗人之一。
❸ 埃斯库罗斯(约前525—前456),古希腊三大悲剧诗人之一。恩格斯称之为"悲剧之父"。
❹ 穆台奈比(915—965),阿拔斯王朝著名诗人。

怀有饥渴心灵的人们,请听我说。

女演员当中有位绝美人,名叫修杜拉·迪卡,扮演剧中女主角的就是她。

她的音色纯美,是我在阿拉伯舞台上所不曾听赏过的,即使在我的生平中,也不过仅仅听到过有数几次,虽然我在生平的大部分时间里留心聆听男女演员和歌手们的声音。

奇怪的是迪卡并非演员,也不是歌手。征服我的叙利亚情怀的强大因素,并不是那种通过学习和实践成长起来的人造因素,也不是艺术家用来连接他们和听众心灵的那种因素,而是一种更深刻、更奇异、更朴素的东西。

在修杜拉女士的喉中有心灵的伤口。当她说话或唱歌时,那伤口便会张开,从中流出她的民族和祖国的鲜血。那天夜里,仿佛神已经把她化为东方诸国的可以感触到的典型;其时的东方诸国已像特洛伊城一样被征服,像希克尤巴一样痛苦,像安德罗玛克一样烦恼。

修杜拉·迪卡用"伊斯法罕"❶曲唱了三支歌。这个曲子像"纳哈万德"❷曲一样,能使听者想起过去的一切,能向听者描绘出那些

---

❶ "伊斯法罕",纪伯伦在他的《音乐》中写道:"'伊斯法罕'是一种曲调,其回声是掺杂着死亡与悲哀的苦涩,是泪水混含着忠诚的甘甜寂静,是希望断绝之人的呻吟。"

❷ "纳哈万德",纪伯伦在他的《音乐》中写道:"'纳哈万德'是发自忧伤灵魂深处的一种声音;是被抛弃的人,在他被疏远折磨得精疲力竭之前,乞求怜悯他的最后一息所形成的一种曲调。"

远离祖国的人们的神情和失去情侣的恋人们的影像。

在这三种情况下，修杜拉提高声调，那声音酷似夜深人静时山谷间溪流的哭号。旋即，她又压低声音，于是变成了温柔、细腻的呻吟。

那声音掺杂着泪水，那声音被叹息所拥抱，那声音不时为痛苦所打断——那是失子母亲的声音，她坐下来，情不自禁地哭泣不止。那是贫困、悲伤中的叙利亚的声音。那是一切被压迫的人面对太阳所发出的呼声。

夜下，我站在巴勒贝克废墟之间时，听到过这种声音；我坐在耶路撒冷断壁残垣前时，听到过这种声音；在贝鲁特港的法国轮船甲板上，黎巴嫩人含情脉脉地注视着他们的大山，泪眼模糊地同大山告别时，我听到过这种声音；我在孤独、寂寞时，听到过这种声音。

朋友们告诉我，迪卡女士是特里波黎人；众所周知，特里波黎的基督教徒俘虏原本都是希腊人。难道这位女子血管里仍然流着古希腊人的血？莫非一有机会，她便想起古希腊人，哭诉他们的功名？

阿拉伯人说："有其父必有其子。"人本是其所继承之子。我认为我们继承的大部分禀性和爱好隐藏在我们本质的深处；只有适于表白之日来临时，我们才能晓知它的存在。难道血液里没有记忆力能把先辈的业绩保存下来，以便将之宣扬给下代人？

这位女艺术家还会回来，让我们再次听她那发自灵魂的歌声吗？莫非过去的星期六夜晚，是我们最后一次认识她？难道修杜拉·迪卡的才华就像许多叙利亚女子的才华一样最后一次落下帷幕？她们原本心怀炽燃的火炬来到这个世界上，之后由于粗心熄灭了火炬，继之与那沉睡的人躺在一起，既未在岸沙上留下她们的脚印，也没有在山谷里留下她们的回声？

国家借国民的外貌而显示生机；安拉将艺术外貌作为国家生命的一部分，如果实之于果树。可是，春天还没有过去，我们的社会传统将庄稼连根拔掉了，那么，它的花儿怎还会转为成熟的果实呢？

十二 掘墓人与烧香人

叙利亚人啊，来呀，让我们为我们的心神建造一尊象牙镶金像吧！因为我们的心神在太阳面前建立了许多功业。

来呀，让我们在我们的灵魂面前顶礼膜拜！因为我们的灵魂所到之处已经到了神王宝座。

起来，让我们赞扬我们亲手建立的功业吧！因为我们的功业已经照亮了存在的天良，从贫困走上富裕。

小伙子们，打起铃鼓！壮年人，吹起芦笛！老年人，抬起头来！时间正是欢呼、赞颂之时；地点正是敬重、款待之地。黎巴嫩儿女们，请你们聚集在我的周围，让我们引吭高唱胜利、凯旋之歌！因为上天已把自己的光明洒给自己的臣民。

你呢，耶路撒冷之女，就让你的歌像春天的苏醒，让你的婀娜身姿似风拂杨柳。

啊，当叙利亚人为自己的功业感到自豪时，他们是多么庄重，多么漂亮！

啊，当叙利亚人回忆他们的祖先腓尼基人、迦勒底人和阿拉伯人的历史时，他们是多么善感，多么温柔！

啊，当叙利亚人把木星当作他们的父亲，把阿施塔特视为他们的母亲，把伯勒阿❶看作他们的叔父，将泰姆兹❷看作他们的舅舅。

啊，啊，啊！

假若我的气长，我定会让世界充满一千零一个"啊"！

朋友们，你们何不告诉我，在最近的一千年里，叙利亚人民做了些什么呢？你们千万不要提及那少数离开了叙利亚，并在异国他乡取得了某种成功的人，因为我背熟了他们的名字，并把他们的业绩记在了我自己的小本子上，不需要人再来向我重提他们。我只请你们告诉我，在近来的一千年里，作为一个国家的人民，叙利亚人做了些什么？

如果提及社会活动，请问，叙利亚人进行过什么社会活动吗？他们创造了有益于他们的知识，或使他们得到启迪的艺术，或使他们富裕起来的工业吗？

他们反抗过至今仍然吮吸他们的血，使他们泣哭落泪的统治者和压迫者吗？

---

❶ 伯勒阿，腓尼基人所崇拜的太阳神。
❷ 泰姆兹，巴比伦人所崇拜的丰收神，即腓尼基人的美神艾杜尼斯。

他们当中出现过一位意志坚强、志向高远、能带领他们走向自由光荣或牺牲光荣之路的人吗?

叙利亚人用自己的钱建立过一个学院吗?

假若没有美国人、法国人、俄国人、意大利人和德国人建立的学院,我们的青年人今天的情况又会怎样呢?

难道你们忘记了英国人建造堆卜亚❶水库之前,贝鲁特人所饮的井水?

难道你们忘记了法国人修铁路之前,连接贝鲁特和大马士革的那条路?

难道你们忘记了二十年前欧洲人像看商业那样看你们之时,你们国家海港是什么样子?

难道你们忘记了德国人到来之前,巴勒贝克城堡还是牲口食草的牧场?

难道你们忘记了鲁斯图姆帕夏❷在雪松林的四周建造的围墙,其费用是由维多利亚女王支付的吗?

是啊,朋友们!假若没有英国女王的关心,被黎巴嫩人作为自己的国徽和永恒标志的雪松林,早就像黎巴嫩的其他森林一样,几乎近于消失绝迹了。

你们会说这是不值一提的小事——也许真理在他们一边——那么,就让我们提一提大事吧!

---

❶ 堆卜亚,黎巴嫩一农村,位于凯勒卜河附近,供贝鲁特城水的水库就在此处。
❷ 鲁斯图姆帕夏,生于佛罗伦萨,1873—1883年任黎巴嫩行省省长,1887年在贝鲁特附近建造帕夏桥。

难道你们忘记了 1860 年❶？假若没有布福尔将军的干预和美国牧师们的关心，我们的命运将会如何呢？那一年会带来什么结果呢？假如你们忘记了，就请问一问福阿德帕夏和鲍里斯大主教那盘旋在黎巴嫩和伊斯坦布尔上空的在天之灵吧！

叙利亚人，作为集体，我们应该以什么为自豪呢？生活在阿拉伯半岛上的阿拉伯人，他们以把也门变成了敌人的坟墓而感到自豪，你们以什么感到自豪呢？

希腊人、保加利亚人、塞尔维亚人和阿尔巴尼亚人一直在奋力反抗土耳其人，以期挣脱土耳其人的桎梏，而你们有什么可值得自豪的呢？

你们只译过欧洲人的一些书，还有几部旧诗集，其诗意超不出颂扬、悼亡范围，除此之外，你们还会以觉醒感到自豪吗？

每当土耳其人给你们当中的某个人挂上勋章，便变成土耳其人时，你们还为你们的爱国主义感到自豪吗？

大马士革木匠被饿死，织匠离开祖国，而百万富翁穿起法国衣饰，用着英国的餐具，睡着意大利产的床单，坐在奥地利产的椅子上……这时候，你们还会以追求民族工业感到自豪吗？

你们还为黎巴嫩空气清新、水质甘甜而自豪吗？空气并不是你们的气息，神也没有把你们涎水的甘甜掺入水中。假若你们有能力，也早就把空气给污染了，把水给毒化了。你们祖辈的遗迹上已蒙满

---

❶ 1860 年，叙利亚伊斯兰教徒与基督教徒之间发生激烈冲突，各国授权法国派遣远征军前往干涉，并"恢复秩序"。

灰尘；其中出土的一部分，也都到了欧美的博物馆里；我们当中若有人想研究它，应该去访问巴黎、伦敦、柏林、彼得堡、维也纳、罗马和纽约。

你为西方大人物对你们的评论感到自豪吗？但愿我能知道你们还是忘记了里南、迪·鲁斯萨勒、亨特、毕舜和基布博士等生活在你们中间的美国教授们所发表的文章！你们因那些西方人的话而做出牺牲，不正好证明你们事事、时时依靠西方人吗？

我像你们一样，为那些人的天赋而感到自豪。但是，你们面对这些人物又做了些什么呢？

他们当中有谁能留在自己出生的土地上，生活在亲人和朋友中间呢？

他们为什么离开叙利亚，到埃及、法国、英国、巴西和美国去谋生呢？

为什么他们当中最优秀的人因失望所致，表现出灵魂中对非他们母语的爱恋倾向？

自豪的人们哪，请你们告诉我吧！在叙利亚，人们只有头脑里充满醉意之时，才想到音乐；只有在举行婚礼时，才请歌手来；只有西方报刊提到美术雕塑时，才想到雕塑家和画家。在这种环境里，富人能够生活在叙利亚吗？

莫非你们羞于提及那些天才人物？你们当中最伟大的先知被钉死在十字架上；你们中间出现的最后一位诗人孤独而死。难道提及君迪❶、

---

❶ 君迪，即艾敏·君迪（1756—1849），叙利亚诗人，生于霍姆斯，有《诗集》传世。

哈逊❶、迈拉什❷和哈达德❸时,你们仍然保持沉默,不感到害羞吗?

这些人不是仍然活在你们的面前吗?你们用什么表示歉意呢?

难道你们会歉意地说"艺术是奢侈品,而我们所需要的是生活必需品"吗?

难道你们的富翁乘坐的香车、女人的法式首饰洋装、家中的欧式华丽地毯等,都是生活必需品?

难道法国葡萄酒比自产的葡萄酒更适合、更有利于你们的胃?难道钢琴——我们当中很少有人善弹它——的音色比阿勒颇竖琴、特黎波里芦笛、大马士革四弦琴的音色给你的心灵带来的震撼更强烈?究竟是哪位魔术师把糖粉丝变得比腊肠更加香甜可口?

对一个作家来说,把自己的笔蘸上油和蜜,用来写自己的民族和祖国,那是一件轻而易举的事情。一个人口袋里装满珠宝,站在那里奢谈人民的恩德、祖国的壮美,那也是求之不得的好事。我是一头黑羝羊,我站在众多民族前,不止用一种语言那样干过。

但是,对于一个作家来说,把自己的笔蘸上自己的心中之血,用来写自己的同胞兄妹,那才是最难最难的事情。

对于一个人来说,人民已把情感和倾向植于他的心中和灵魂里,

---

❶ 哈逊,即里兹格拉·哈逊(1825—1880),叙利亚阿勒颇文学家。1800年在伊斯坦布尔创刊阿拉伯第一份报纸《形势明镜》。

❷ 迈拉什,即弗朗西斯·迈拉什(1835—1874),阿勒颇文学家,复兴文学家之一,有《真理之林》等作品传世。

❸ 哈达德,即胡里·优素福·哈达德(1865—1949),黎巴嫩文学家,曾从事教学工作。他的学生有纪伯伦、马龙·阿布德。

当他谈及人民时,要他把他的情感和倾向放在一边,那也是最难最难的事情。

叙利亚人哪,你们当中有谁知道,仅仅"叙利亚"这个单词,就足以令泪水取代我的微笑,将我的欢乐之歌化为无穷思恋!

你们当中有谁知道,我宁愿我的国土上长满荆棘,而不希望那里满植生长在巴黎、伦敦、纽约公园里的玫瑰花和晚香玉。我宁要黎巴嫩山谷里的山洞,而不要香榭丽舍大街和第五号街两旁的宫殿。我是一头黑羝羊,每当看到愁云密布的叙利亚的美丽面容,或听到充满心灵诉苦和思恋的黎巴嫩歌声,我就像秋天的黄叶瑟瑟发抖。

你们当中有谁知道,我的无形存在中的最深刻的感触体现在这样一句话上:"我的国家无罪,但有过失。"然而我发现,神经质产生的情感蒙住了我们中间的文学家和思想家的眼睛,挡住了我们上升和前进的去路。

也许在棺材前焚香者的工作比掘墓人的职业显得更文雅高尚,但你们千万不要忘记,肩上扛着铁锹的人比口袋里装满香的人更有益于人民。

十三 掘墓人与活着的人

我不要求我的老朋友帮助我掘墓,因为我不想让任何人做力不能及的事情。

我知道他们的心灵拒绝扛铁锹，他们那灵敏的鼻子讨厌腐尸散发出的臭味。

此外，掘墓的活儿并非轻而易举；许多人想干好，但却未能取得成功。

我不要求把死人制成香尸，随后又将之放在庭院里，让人们哀悼追念。我的老朋友们都清楚地知道，我只往土里埋葬腐尸。至于活着的人，无论是强者还是弱者，我都要让他们栖息在我的灵魂里，让他们食我的心，饮我的血。

现在，让我们话归正题。

我的朋友问："在叙利亚人当中，有适于生长、值得投资的种子吗？有何办法促其成长？"

我的回答是：肯定有！一千零一个肯定。在叙利亚人当中有数位适于生长、值得投资的活种子。

世界各国人民中都有活的种子。假若在弱小的民族里没有适宜的种子，那么，适者生存的规律必带着隐蔽的因素与之拼搏，直至其灭亡消失。

叙利亚人当中存在着活的种子，其最有力的证明是，经过五千年的被压迫和被奴役之后，至今仍然面对太阳站立着。

但是，存放在旧谷仓里的某些活的种子，并不证明没有许多生了虫的种子存在；被虫蛀过的种子，也就只配投入火中烧掉了。

因此，我要对叙利亚人说——只要我活在这地球上，我总对他们说——"喂，我的兄弟，打开你的心扉，从那许多被虫蛀的种子里，拯救那极少的好种子吧！假如你在这一代里不去行动，到下一代也得行动。因为能蛀许多种子的虫,也将把少量好种子蛀掉。"

那些活种子的天性至今只显示在因痛苦不堪而离开叙利亚人的少数人身上;或许显示在一伙人身上,其外表颇有些像扒窗童子的喘息。

至于如何使那些种子发育,那则是单个人不能解决的难题。因这个难题的解决与被你看作像眼睛和耳朵一样的改革组成的那伙人的决心与向往密切相关。你不要依靠那些改革家的意愿,因为在他们看来,大家都会跟随着他们,必定按照他们的意见行事。

忠诚的改革家只能按照他的人民的意志服务于他的人民,这正如医生,只能按照病人的意志为病人施治。

既然要我发表解决这个难题的意见,我就用两个人对话的方式来表达:其一名叫"栽义德",其二名叫"奥贝德"。

栽义德:喂,奥贝德先生,你相信叙利亚人当中有活的分子存在吗?

奥贝德:是的,我相信叙利亚人的精神存在中有可以升华的活分子存在,尽管到现在我在他们的集体中没有看到其现象,但在个别人身上看到了。

栽义德:难道存在于个别人身上的活分子不是好兆头吗?

奥贝德:是的。但你不要忘记,出现在个别叙利亚人身上的好兆头,既于他们个别人无益,也无益于他们集体的状态。

栽义德:我们怎样才能把叙利亚人作为集体给他们带来状况的改善呢?

奥贝德：在我看来，政治上的统一会带来社会联系，而社会联系则是每一个民族美德之母。

栽义德：我们当中的改革家们能够实现叙利亚政治统一吗？

奥贝德：不可能。原因在于成分各异，信仰、原则和目的各不相同。

栽义德：那么，什么事情才能带来叙利亚的政治统一呢？

奥贝德：有一个办法，那就是让叙利亚变成一个强大的公正的国家，一心追求国家福利和国民进步，使其在自己的治理下，直到叙利亚人学到通过媒介能学到的东西。

栽义德：这话意思是，你想让叙利亚走埃及的路子？

奥贝德：正是。埃及现在得到的好处，只有少数埃及人知道它的价值。假若英国在占领埃及的同一天也占领了叙利亚，那么，我们今天也会过着令人嫉妒的安逸生活。

栽义德：英国在埃及创造了埃及人应该享受到的东西了吗？

奥贝德：三十年前看到过埃及、今天又看到埃及的人，定会知道埃及在文学、知识、商业和农业上前进了很大的一步。关于埃及进步和成功的最好证明，便是叙利亚和黎巴嫩的优秀人才纷纷迁居那里。

栽义德：好的。不过，难道你不认为外国占领不会给叙利亚人带来他们以心灵中的全部思念与痛苦所期盼的自由吗？

奥贝德：依我之见，占领是实现叙利亚人自由和独立的唯一途径。

栽义德：怎么会呢？

奥贝德：叙利亚人迫切需要一位杰出导师，以便跟其学习治国艺术,如议会制度、政治经济、民族团结和社会交往。鉴于叙利亚人善于模仿和借鉴,只需要在欧洲国家的学校里学上三年,他们便可获得毕业文凭,使他们有资格和能力实行自治。

栽义德:你是说叙利亚人能够摆脱掉占领他们国家的那个国家,并且对其说:"我们已经向你学到了我们想学的东西。现在,就请你让我们看看你的两个肩膀有多宽吧!"是这样吗?

奥贝德:我是说,叙利亚若在政治、管理和社会学校里学上三年时间,就会拥有一个由各种族、各宗教的优秀儿女组成的国民议会。也就是说,叙利亚将变成像新西兰、加拿大那样独立自治的国家。我认为叙利亚最后要成为一个正义、强大国家的一部分,而不要成为像黑山或塞尔维亚那样的弱小王国。此外,叙利亚的地理中心位置使之易于发生变化和无休止的政变,除非成为某一大国体躯上的一个肢体。

栽义德:如果叙利亚在政治上并入某一个外国,难道你不认为叙利亚人会丢却自己的品性和良好传统习惯吗?

奥贝德:恰恰相反。在近三十年里,阿拉伯语在埃及取得了巨大进步,那应该归功于外国占领,而埃及人丢失的只是他们品性和习惯中的门户之见,即宗教、学术等方面的偏见。在印度,文学、知识、艺术得到了极大发展和提高,出现了许多文学家、诗人、画家、学者、教育家和改革家,而且印度的公共财产,现在较历史上任何一个时期都丰富。

栽义德:照这么说,现在叙利亚的全部期盼就是成某一外国的殖民地啦?

奥贝德：我的意思，你还没有完全弄明白。我是要求叙利亚有一位杰出导师，让其教导、训练叙利亚人，使之成为一个政治、社会上能够自治自立的国家。也就是说，我要的是为其余适于生长和投资的种子提供一片良好土壤。

栽义德：假设英国已经占领了叙利亚，难道你不认为它会把叙利亚并入埃及吗？

奥贝德：那也无妨。假若一个强大国家，像英国，若能够把叙利亚和整个阿拉伯半岛并入埃及，以便组成一个阿拉伯大国，首都设在大马士革或开罗，那将是近东历史上最伟大的事件。

栽义德：现在，你已经表达了促使叙利亚人本质中良好种子发芽的意见。既然如此，你为何不向我讲一讲外国导师到叙利亚来之前，你对叙利亚人有什么要求呢？

奥贝德：我这就谈对叙利亚人的要求……第一，叙利亚人应该力戒夸耀古代光荣、伟大先辈和孕育他们的那片神圣土地；第二，叙利亚人应该清楚地知道，他们的传统、传说和习惯等精神存在，除了应该入坟墓，别无任何作用；第三，叙利亚人应该知道剩下的良种在土耳其犁耙翻耕的土地里是不能生长的；第四，叙利亚人应该清楚地知道，有的种子能在异乡土地上生长，并不证明那土地有什么特质，只能证明使之能够生长的土地是存在的；第五，叙利亚人应该清楚地知道，直到现在，他们并没有得到被社会学家称为政治生活的东西，而且只有在欧洲国家的协作下，才能获得那种生活。

这就是我对吾国吾民的要求和希望。如果我错了，就请你们说这是盲目之爱；如果我对了，就请你们说忠诚之奇。

十四 艾卜·努瓦斯

> 沙菲仪伊玛目说："若非艾卜·努瓦斯荒淫，我定拜他为师。"

艾卜·努瓦斯是叛变巨人之一，又是一位思想英雄，也是一位空前的自由英雄。那些自由英雄们生在一个得不到人们应有评价的环境中，忍受着虐待，仍努力奋斗，争取将思想的火炬从专制与不义的桎梏下解救出来，并因之丧命；但是，他们自由的天赋本能之果并未消亡。

这个时代的一般群众都对艾卜·努瓦斯抱着敌对情绪，说他是个诙谐的小丑，关于他的笑话很多，说他的行为是荒谬的，部分人甚至给他起了个绰号，说他是"哈里发的小丑"。其实，艾卜·努瓦斯并不是像众人所理解的那种"小丑"，他的全部生活也不仅限于与哈里发们对坐饮酒，而是一位伟大的诗人和自由的思想家。他在诗中放言在他之前人们所不敢谈及的自由词语与正确信念，完成了人与神均使之不朽的真正诗人的任务。他是伊斯兰时期第一个像巨人一样站在迷信队伍、微薄利益和宗教信条、宗教法律面前的英雄。他无情地刺向迷信、信条、教律，致使宗教极端分子和保守、顽固分子们惶恐失措，胆战心惊，不遗余力地给艾卜·努瓦斯这位伟大诗人起绰号，唤之为"荡子""叛徒""流氓痞棍"等。

艾卜·努瓦斯是诗歌思想运动的领袖。伊斯兰教忙于征服开拓和内部分裂之后，出现了思想僵死局面，由此而造成了跨时代诗人❶和伊斯兰时期诗人精神上的衰弱；诗歌思想运动正是在思想僵死局面出现之后到来的。艾卜·努瓦斯的作用在于促进了阿拉伯的繁荣，使阿拉伯诗歌稍许挣脱了羁绊，促进了被教法信条置于铁模子中的自由思想的繁荣。于是，有一伙诗人团结在艾卜·努瓦斯周围，仿效艾卜·努瓦斯的模式作诗，被称为"古典时代后的诗人"。他们开创了阿拉伯文学的新阶段，冲破了传统法则和铁的禁律。他们是第一批避开蒙昧时期语汇的窒息状态、语言上荒谬规则桎梏与诗歌中的有限韵律的诗人。

艾卜·努瓦斯以热爱生活、向往一切美而著称。他是一位歌手，给人带来欢乐和光明。他的学派形成早于欧玛尔·海亚姆❷数百年；实际上，海亚姆只不过是吸收了艾卜·努瓦斯的思想并效仿之而已；后者的诗歌仅仅限于一种。

艾卜·努瓦斯的诗像列位从天上降临人间的伟大诗人们的诗一样，均来自天启。他们的灵感皆由成熟的智慧、庄重的学说、高明的描述、逗人的笑料、细腻的情感和精密的构思而来。假若艾卜·努瓦斯的全部诗歌保留到今天，我们定会发现其中有滔滔不绝的自由思想的呐喊声，奇特罕有，妙趣横生，无限珍贵。但是，宗教

---

❶ 跨时代诗人，指生活在蒙昧时代和伊斯兰初期的诗人。伊斯兰教出现之前的时代称为蒙昧时代。

❷ 欧玛尔·海亚姆（1048—1122），阿拉伯诗人、数学家、天文学家。这位才气横溢的学者精通哲学、法学、历史学、数学、药学和天文学等，但留存至今的作品只有几本形而上学的小册子和一篇关于欧几里得的论文。

偏见的一场大火把亚历山大图书馆化为灰烬，不允许把这位诗人的言论保留下来，尤其不准许显示他的宗教观点的诗歌传世。毫无疑问，那些说书人和传抄者们按照伊玛目们的指示毁灭了艾卜·努瓦斯的作品，就像后来处理哈拉吉❶、迈阿里❷和伊本·路西德❸等伟大思想家们的著作一样。

艾卜·努瓦斯的传世作品只有一本诗集，而这本诗集仅收入了天才诗人的一半作品。评论家只要留心细看，便会发现其中的许多幽默、诙谐诗都是冒艾卜·努瓦斯之名的伪作赝品。我们不否认，艾卜·努瓦斯对于自由的畅谈，使他走入了幽默、诙谐境地。但是，之后的说书人和传述者把所有诙谐诗都收入了艾卜·努瓦斯的名下，无论诗的内容多么荒唐、低俗。

艾卜·努瓦斯死于一伙宗教偏见分子的手下。这是某些历史学家的说法。他之所以被杀，是因为他在诗中公开大谈自由；他是为自由而牺牲的烈士，他是在大战役中倒下的阿拉伯思想斗士的先锋之一；那大战役的烈火自古以来在黑暗大军与光明骑士之间炽燃着。

---

❶ 哈拉吉（858—922），苏菲派大哲学家，生于波斯贝达区图尔镇，从小受到良好的宗教教育，因宣传神秘主义，树敌颇多。他主张除真主本体外，世界上别无实存，世界只不过是幻象；认为真主借万象而与人对话，使人类的本体与真主的本体化为一体。
❷ 迈阿里（973—1058），阿拔斯王朝时期的著名盲诗人，著有七十部诗歌与散文。
❸ 伊本·路西德（1126—1198），阿拉伯逍遥派哲学的集大成者。受家庭熏陶，他自幼富于钻研精神，二十多岁便在法理学、医学、天文学和哲学方面崭露头角。他留传下来的作品，仅哲学和神学方面的就有一百一十八种之多。许多著作被译成希伯来文或拉丁文。

集外集

十五　存在的良心

当一种灾难降临到某一民族头上时，人们心灵中的坚强与懦弱、积极与消极、慷慨与吝啬就清清楚楚显示出来。

一场史无前例的巨大灾难，已经降临到叙利亚人头上。如今，他们站立在灾难面前，每个人脸上的表情足以显示其内心里的目的、倾向与愿望。

假若我们当中没有人能够看出写在那些面孔上的东西，那么，他应该知道这些可见物的后面有一只眼睛，任何一个字母也躲不过它，它也不会忽视任何一个字母。

我相信上帝。凭上帝起誓，我的信仰有良心。每一种绝对东西把来自大自然、各民族和众人的一种泡沫保存在上帝那里。

假若我们当中有人因巨大灾难而变得更伟大，那么，他就该知道绝对存在的良心已把用无形桂树叶做的王冠戴在了他的头上。

假若我们当中有人因巨大灾难而忘掉了自己，并以无限的他人主义代替了他的个人主义，那么，他就该知道存在的良心已在他的心四周画了个永久光环。

假若我们当中有人因巨大灾难而将自己用额头汗水换来的东西给予泪眼模糊的人，那么，他就该知道存在的良心在向他溢汗的额头和送礼的手祝福。

假若我们当中有人在死亡阴影的深谷里为他人打发日夜，那么，他就该知道存在良心将日夜带着他走在生命宝座面前的光明大道上。

假若我们当中有人因巨大灾难而将心中的情感和灵魂里的感触倾

倒在贫穷、困难铁蹄踩踏的胸膛上,那么,他就该知道存在的良心已用夜里的微风和清晨的露珠为他的胸膛织就了一件衬衫。

但是,倘使我们当中有这样的人:国家的灾难没有能够唤醒他的灵魂中沉睡的东西,民族的痛苦没能激起他心中的沉默因素,那么,他就应该知道他将在沉睡、沉默中度过终生。倘若他今天感到某种安全和放心,那么,他终有一天会后悔自己在虚构的安全和表面的放心之间失去的机会。

我曾细心研究、观察过,而且发现了一条客观规律,它使强与弱、富与贫、聪明与愚蠢之间的差别全然消失,使他们全部惊惧不安地面对着生与死。

假若我们当中有人想这样远避灾难和灾民,那么,他就应该知道这种暗在的公正——那将在灾难过后使他站在一边,取而代之的将是安拉的同情;他会变成自己民族的陌生人、异乡人、生活中的一切权利与义务的陌生人。

十六　纪伯伦的话

叙利亚兄弟,请听我说。我心里有话,想把它发送到你的心中。来呀,让我们交谈一分钟吧!就让我们的话毫无客套之词——没有客套的话益于相互了解——兄弟之间的相互了解是太阳光下最高尚的事情。

你像我一样知道,你的数以千计的同胞已被饿死。就在我说你听到的时刻,你的和我的数以千计的同胞正因饥饿而挣扎。

安拉有意，困难消隐，条条大道在我们面前展开，我们能够寄金钱和食品给他们。

我们能够把金钱和食品寄给我们的民众；然而你我热爱的民众成百上千，我们的金钱与食品却不能满足他们当中的一个人的需要。

叙利亚兄弟，我打内心深处感觉到你想伸出援助之手，但由于自然原因，你现在还没有行动。

那自然原因便是：你希望能够向灾民委员会寄发五百里亚尔，但实际上你只能寄发五里亚尔，因为你是一家之主，你的经济负担不准许你寄出更多的钱。你因害羞而没有寄发五里亚尔；因为在你看来，这钱实在是太少了，你不愿意让你的名字与这极少的钱联系在一起；因为你是慷慨民众中的一员，意欲馈赠更多的钱物。

这些原因使你无法伸出援助之手，但其中不乏证明你品德高尚、大志在胸的因素。

不过，兄弟，请听我说：假设你发现自己已站在一座起了火的房子前，那房子里有二十位你的亲人和朋友。如果你无法一下救出二十个人，难道你连一个人也不去救吗？

那是不会的。我发现你出于豪爽义务，当即纵身跳入火海，虽然你明明知道自己无法救出所有人。我发现你之所以那样做，完全是受到了男子汉气概和勇敢、热诚的启示。我们正面临着伟大祖国所遭受的灾难，理应相互合作，尽全力消除灾难。

我们的义务不是与那些死去的人一起死去，也不是与那些挨饿的人一道挨饿。我们的耳边响着这样的声音：如果你们有一百张饼，而你们不饿的话，就请给快饿死的人一张饼吧！

兄弟，你会说："我不是富翁；那些富人们应该献出他们的钱财！"你不要用这样的话摆脱你的义务。在义务面前是不分一周挣十里亚尔的工人和一年赢利十万里亚尔的巨商的，而是会把二者叫住，说："各尽其力吧！"穷汉的一分钱相当于富翁的一千第纳尔。不论礼品轻重，对受礼者来说，礼品就是一种吉祥如意。

义务并不要求穷人像中产阶级一样行事，也不要求中产阶级像富翁一样行事。同样道理，生活不要求雄鹰像鸡鸟一样鸣唱。

叙利亚兄弟，我以千百位心怀苦涩死去的人的名义，恳求你向灾民委员会捐助，要量力而行，而不要信意，而且不要忘记，大海是由滴水汇聚而成；对于大海来说，任何一滴水都有其不可忽视的价值和意义。

十七　上帝在暴风中

东方人天生喜欢生活的细腻外表，讨厌粗糙，就连事实在内；厌恶坚硬，哪怕是真理。因此，你会看到东方人触摸轻柔、言谈平稳、话语绵软、待人和气，虽然你会感觉到所有这些光滑、柔软的面纱后面不乏性格的粗鲁、思想的沙粒、原则和目的的生硬。

在上帝的每一块土地上，你都会发现社会批评家有着崇高的文学地位。至于在东方，批评则是一门不为人知的艺术。即使有一些人能够将醋与酒区分开来，但他们却不被人知，原因在于无论是文学批评还是社会批评，均发自思想的正直；而正直之中存在着冷酷无情；

在怀着细柔美梦和晚香玉般的东方人看来,冷酷无情是可憎可恶的。

在东方,君王是上帝留在大地上的影子;在东方,长官是国家的宪法;在东方,主教是闪光的星辰。至于撰写支离破碎的贺词和悼词的愚笨反动家伙,那则是天生精力旺盛的诗人。

这并不意味着东方人的心灵深处不知道:君王就是屠夫,主教就是披着羊皮的狼,捧香炉者就是杀人犯。东方人和所有的人一样,与他们有同样的感受,熟知他们。但是,温柔而有教养的东方人不能以正确的名字命名事物,因为那样会刺耳伤神。

东方人走到哪儿都会捧着香炉,显得温柔和蔼。在美国,一种报纸只要有吸引力,能为人民服务,就能够出版发行!任何一个社团所演出的剧本,都是我的作品《麦克拜斯与哈姆雷特》的姊妹篇,而男女演员则是像鲁布斯、艾尔芬、沃库·克兰、拉什勒、鲁札和萨莱·白尔娜那样的演员。在晚上和剧场里唱歌的,则都是夜莺和鸱鸟!

这也不是说在美国的东方人不懂得美与丑、高尚与低贱。不,因为阿拉伯报纸的大多数读者都能读英文报纸,都会在一个星期内去剧场和运动场,即使只有一次。总的来说,东方人的耳朵是敏感的,耳中有弦,只要有柔和细微的声音,便会颤动;即使是那种细微的声音,也能使他们选择温和的谎言,抛弃严酷的真理,宁要天鹅式的伪善,也不喜欢生硬的真理和曲折的忠诚。

在美国的东方人当中,没有不会区别商业活动中的高尚者与低贱者的。但是,假若有人站起来,说:"出卖汗水并非高尚之事。"假若你敢于说出类似的粗野话语,东方人便会捂住耳朵,然后相互窃窃私语:"这个人是何等粗俗!他的话多么野蛮!"

喂,我的兄弟,上帝用玫瑰水和泥捏成了我们;我们的骨架是卡路伯❶呼出的气构成的;我们躯体中的血管含着卡路伯的叹息声;我们的皮肤是用茉莉花叶子剪裁成的;我们的灵魂,正如阿拉伯诗人所云:

  阵阵微风,
  伤了他的双颊;
  丝绸光滑,
  划破了他的指尖。

凭上帝起誓,我们是最细柔温和的人!但是,我们不知道怎样才能崇拜令火山爆发、与大海一起波涌、和暴风一道行进的上帝。暴风来临,摧毁的只有枯枝败叶!

十八　你们留在美国吧

你做何选择?你是留在工资待遇优厚,充分享受机会、幸福、美食和自由的独立国家美国呢,还是返回工厂凋零、债台高筑、工资微薄、食物缺乏、税种繁多的你那满目疮痍的国家呢?为了人道主义的福利,你们还是留在美国吧!

---

❶ 卡路伯,基督教传说中的小天使。

请你们站住——每一个男人或女子，都想返回祖国——且慢，好好思考一下你们的行动吧！人道主义决定你们现在要留在美国，从事你们力所能及的工作，以便帮助你们的古老祖国在美国得到必不可少的东西。

难道你们不知道祖国在呼喊你们帮助她，使饥者得食，令裸者着衣！因为美国是唯一没有被战争破坏的、而且有足够能力帮助你们的国家，防止废墟进一步增加。

因此，出于人道主义义务，美国应竭尽全力帮助欧洲和所有遭受战争灾难的国家。既然你们是祖国赖以依靠的美国力量的一部分，那么，你们的神圣义务便是留在美国，帮助美国来拯救你们的祖国。

究竟是什么因素促使你们去往你们出生的那块被战争破坏、为饥饿笼罩的土地呢？你们没有能力援助你们的祖国或朋友，反而会增加他们的困难，尤其是在此时此刻，你们离开一个繁荣、富强、一切具备的国家，去往一个废墟遍地、贫困、多病、没有任何工业、没有工作的国家，只会加重那里的灾难。

传言欧洲工作机会大有，你们千万不要受此诱惑。对于欧洲来说，不过几年，大有工作机会是不可能的。你们是在"和平时期"离开你们国家的；即使如此，你们也没有看到你们所向往的良好情况。如今是一场大破坏过后，你们怎能设想碰上那样的好事呢？

无论考虑你们的个人利益，还是集体利益，你们都应该留在美国，把你们的资金投在美国，在美国为你们的心灵建立固定住宅，按照美国的爱国主义原则教育你们的孩子。你们要在这里创造财富，并将之寄回你们的祖国，以便扫除那里的贫困，帮助祖国重建繁荣。

十九　致叙利亚兄弟

叙利亚兄弟：

你是我的兄弟，因为你是叙利亚人。对着永恒世界说着一句话的国家，已对我低声说出另外一句话。

你是我的兄弟，因为孕育你的国家生下了我；孕育发自你内心深处的第一声呐喊的宇宙末叶孕育了由我的内心产生下来的第一声呐喊。

你是我的兄弟，因为你是我的一面镜子。每当我看到你的面孔，我便看到了我自己的一切：我内心里的坚强与懦弱、协调与混乱、沉睡与苏醒。

你是我的兄弟，因为我每想到一件事，便看到那件事的各种因素在你的思想中波涌翻滚；我每想做一件事情，便看到你亦同谋共往；每当我拒绝某件事情，我发现你早已放弃之。

你是我的兄弟，你伴随着耶稣、摩西和穆罕默德。

你是我的兄弟，你经历过五千年的灾难。

你是我的兄弟，你戴着我们的父辈和祖辈拖拉着的桎梏。

你是我的兄弟，你戴着压在我们肩上的沉重枷锁。

你是我的兄弟，你为我们分担痛苦和眼泪；共遭灾难和痛苦的人们，定会同享荣光与欢乐。

你是我的兄弟，你与我们同站在我们过去的坟墓和我们未来的祭坛前。

* * *

叙利亚兄弟：

昨天，雾霭蒙着我的周身，我曾抱怨你，责备你。

今天，风神驱散了雾霭，我知道我是在责备、抱怨自己。昨天，我认定你身上有丑陋之处，今天却发现那丑陋之处在我的身上。你的禀赋有我讨厌的东西，我发现那些东西也都在我的品性之中。我试图从你的灵魂中连根拔掉的东西，我却发现它的根与我的灵魂紧紧相连。

生命带给我们过去的和现在的东西一模一样。

在所有转化为我们的不幸与幸运的事物中，我们也都是一样的。

我们彼此一模一样，区别只在于你面临灾难时沉着镇静、坚韧不拔，而我却大喊大叫、焦躁不安，面对灾难失望叫喊。

现在，我已经认识了你，也认识了我自己。假如我看到你身上有缺点，发现那缺点也在我的身上。

* * *

叙利亚兄弟：

你被钉在十字架，但却在我的胸膛上，穿透你两掌和双脚的钉子也穿透了我的心膜。

明天，当一个过路人经过髑髅地时，他分辨不清哪是你的血滴，也分辨不清哪是我的血滴，而会边走边说：

"就在这里，一个人被钉在十字架上。"

二十　我爱极端主义者

我爱极端主义者。

我爱能够下到生活的低谷和登上生活高峰的人们。

我爱那些全身心倾向孤独、绝不在两种相反事物之间停留的人们。

我爱充满坚定希望的心神，我爱天性不接受拼装、内核不容分裂的朴素灵魂。

我爱极端分子，他们热情奔放，强烈爱好的火炬炽烈燃烧；他们的心总在剧烈地跳动，屈从于自己的情感；他们避开原则的斗争而进入个人法规，脱离思想的混合而转入单纯的原始思想，那原始思想带着他们上升到云彩之上，又降到大海之底。

我考验过温和主义者们，用秤称过他们的目标，用尺量过他们到达的地方，发现他们是胆小鬼，害怕真理如同害怕国王，害怕虚妄如同害怕魔鬼。于是，他们求助于既无益又无害的中间法规保护，沿着明路走去，那条明路把他们引向既无向导，又不会迷途的荒芜沙漠，既远离幸福，又远离贫困。

生活是夏天，歌唱着它的炽热思恋；生活是冬令，夸耀着它的暴风的强劲。谁在调节、安排自己的生活时采取温和态度，使之不受夏日欢狂、冬令可怖的影响，那么，他的白昼便毫无光荣、绝美可谈，他的夜晚也便没有任何神奇与幻梦，他的心灵也就更接近于死人，而远离生者，简直就是行将入土的人，宁愿在阴曹地府安息，也不愿意生活、行走在阳光之下。

宗教信仰中的温和主义者，徘徊于害怕惩罚与期盼奖励之间；一旦行进在信徒队伍中，他便拄起拐杖；当跪下膜拜时，他的思想便站起来讥笑他。

世俗生活中的温和主义者，只能停留在他母亲生下他的地方；他不后退，免得人们将他的后退当作笑料；他也不前进，以免将人们引向大路或人迹常至之地；而是呆呆地注视着自己的影子，留心细听着自己心脏的跳动，屏着自己的呼吸。

爱情中的温和主义者，不饮爱情杯中的液浆，无论冷甜还是热苦，而是由痴呆用从虚弱和恐怖沼泽中提取来的不冷不热的稀汁湿润自己的双唇。

抑恶扬善中的温和主义者，不与恶斗，不倡善事，仅仅满足于维护感情中流露出来的僵死情感，将毕生消耗在海岸边，就像贝壳，外表坚如石，内里似软胶，不知生命的涨潮何时结束，或者退潮何时开始。

追求高贵中的温和主义者，是达不到目的的；而在其外壳上涂上一层闪光的油，只有微风吹过或光波扫来才会干燥。

追求自由中的温和主义者，将看不到自己留在丘陵、坡地上的脚印。运动就像生活，决不会为了让跛子和瘫子赶上而放慢脚步。

愿望中的温和主义者所向往的生命，要么长而单薄，要么短而厚重。不管他的想法如何，生命要么长而干枯，要么短而粗壮。假若他是一个极端主义者，那么，他定会让生命延长，而且充满工作和成果，健壮无比，紧紧拥抱着真理、爱情和自由。

* * *

我听到无能的温和主义者们说"满足是取之不竭的宝库",于是我打灵魂深处厌恶他们,远远离开了他们,并且说:"假若猴子和侏儒满足于他们的懦弱和平庸,怎会变成人和巨人呢?"我听猴子和侏儒们说"温和乃百德之首",禁不住我的灵魂对他们感到恐惧,扭过脸去,背对着他们说:"他们只注视事情的中部,能知道事情的真实情况吗?难道事情没有首和尾吗?"

我听头脑糊涂的人们说"一鸟在手胜于十鸟在树",禁不住我的灵魂厌恶了他们,愤怒地说:"这些笨蛋们连半只鸟也不配得到,即使他们撒腿奋追十只鸟。难道追飞鸟不正是为生活而奋斗,不就是生活的目的和生活本身吗?"

我爱极端主义者。

我爱被温和主义者钉在十字架上的人。当那个人扭脖子,合上双眼之时,人们相互说:"我们已经摆脱了那个令人不安的极端主义者!"他们不知道那个人的灵魂那时已走去征服诸民族和历代人了。

我爱那个抛弃了父亲的王位和权杖的人。那个人用粗布取代了绸缎,用卑贱取代了尊荣,独身走向默示与思恋的顶峰;与此同时,温和主义者们却讥笑他,惊异他那纤细的手指将存在中暗藏的和显露的集中在一起。

我爱痴迷不悟、视死如归、看破红尘的烈士们;除了终极目的,他们认为一切都不值一提;除了高尚目标,他们认为一切都微不足道。

我爱那些被烧死、遭石击刑、被绞死和死于利剑下的人，因为他们殉身于一种占据了他们头脑的思想，或者燃烧着他们心中的情感。

我爱极端主义者。我把酒杯举到唇边，只是为了尝他们的血和泪的味道；我隔窗望天，只是为了看他们的面容；我侧耳聆听风暴狂吼，只是为了听他们的歌喉和欢呼声。

二十一　致美籍叙利亚青年

我相信你们，相信你们的命运。

我相信你们为这种新文明做出了贡献。

我相信你们从你们的父辈那里继承了旧梦、歌和语言，你们完全可以将之作为在美国的知恩的礼物豪迈地加以描述。

我相信你们能对这个伟大国家的奠基人说："看哪，我是一个青年，一棵从黎巴嫩丘陵连根拔起的树苗，但我的根深深扎在这里；我将成为一棵硕果累累的大树。"

我相信你们能对易卜拉罕姆说："当你说话时，拿撒勒的耶稣触摸你的嘴唇；当你写字时，耶稣会握住你的手；我将拥护你说的一切话和写的所有文章。"

我相信你们能对易姆逊、惠特曼和杰姆斯说："我的血管里流着诗人和贤哲的血。我愿意来你们这里取经，但决不两手空空而来。"

我相信你们的父辈为获得财富而来到这块土地之时，你们已经出生在这里，以便用智慧和劳作淘金。

我相信你们能够成为良好公民。

怎样做良好的公民呢？

假定在你们的权利之前，要继承他人的权利，但要经常意识到你们的权利。

你们要成为思想和工作的自由人，知道你们的自由受控于他人的权利。

你们要用你们的手创造美，还要满怀爱和信仰估价他人所创造的一切。

你们要用劳动换取财富，而且单单依靠劳动，尽力少花费自己的所得，以便在你们告别人世时，你们的孩子不依赖国家的帮助。

你们要站在纽约、华盛顿、芝加哥和旧金山的高塔前，发自内心地说："我们是建设大马士革、朱伯勒、苏尔、赛达和安塔基亚人民的后代；如今，我们在这里正胸怀壮志，与你们一道进行建设。"

你们要为你们成为美国人而感到自豪，但也应该为你们的父母来自安拉惠手抚摩并派使者而至的土地感到自豪。

二十二 你们有你们的思想，我有我的思想

我们都是穷人，除了生命别无余财。我们都是求乞者，除了生命别无可献。

你们有你们的思想；你们的思想本是一株大树，根插传统土地，枝靠惯性生长。我有我的思想；我的思想原是一片乌云，飘移在天

空,之后化作雨滴降下,汇成小溪流入大海,然后又化作雾升上云天。

你们有你们的思想;你们的思想本是一座坚固高塔,大风吹不动,狂飙摧不垮。我有我的思想;我的思想原是柔韧青草,随风四下摇摆,以摇摆寻欢取乐。

你们有你们的思想;你们的思想本是一种旧学说,不会发生变化。我有我的思想;我的思想原是一种新创造,我每天早晚都在筛它,它也筛我。

* * *

你们有你们的思想,我有我的思想。

你们想让你们的强者打倒你们的弱者,让你们的足智多谋计算你们的天真无邪。我则想用我的犁杖耕地,用我的镰刀收割,用石头和泥土建房,用毛或麻织衣。

你们想让体面与财富联姻,而我却想依靠自己。

你们想奋力追求声誉、美名,而我却想把声誉和美名当作两粒沙子,抛在永恒海岸边。

你们想的是高楼大厦,家具用镶金嵌银的檀香木制作,华丽丝毯罩壁铺地,而我却只要洁净的灵魂和肌体,即使连一个头靠的地方也没有。

你们想做有头衔的职员,而我却只想做有用的公仆。

* * *

你们有你们的思想，我有我的思想。

你们有你们思想的社会、宗教海洋及其艺术、政治要求，我想的只是显而易见的朴素道理。

你们的思想说："女人美而丑，贤淑而放荡，聪明而愚笨。"而我的思想却说："每个女人都是每个男人的母亲；每个女人都是每个男人的姐妹；每个女人都是每个男人的女儿。"

你们的思想说："盗贼，罪犯，杀人犯，恶棍，逆子。"而我的思想却说："盗贼是垄断者的走狗；罪犯是暴君的造物；杀人犯是被杀者的盟友；恶棍是暴徒的果实；逆子是酷厉的结果。"

你们的思想说："法律，法院，法官，惩罚。"而我的思想却说："假若有一部实用法律，我们都不服从，或都服从；倘使有一部基本法律，我们所有人在其面前一律平等。谁讨厌堕落的人，那么，他便是他们当中的一员；谁紧紧收起自己的衣角，以免让落入沼泽的人拉住，那么，他本人也是自处沼泽的人。对跌脚和过失不屑一顾且引以为自豪者，无异于对全人类不屑一顾；吹嘘自己没有罪过，无异于吹嘘生命自身没有过失。"

你们的思想说："杰出者，发明家，教授，天才，才子，哲学家，伊玛目。"而我的思想却说："深爱者，亲爱者，盟友，忠诚者，正直人，牺牲者，殉道人。"

你们的思想说："拜火教，婆罗门教，佛教，基督教，伊斯兰教。"而我的思想却说："宗教只有一个，尽管表现形式各不相同，而且永远是单一位,尽管道分数叉,就像几个指头。"

你们的思想说:"叛教徒,多神教徒,年老人,异乡人,不信神者。"而我的思想却说:"彷徨者,迷路者,弱者,盲者,智力和精神上的孤儿。"

你们的思想说:"富翁,穷人,赠礼人,求乞者。"而我的思想却说:"我们都是穷人,除了生命没有富人;我们都是求乞者,除了生命没有赠礼人。"

* * *

你们有你们的思想,我有我的思想。

你们的思想说:"国家靠政务、政党、会议、报告和条约而立足。"而我的思想却说:"国家必靠劳作而立足:劳作在田间、葡萄园,劳作在织机前和印染厂,劳作在采石场和森林,劳作在办公室和印刷厂。"

你们的思想认为人们以其征战英雄而感到豪迈,于是频频歌颂奈姆鲁德❶、尼布甲尼撒二世❷、拉美西斯❸、亚历山大❹、恺撒❺、

---

❶ 奈姆鲁德,大地上的第一位暴君。
❷ 尼布甲尼撒二世,古巴比伦国王,公元前604年—前562年在位。
❸ 拉美西斯,古埃及法老。
❹ 亚历山大(前356—前323),马其顿国王。
❺ 恺撒(约前100—前44),古罗马统帅,政治家。

汉尼拔❶、拿破仑。而我的思想却只承认真正的英雄是孔子、老子❷、柏拉图❸、阿里·艾卜·塔里布❹、埃扎利❺、贾拉勒丁·鲁米❻、哥伦布和巴斯德❼。

你们的思想认为压倒的力量在于军团、大炮、装甲车、潜水艇、飞机和毒气。而我的思想却认为真正的力量在于真理;依靠臂力和机械取胜的人,他们最终将成为失败者。

你们的思想能区分开实际与想象、苏菲派与物质主义。而我的思想却晓知生命有独一无二性,其所具有的重量、尺码和程序不同于你们的重量、尺码和程序。也许被你们认作是幻想者的人却是个实践家,而被你们视作唯物主义者的却是个空想家。

* * *

你们有你们的思想,我有我的思想。

---

❶ 汉尼拔(前247—前183),北非古国迦太基统帅、行政官,军事家、战略家,曾多次以少胜多重创罗马军队,是欧洲历史上伟大的四大军事统帅之一。

❷ 老子,春秋末哲学家、道家创始人,相传姓李名耳,字伯阳,又称老聃,一说即太史儋,或老莱子,楚国苦县(今河南鹿邑东)厉乡曲仁里人。相传孔子曾经问礼于他。他第一个提出"道"是世界的本原,"先天地生","可以为天下母"。现存《老子》一书是否为他所作,历来有争论。

❸ 柏拉图(前427—前347),古希腊哲学家。

❹ 阿里·艾卜·塔里布(卒于661年),伊斯兰帝国第四位哈里发。

❺ 埃扎利(卒于1111年),苏菲派哲学家。

❻ 贾拉勒丁·鲁米(1207—1273),中世纪著名的伊斯兰神学家,诗人。

❼ 巴斯德(1822—1895),法国化学家、微生物学家。

你们有你们的思想；你们追随着你们的思想游荡在废墟、木乃伊和化石博物馆。我有我的思想；我看到我的思想飘飞在雾霭与星云之间。

你们有你们的思想；你们赞美你们的思想端坐在骷髅制成的宝座上。我有我的思想；我看到我的思想徘徊在无名遥远山谷之中。

你们有你们的思想；你们吹笛赞颂你们的思想，起舞为你们的心灵而欢欣。我有我的思想；我的学说宁取临死的喉鸣，而不要你们的笛鸣，并且封锁你们的舞场。

你们有你们的思想；那是所有快乐温存、协调一致者的思想。我有我的思想；那是每一个失去故乡，在自己的国家里变成了异乡人，在自己的亲人和好友中变成了孤独者的思想。

你们有你们的思想，我有我的思想。

二十三　你们有你们的语言，我有我的语言

你们有你们的语言，我有我的语言。

你们有你们所想的阿拉伯语，我有符合我思想与情感的阿拉伯语。

你们有你们的词语及其排列顺序，我有词语示意但不触摸、有排序向往但不接近的阿拉伯语。

你们的阿拉伯语中有僵冷的香尸，并将之当作一切；我的阿拉伯语中的躯体，其价值不在自身，而在于体内的灵魂。

你们的语言中有预定的康庄大道，我的语言中有变化无常的媒介，只有把隐藏在我心中的东西传达到众多心中时才依靠它。

你们的语言中有固定的语言和有限的干枯规律，我的语言里有乐声，我会把它的抑扬顿挫、高昂低谷融入思想、爱好与美感之中。

你们有你们的语言字典、词典、词源，我有耳朵筛过、记忆力背诵下来的熟悉话语，专供人们欢乐、悲哀之时口头传唱。

你们有你们的语言，我有我的语言。

你们有你们的语言韵律、音步、韵脚及允许和不允许的填充；我有我的语言小溪，唱着歌流向海岸，根本不在意自己前进道路上的石头和重量，也不知道与自己同行的秋叶里的韵脚。

你们有你们的语言中的精力旺盛、博学多才、卓越非凡的诗人，并且有人为他们发表、编辑、注释作品；我的语言中有一种东西，惧怕羞涩地漫步在那些既未吟一行诗也没写一行散文的诗人们的心中。

你们有你们语言中的悼亡、颂扬、夸耀、祝贺诗作；我的语言不肯悼念死于子宫者，拒绝颂扬应该嘲弄的人，不屑祝贺同情的人，唾弃中伤可能避开的人，瞧不起夸耀之能事，因为在人类中没有什么值得夸耀之事，人只能承认自己的软弱和愚昧。

* * *

你们有你们的语言，我有我的语言。

你们的语言中有《修辞学》《词汇学》和《逻辑学》；我的语言中有被压迫者的目光、思念者眼中的泪珠、信士唇上的微笑和开朗宽容者的手势。

你们的语言中有西伯维❶、乌苏德❷、伊本·欧盖勒❸及他们先后的心烦意乱的人所说的话；我的语言中有母亲对孩子、情郎对情侣和虔诚修道士对夜下寂静所说的话。

你们的语言中有《善言家》，出语绝不支离破碎；还有《雄辩家》，禁戒无拘无束。我的语言中有寂寞者的喃喃话语，句句见解明了；有痛苦者的呻吟，声声雄辩畅达；有受惊者的呼喊，句句声声简明达意。

你们的语言中有《坚固建筑》；我的语言中有成群的鸱鸟、夜莺，展翅翻飞田野牧场之间。

你们的语言中有《银质项链》；我的语言中有露珠、回声和风拂杨柳。

你们的语言中有《编织》《天启》《修饰》及这些杂艺后的种种虚构。我的语言中有话语，一旦说出，听者竖起耳朵欲听话外音；一经写出，便在读者面前展现出一个无限空间。

你们的语言有其过去，那里饱含昔日的光荣与豪迈；我的语言有其现在与将来及现在的准备和将来的自由与独立。

　　　　　　＊　　＊　　＊

你们有你们的语言，我有我的语言。

---

❶ 西伯维（？—796），语法学家，生于波斯设拉子附近的白依达，成长在巴士拉。
❷ 乌苏德（？—600），蒙昧时期诗人，以艾阿沙·白尼·奈赫舍勒而知名。
❸ 伊本·欧盖勒（1298—1367），埃及语法学家。

你们的语言中有乐师,乐师拿起四弦琴,为你们弹奏了其手指选定的乐曲;我的语言中有吉他,我拿起它,奏出我的灵魂梦想和我的手指播送出的歌声。

你们当中的部分人将语言诉说给另一部分人,以求相互取乐、欣喜。我把我的语言贮藏在暴风中和海浪里:风有耳,其耳对我的语言的嫉妒胜过你们的耳朵;海有心,其心对我的语言的不在乎胜过你们的心。

你们理当收拾起你们的语言之夜所散落下来的碎片;我应该亲手撕碎每件破旧之物,把路旁阻碍前进的东西全部抛向山顶。

你们应该对你们断下来的病肢做防腐处理,将之保存在你们的智慧博物馆里;我则要把每一个瘫痪的肢体用火烧掉。

* * *

你们有你们的语言,我有我的语言。

你们的语言是瘫痪了的老太婆;我的语言沉浸在自己的青春梦想的海洋之中。

当你们的老太婆和我的少女揭开面纱时,你们的语言会变成什么?你们会把你们的语言贮藏在哪里?

我要说,你们的语言将化为乌有。

我要说,油干了的灯不会再亮多久。

我要说,生活不会走退步。

我要说,尸床之木不会开花结果。

我对你们说,被你们视作表白的东西,并不比被美化的不孕及被装饰的愚笨更高明。

我要说，你们灵魂中的干枯会使你们情不自愿地走向话语的沼泽。

我要说，你们心中的冷酷迫使你们服从你们口上的软弱，你们想象力的微小会把你们当作多嘴多舌的奴隶卖掉。

我要对你们说，只有你们的子孙作为法官和刽子手站起来时，这一代才会结束。

我要对你们说，诗人是使者，将一般灵魂所暗示的传达给个别灵魂；假若没有使命，也便没有诗人。

我要说，作家是忠诚的谈话人；假若没有正确、结合、固定的话语，也便没有作家。

我要对你们说，诗歌和散文是情感与思想，此外还是脆弱的线与断裂的丝。

东方已透出黎明曙光，现在你们还认为我在抱怨你们的语言，同时为我的语言辩护吗？凭使我变成你们眼和鼻中火与烟的主起誓，不是的。

生命不会在死神面前为自己辩解，其实它也不会在谎言那里解释自我，强大永不会站在虚弱面前。

你们有你们的语言，我有我的语言。

二十四　致叙利亚青年

叙利亚青年，你的自我可曾问过你：你是昨日之子，还是明日之子？

你可曾独自审视你的灵魂深处，求其回答你的问话，以便知道你的灵魂是像俘虏一样，拖着沉重镣铐行进在昨日队列之中，还是像自由人一样，昂首阔步行进在未来的队伍里？

你究竟居住在你的父辈和祖辈为你建造的理想房舍里，还是在努力为你的子子孙孙建造房舍呢？

你是生活在记忆世界的那种人，还是生活在目标世界的那种人呢？

你的想象力是把你带到你出生的地方，看到你自己与在广场上玩耍的小伙伴们在一起，于是内心叹息"一去不复返的岁月多么甜美"；还是你的想象力把你引向新叙利亚，发现自己已是成年男子中的一员，正与人们一道，用自己的智力、精力和体力为自己的国家效力呢？

你是那种常读"先进者消息"——其多数是捏造和虚构——的人，在你的想象中，那些先进者们已经获得了人类的所有完美，他们去时会带走美德、权力、荣誉和意志？还是被上帝擦亮眼睛的人，从而知道过去所到达的地方不过是攀登真正高处和获得正确知识的几个台阶而已？

叙利亚青年，请把你独身所梦想的告诉我，你究竟在哀悼过去，还是在向往未来？

你究竟不知不觉地漫游在被大地埋葬的人们的坟墓之间，还是展翅翱翔在尚未出生的灵魂群体之上?

你认为你自己是过去一件事情的终结,还是将来发生的某件事情的发端?

究竟谁是你梦想中的英雄和理想里的新娘?

在困倦与睡眠之间的那个时候,你可曾要求历史人物称赞你,并且让他们亲近、敬重你?

谚语曰:"你给我说出你所结交的人,我就能说出你是何许人。"

我则要加上一句:"你对我说出你所梦想的历史英雄,我就能说出你是什么人。"

假若你欣赏拿破仑,那么,你就是昨日之子。因为拿破仑是个奇特的集合体,未曾与他先或后的人交往过,也没有为明天做出什么大事。瓦特鲁战役❶是他的所有对手和目的的殓衣和坟墓。那位伟大君王坐在骷髅丘山的高位上达二十年,已经跌至谷底,消失在一日之间!

假若你喜欢华盛顿,那么,你就是明日之子。虽然华盛顿没有成为像拿破仑那样的军事大家和思想天才,但在太阳面前为最伟大和最光辉的社会大厦奠了基。

叙利亚青年,请把你对你的国家的看法告诉我!

假若你提到自己祖国便歌颂那些征服和统治叙利亚的国家的光荣,那么,你就是山洞,只能反射陈歌旧曲的回声,而不是直升向以太和大气共舞的鲜活声音。

---

❶ 瓦特鲁系比利时一城市,位于布鲁塞尔以南。1815年,英军在此大胜拿破仑。

假若你能透过现代乌云观察未来，看到叙利亚是个繁荣的国家，叙利亚人是一个自由活跃的民族，正独自前进着，绝不依靠拐杖，那么，你就是明日之子，必将帮助叙利亚实现其希望与理想。

叙利亚青年，请你告诉我，把你的宗教信仰告诉我！你是将精神考验与幻想混为一谈的人吗？因为远离幻想而远离精神考验，因为讨厌与迷信、传说有关的东西，连真理也厌恶起来？若然，那么，你就是昨日之子，耳朵全聋，分不清青蛙的鼓噪与夜莺的鸣唱。

假若你是被生活所钟爱的人，生活便会使你看到，传统和神化都是大地的分泌物，只能短暂存留；宗教是心灵思念的一种果实，但却永存久在。若然，那么，你就是未来之子，沿着美德大道，向着真理目标前进。

叙利亚青年，请你告诉我，把你对科学和神仙的看法告诉我！假若你把铿锵词语一一相对排列起来，站在讲台上，用从学校壁报上采集来的粗浅认识充斥人们耳际，那么，你就是昨日之子，分不清浮上水面的顷刻即消失的闪光泡沫与永久平静、庄重运行在苍穹的星斗。

假若你天生晓得科学依靠品格，那么，你就是明日之子，绝不会把光明与黑暗等量齐观。

叙利亚青年，你何不告诉我？请你告诉我。假若你是昨日之子，我们就哀悼你一番；假若你是明日之子，我们就认你为活着的兄弟！

二十五　我爱劳动者

我爱劳动者。

我爱用思想劳作,用泥土和想象星云创造鲜血、美丽、清新、有益图画的人。

我爱那样的人:他在从父亲那里继承来的花园里发现一株苹果树,于是在旁边又栽了一株;他买了一棵葡萄树,能结一堪他尔❶葡萄,经他培养,能结出两堪他尔葡萄。

我爱那样的人:他拿起被丢弃的干木,为婴儿制成摇篮,或做成能弹出歌曲的吉他;我喜欢那样的人:他取来巨石,制成雕像,盖成房子和庙宇。

我爱劳动者。

我爱那样的人:他能把泥土变成盛酒的器皿,或装油的容器,或容香精的罐子。我喜欢那样的人:他能把棉花织成衬衫,能把毛织成外袍,能把丝织成面纱。

我爱铁匠:他打在铁砧上的每一锤,无不夹带着他的一点鲜血。

我爱裁缝:他用交织着自己目光的线缝制衣服。

我爱木匠:他敲进的每一颗钉子,无不夹带着他的决心和意志。

我爱所有这些人。我爱他们那浸透了大地各种因素的手指。我爱他们那满足忍耐象征的脸面。我爱他们那闪烁着勤奋珠光的生活。

---

❶ 堪他尔,重量单位。

我的心中充满着对牧羊人的爱：每日早晨，他赶着自己的羊群去绿色草原，将之带到清泉旁，用芦笛与之促膝交谈，直到长长白天逝去；夜晚来临，将羊群赶回羊圈，那里是休息、安心之地。

我爱劳动者，因为他使我们的日夜相继。

我爱劳动者，因为他为我们提供食物，而克制自我。

我爱劳动者，因为他勤于纺织，让我们穿新衣，而他的妻儿却穿着旧衣服。

我爱劳动者，因为他建起高楼，而自己却住简陋茅舍。

我爱劳动者的甜美微笑。我爱劳动者两眼中的独立、自由目光。

我爱劳动者，因其温顺，自认为是仆人，虽然他是主人。

我爱劳动者，因其腼腆，自认为是枝条，虽然他是树根。

我爱劳动者，因其羞怯，你给了他工钱，未等你感谢他，他先感谢你；你一赞美他的工作，便看到他泪花模糊了双眼。

我爱劳动者，因其为了让我们的背直起来，他总是弯着背；为了让我们的脸朝上方，他总是弯着自己的脖子。

我爱劳动者。

灵魂与肉体俱懒，且又厌恶劳动的人，我能说他什么呢？因为需要金钱而拒绝劳动的人，我能说他什么呢？因为审视劳动，自认为自己比那些双手沾满泥土的人高贵，我能说他什么呢？

坐在存在的餐桌旁，却不把自己辛苦换来的面包和美酿放在餐桌上的人，我能说他什么呢？

那些不种想收的人，我能说他什么呢？

我只能像评说植物和靠吸植物津液与动物血液而延续生活的寄生

虫那样评说这些人。

我只能像评说趁喜娘新婚之夜窃取新娘首饰的盗贼那样评说这些人。

二十六　我们都祈祷

我们都祈祷，但我们当中的部分人带着目的和知识祈祷，而另一部分人则无目的和无知识地祈祷。人之心在神圣的无限面前无声地跳动、歌唱着跳动。溪水流向海岸，无论山谷狭窄还是宽阔；溪水定会流到大海，无论天空布满冬季乌云，还是夹带着春令喜雨。

在我的信条中，祈祷是对存在的希望，对生活的向往，是有限意志对无限意志的想念；发自婴儿胸中的第一声呐喊，正是昏迷苏醒的祈祷；姑娘新婚之夜的害羞，是对被我们称为母性的崇高存在希望所做的祈祷；临终者发出的最后一声叹息，是已知向无形未知神殿做的祈祷。

在我的信仰中，祈祷是农夫心里的甜美希望；农夫将种子播到地里，暗自说："奉主之名，全靠吾主！"

祈祷是赶着羊群去绿色草原的牧羊人理性中的称心义务。祈祷是织匠灵魂里的美好工作；织匠坐在织机前，为美丽少女织着斗篷，或为老人织着御寒的外套。

祈祷，在我的法律中，便是一个人诚惶诚恐地站在黎明之前，中午时分惊愕不安，暮霞中神魂颠倒；夜半之时，从埋伏地点站起来，带着沉寂与平安喜讯去往夜的平安与沉寂之中。

春天将花儿从沉睡中唤醒之前，花儿在祈祷。秋季将黄叶散落在地面上之时，树木在祈祷……当冬季试图用冰雪为树枝穿上殓衣时，树木在殷切地祈祷。

鸟儿鸣唱前后在祈祷；动物祈祷着求食，祈祷着躲进洞穴……

大山告别夕阳时在祈祷；夜幕笼罩下的山谷在祈祷。

沙漠在祈祷，祈祷声中有绿色森林和喷涌的泉水；山径在祈祷，祈祷的意思是平原和丛林；星斗在被黑暗显露之前和被光明隐没之后在祈祷；深渊在祈祷，祈祷的意义是天堂和乐园。

祈祷并不是信奉宗教者的一种职业，也不是人们欲重复显示的标志，认为通过它可以得到上帝的怜悯与祝福，而是人们的一种内里精神状态，简直就是大自然本身的一种看不见的客观情况；被我们称为人类的目的与正道，或大自然的方向或宗旨，或生命的必然命运的东西，充其量不过是存在于原子里的高尚、深刻、全面的一般祈祷，其存在于太阳之中，与第一物质形影不离，如同与普通智力相伴不分。

祈祷并不始于嘴唇发出，也不止于喉咙唱出；祈祷存在于我们的每一最初情感和我们的日日夜夜的每一时刻。

我们都祈祷，大地上的所有存在都祈祷，因为大地上的一切来自上帝，归于上帝。

上帝在自我祈祷，其存在在向自己的存在致礼问安。

二十七　盲诗人

正是光明使我变成了盲人！

那是太阳，慷慨给予你们的是灿烂白昼，而给予我的却是漆黑的夜；那是比梦还深的夜。

尽管如此，我依然遨游天际，而你却住在生你们的地方，直至死神降临，给你们另一生。

看哪，我用我的手杖和六弦琴探路，而你却用串珠自娱。

看哪，我在黑暗中一直往前走，而你们却害怕光明。

的确，我正在歌唱。

我不会迷路，即使阳光隐没。因为主看得见我们的路，而我也在高度戒备之中。

即使我会跌脚，而我的歌声是生着双翅的，依然会翱翔在高风之上。

我是在探看深和高时使双目失明的。凭我的宗教起誓，请问谁在面对深与高景色时会不牺牲自己的双眼？谁又能在看见黎明曙光时不熄灭两只颤抖的蜡烛？

你们说："他好可怜啊！他看不见天上的星斗，也看不见草原上的延命菊。"

我则说："他们才可怜呢！他们摸不着星辰，听不到草原上的延命菊。"

好可怜哪！他们的耳中没有耳朵。他们的指尖没有嘴唇。

二十八　阿卜杜拉·布斯塔尼❶

——纪伯伦为语言大师追悼会所撰悼词

一个人对自己的民族在思想或意志上所做出的贡献，通常要由受益者进行衡量和估价，而这种贡献的标准则是由广大群众确定的。至于取与舍，则显现在那位天才人物的民族中，他把自己的心思吐露给自己的民族，而民众却排斥之，不会从中汲取任何东西，于是他的天才一直存在于历史长河里，直到岁月推出一位理会其天才见解的人物，给他以高度评价；不过，那是在天才人物被土掩埋和其声音被永久寂静淹没许久之后的事了。那是一场古老的悲剧；但它还会长久存在于时代舞台上，因为那是人类处于半醒半睡、本质模糊，而灵魂却透明的时代。

东方出现科学复兴先锋的时期终于到来了——或者说出现了类似科学复兴的时代，于是涌现出教授和导师——他们汲取古代的说话艺术，尽可能地进行筛选，同时相互尽力激发热情——然后开始向新的一代进行传授，用他们手中掌握的知识面包解除青年一代的求知饥饿，以他们水袋里的生命之水解除青年一代的求知之干渴——阿卜杜拉·布斯塔尼正是这些出类拔萃的杰出导师们当中的一位，他们把自己生命的全部勤奋与忠诚都献给了教育事业。安拉怜悯他！

---

❶ 阿卜杜拉·布斯塔尼（1854—1930），黎巴嫩诗人、语法学家，毕业于黎巴嫩著名的希克玛（睿智）学校，对阿拉伯语语法、句法、词汇学、韵律学等研究均有很深造诣，是阿拉伯诗剧的先驱。他著有《句法》（1930）、《布斯塔尼辞典》（上下卷）（1907）、诗剧《希罗多德之死》《两朵玫瑰花之战》等。

尽管他已带着思想和记忆回到了阿拉伯人的蒙昧时期或贝都因人的粗犷年月，但他性情温柔，演说动人，话语甜润。站在他的面前，想到他那高强记忆力和他那掌握运用那种困难语言的超绝能力，我感到的不仅是不好意思，更是羞愧不已。

阿卜杜拉·布斯塔尼是一位作家，但不是以他所润饰的文章；他是一位诗人，但不是以他所写的诗歌。这位人杰的诗才并不显示在白纸黑字上。假如有人说，他并不是我们所理解的具有双重属性的作家或诗人，随着时间的涨潮和落潮以及文学结构、形式和流派的发展，可以说他们的话是正确的。然而他比诗人和作家更有益，更具有普遍性，更慷慨大方，更朴实可亲。他唤醒了他的数不清的弟子们的灵魂里的诗情和对修辞的兴趣，仿佛他从他们的天质和洞察力中撷取了悠远铿锵的美妙韵律，写就了那首世界级的不朽阿拉伯长诗，每行诗里都写到诗人，或作家，或记者，或考古学家，或探索家。在我看来，这首题为《人类》的长诗，行行具有反叛精神；我的意思是说它们一反陈旧传统，踏上了前人从未走过的道路。

假如我们只赞扬阿卜杜拉·布斯塔尼的著述，那么，我们的赞扬还是干瘦、有限的，简直可以说是一种虚妄与摒弃。布斯塔尼的真正伟大之处已经体现并且仍然体现在师从他和以他为师的壮年人和青年人的身上。

五十年间，这位伟人将他的神奇面纱披在一代又一代人的心灵上。这其中有他的特点，有他的荣耀。阿卜杜拉·布斯塔尼满足了每一个与他有联系的人的需求；岂止如此，因为他还激励、鼓舞了和他没有联系的人们的心灵。而自己的脸面没接触到他的神奇面纱的那些人们,则起来反对他的道路及其追随者——那之中孕育着阿拉伯文学的新生命,也是他的自我决心的最有力证明。

明天将会忘记那些对阿拉伯复兴运动出过力的大多数人,但明天必将记起尊贵大师阿卜杜拉·布斯塔尼的英名,而且饱含敬重、感恩之情。

第二章 话剧

一 看不见的人

人物：艾哈代卜（首相）
　　　　穆芭莱（女秘书）
　　　　鲍利斯（男秘书）
　　　　侍卫
　　　　农民代表团
　　　　优素福·赫勒顿（酋长财主代表）
　　　　修女及其女伴
　　　　看不见的人

地点：天外某王国

时间：云外时光

场景：宫中内阁大楼一角的一个房间。房间中心位置放着一张大写字台，后临着一樘大门，左右两侧各有一门。房间中的器皿豪华无比，一片皇家气派。

时值晚间。

幕徐徐起升,女秘书穆芭莱坐在写字台后,等待着首相到来,手里握着一支笔,面前放着一堆文件。

男秘书鲍利斯坐在另一面的写字台后。

两个卫兵靠大门站着。

首相从右门进来。他是一个矮小的罗锅,与其说像人,倒不如说更像狼。面容丑陋。他迈着沉重的脚步,两只手就像枯干的树枝子。

两侍卫走上前去,将首相抬到写字台前的椅子上。他伸出两只干枯的手,只见那两只手不住地抖动,活像风中的枯树枝。假若他不作声,你定会以为那是只魔爪。他既不是人,也不是猴,简直是一具木乃伊,而体内放置了一架机器,正在活动着他那萎缩的神经。但是,他的双目里却闪烁着异样的光芒,那是在这个世界上不存在的一种光芒。

首相进来时,穆芭莱和鲍利斯都站了起来。

穆芭莱——一位苗条女子,芳龄三十,肤色呈象牙白,一头栗色发,目光锐利,满脸透着灵气,一看便知是一位出色女性,遇事定有主意,成竹在胸。她穿着一身洁白衣裙。

鲍利斯——一位四十岁的中年男子,其衣着足以显示其善于交际。

两侍卫将首相抬到座椅上之后退下,各站在大门一边。

首相(对女秘书穆芭莱说)坐下吧!我的女儿,坐下吧!

（然后把脸转向鲍利斯）请坐吧！

（沉默片刻）看哪，我们又有这么多工作要做。工作没完没了。不，工作就是没完没了，直到睡下也干不完。说不定死后还有工作等着我们干，谁知道呢！

（沉默片刻）穆芭莱，你告诉我，我们今天有什么工作？我记得还有三四个问题，在今天过去之前，我们必须关注一下。

（对鲍利斯说）我希望你简要地把我口授的或唠叨的全部记录下来，说不定你明天会遇到这些事情。

（他回过头来对穆芭莱说）我的姑娘呀，我们从何处着手呢？我的小女友！

穆芭莱（望着面前的那些文件）阁下，这是艺术大臣的信。

首相 是的，是的。给我吧！

（穆芭莱将信给他，他看了好大一会儿，然后说）多么好的一封信！这位大臣的精神世界充满亲情，那亲情存在于已知法则和未知法则之中。我将这个职位给予他，我自信做了一件好事。

（他又看了看信，接着说）我该怎样答复他呢？

（他望着穆芭莱）你来记录，我来口授回信。

亲爱的先生：

  感谢你那激情洋溢的来信。你的有关艺术的高论，尤其是关于美学的见地，真令我无限感动。我既非诗人，也不是艺术家，你能否允许我说美居于所有造物内里，简直可言存于生命本身之中。我与你，我们都无法看到生命面纱之后何物之有，但是，我的朋友，我们不应该忘记美居于光明个性之中。在最伟大的创造者所绘的图画中，有一片被秋色染成金黄的叶子，已从树上落到你的手里。在你与晚霞之间竖立着一块巨石。有一童子在独自玩耍、舞蹈。处于白日尽头的老翁望着炽燃的火，两目中有一种光芒，既非取自白日，又非撷自黑夜。

你完全明白我的话，这一点我毫不怀疑。美平静、安详地居于我们灵魂的深处，直至被我们的友情唤醒。我还想对你说更多的话，但我担心自己本是国王陛下的奴仆，如此下去，会变成诗人，这是我不想做的事。你何不转达我对你那贵夫人的良好问候！请你代我向她表示歉意，直到如今，我也没去观赏她的花园，请你告诉她，我心有余，而力却不足。

到此止笔。请接受我的诚挚敬意。

（说到这里，首相叹了口气，然后对穆芭莱说）我相信这个人，他的艺术见地不被过去的锁链所禁锢。如果我的胸中没有涌动着青年的激情，我是很难给这样的人复信的。假若我不变成半诗人，我是多么难于谈艺术与美学呢！

（沉默片刻）把另一封信递给我。

（穆芭莱将信递去，首相接过信，看了许久，然后说）是的，是的。这是我们的政治朋友来的信。他是个好人，但他不知道用自己的长项做些什么。他多么像等待客人的那位富主儿，但客人们姗姗来迟。我们回他一封信吧！

（首相开始向女秘书口授）

亲爱的先生：

关于你信中所言之事，我思考了许久。你的信向我展示了我从未预料的事情。

请准许我说，国家的意志再大，但无论如何也不能凌驾于被统治者之上。至于你所愿意执行的法令，那则绝不是什么法令，只不过是一种阻止和禁戒倾向而已。假若你想执行你的这种法令，你就得强迫人们服从，继而会发生暴动。我的心过去和将来都将与那些反对法律、心存雪白纯洁的人们在一起。

（对穆芭莱说）穆芭莱，你千万不要忘记写上"雪白纯洁"！
（说罢，继续口授）

那些法律是不晓得纯洁为何的人们制定的。

请转达我对你亲爱的母亲的问候。两天前，你母亲曾让人捎给我一盒甜食。那些甜食是多么宝贵，因为那是她老人家在信中告诉我，那些甜食是她亲手制作的。今天晚些时候，我要给她写封信。

我的先生，请接受祝福者的诚挚敬意！

（首相低下头去，说）我的女儿啊，我有些累，也很厌烦了。可是，我们面前这么多文件，还等着我们处理呢！

穆芭莱（用充满温情的声音说）阁下，这封信是大主教寄来的，想让我给您读一读吗？

（首相接过信，打开看着）

（就在这时，一个身材高大、容貌俊秀、容光焕发的男子汉出现在右门，仿佛来自比这个世界更高级的另外一个世界。只见他高昂着头，迈着方步走去。房间里除了穆芭莱，谁都没看见这个大汉。穆芭莱激动地站起来，一声大喊，手中的笔和纸跌落在脚下，然后向大汉伸出双臂，用充满惊异和征询的目光望着他，随后又像噩梦初醒那样一声惊叫。大汉消失在左门，穆芭莱坐下来，而深爱、笃信和崇拜的目光仍然在她的眼中）

首相（丢下手中的信，对穆芭莱说）我的姑娘，你怎么啦？究竟出了什么事？

穆芭莱 没什么，没什么，首相大人。

（她合上眼，手捂着脸，仿佛想找回梦境。片刻后，她捡起笔和纸，对首相说）首相大人，您打算怎样回这封信呢？

首相（久久打量着女秘书）你累了吗？我们的这个白天真是太长了。不过，晚上就要到来了。我们就要在夜的沉静中获得宽舒了。

（用充满耐心的声音又问女秘书）我的闺女，你累了吗？

穆芭莱 不，我不累。只要我在您的关照下工作，我是绝不会感到累的。

首相 我谢谢你，谢谢你……我们现在就看大主教的来信。

（他口授道）

尊敬的阁下：

我非常遗憾地告诉你，我不能在痛苦的辱骂中于星期三去你那里和你的教区。我相信你确实不想把这个重担加在你的教民的肩上。我把此称为重担。你和他们都把我视作国家仆人,其实我不过是一辆无马之车……我的先生,我觉得你不是写给我的,而是写给另外一个人的,是写给不时来看望我的那个人的;至于我,不过是那个人的一只手罢了;应该说我还是那只瘫痪了的手。不过,我还是相信你是写给我的。请宽谅我迟到,以便于星期三带着灵魂到你那里去,与你和你的教民一道庆祝节日、礼拜祈祷。

愿主与您同在。

挚友 敬启

(口授至此,首相望着穆芭莱说)我累了。我的朋友,我厌烦了。我现在只是旧吉他上的一根松弦。不过,白天过去后,我要睡上一大觉。明日早晨到来之后,一位更伟大的乐手将抱起吉他,弹奏出的乐曲要比这些乐曲更美。

(首相沉默片刻后,接着说)现在,我觉得我的心像一汪平静湖水,那里没有一丝微风,湖面上不见涟漪,深处更没有波涌。

穆芭莱 相爷大人不想休息,明天再处理剩下的信件吗?

首相 明天。我们的今天都在试图挣脱痛苦和希望,我们的明天会比我们的今天更多吗?

(这时,侍卫走了进来,在首相面前躬身施礼,然后说道)

侍卫 门外有一个来自北方的代表团,等待准许他们谒见相爷大人。

首相 是啊,是啊!这些都是善良农民。告诉他们说,让他们进来!

（进来了三个人，走在前面的是一个表情威严的人。之后，他们站在首相面前躬身施礼。鲍利斯拿来一个本子做记录。穆芭莱则安详地注视着）

首相 朋友们，我能为你们做些什么呢？

代表团团长 首相阁下，我们代表北方农民而来。

首相 我知道。你们有什么状可告吗？

代表团团长 首相大人，截止至去年，我们的农田税还是公开合理、可以接受的。今年，他们则提高了农田税，提高到了我们无法承受的地步。他们不但提高了已耕和有收获的农田税，就连那些未耕的不毛之地的税也提高了。我们老百姓是很穷的，他们深切感到税务沉重，实在不合理，要我们把这些话向首相大人当面述说。

首相 不，那是不公平的。政府不应当征收高于你们能够谋生的税款。（他用手揉了揉脑门，思考片刻后又说）我有一个想法，你们好生听着。你们回到乡亲中去，对他们说，政府应该充分利用我们所占有的每一寸土地。我们既不宣告政府非法，也不宣布我们自己非法。你就这样对乡亲们说。我们要和政府比赛。政府有权势，我们有决心。来吧，我们快向大路飞跑，看谁跑在前面。来吧，我们带着自己的工作意愿奔跑，也请政府带着意愿与我们一道赛跑。我们工作着迎接朝阳，与政府进行裁判。

我们只有把我们额头上的汗水滴到田地里之后，我们才会感到舒适，而政府只是在宫殿里舒舒适适。

（他举起干枯的手，继续说）就在像这样的宫殿里。现在你们就

集外集

回乡亲们中间去吧！告诉他们准备参加赛跑……如果明天我还在这个位置上，我将亲手把桂冠戴在优胜者头上……优胜者，优胜者必然不放弃一寸土地，勤于耕耘，用额头上的汗水灌溉之，充分开发利用。好吧，朋友们，我要和你们告辞了。

（代表团出门）

（一阵寂静过后，大汉从左门进来，迈着庄重稳健的步子，望着墙外某一个遥远的地方，豪气满怀地穿过房间）

穆芭莱 （穆芭莱再次激动地站起身来，向大汉伸出双臂，大声地说）从人们头上走过的人，光彩照人的大汉，停下脚步，看看我吧！请站住，让我瞧瞧你的面容！

（大汉的身影消失在右侧的两扇门之后。穆芭莱坐下，悄声说道）不见了，又不见。难道他走了？

（首相和鲍利斯留神、惊恐地望着穆芭莱）

首相 穆芭莱，告诉我，你怎么啦？你心中有什么秘密？你究竟看见了什么？你为什么这样大声惊叫？

穆芭莱 （她用右手遮住双眼）首相大人，请原谅，没什么，什么事也没发生。

（这时，侍卫进来，向首相躬身施礼之后说）

侍卫 优素福·赫勒顿酋长求见首相大人。

首相 请酋长进来吧！

（仿佛自言自语）我们现在应该会见镀银之士，谈谈继承下来的光荣。我多么同情这些快被淹死的高贵人士啊！他们虽然紧紧抓着一些漂浮的木头，但他们必将沉没在深渊之中……他们要沉没了，再也无法把头露出大海泡沫以上。

（侍卫再次进来，高声说）

侍卫 优素福·赫勒顿酋长到！

（酋长进来）

首相 （指着写字台旁边的椅子，示意请酋长坐下，酋长坐了下来）先生，你是来告诉我你与农民之间存在的分歧的，是吧！

酋长 正是。在这方面，我有很多话要说。

首相 我要求你不要说什么，而要留心细听我对你说些什么。你若认为我说得在理，你就聆听。如若不然，你就回你的田地里去，倾听蜜蜂为蜂王采花蜜的嗡鸣声！

酋长 阁下，我侧耳聆听你讲！

首相 （沉默片刻）酋长们和财主们应该把工人看作自己的伙伴，如此过不了多久，每个工人都会以自己双手创造的成果成为劳动伙伴，在这块土地上，酋长和财主既不会损失一滴油，也不会失却一粒盐，而工人却甘心情愿从事生产，认为自己是劳动创造物的共有者……酋长阁下，我没有更多的话要说，但希望你能理解我的话，并照我的话行事……主使你晚安！

（酋长站起来，躬身施礼后离去）

首相 （对穆芭莱说）我的小乖乖，我累啦！但弓仍然握在我的右手，而箭囊中只剩下一支箭了……白天快要过去，告诉我，我们还有什么事要做呢？

穆芭莱 相爷大人，我记得您曾答应接见修女们，她们正在门外等候接见呢！不过，假若您想休息，就让她们明天或后天来见您吧！

首相 修道院院长哈娜……让她进来！

（侍卫走进来）

侍卫 两位修女在厅里等待着相爷的命令。

首相 告诉她俩说，我在等着见她们。

（侍卫走去，片刻后带着两位修女进来）

首相 （用饱含温情的语气说）请二位坐吧！请原谅，我这躯体不能在二位面前站立，但灵魂已肃立在人类仆女面前。

（两位修女坐下）

修女 我们的首相大人多么高尚，谈吐又是多么甜润甘美！

首相 二位姐妹，请告诉我，有何要求啊？但愿我能满足二位的需要。

修女 我们的修道院旁边有一块土地，我们很需要用它养活不知父母名姓的孤儿及那些弃婴。但遗憾的是，优素福·赫勒顿酋长把手伸向了那块土地，毫无凭据地占有了那块地。我们想用那块土地养生，而酋长却想扩大自己的土地占有面积。为此，我们来见首相大人阁下。

首相 （手撑着脑袋）未曾生育，却同情孤儿和弃婴，并且一心为弃儿安排一张床位置的母亲们，我的心过去并仍然和那些觅寻被遗弃的小脑袋并为他们而伤心落泪的女性们在一起。我的好姐妹，我向你及你的伙伴表示祝贺。我已找到了友爱、怜悯的题目……（沉思片刻，然后又说）让我思考一会儿……我们国家有一条法律，这样写着：一块土地，或一座葡萄园，或一个果园，假若十五年内没有耕种或利用，其主人便失去了所有权，而归国王所有。我将面奏国王陛下，请求国王将那片土地赐予你们，以表彰你们所行善事。（转过头去，对鲍利斯说）你去图书馆，找一本名为《时效权与契据》的书。我想，你将在第七章发现国王如何处理被闲置的土地，然后写一个地契，派人呈送国王陛下，请国王定夺。

（鲍利斯走出厅堂）

首相 姐妹，只管放心就是，也请那些没有母亲的孩童们放宽心。你能为我提供这样的为你们效力的机会，我感到高兴。

（修女及其伙伴站起身来）

修女 首相大人，谢谢您。我衷心感谢您！

首相 我应该感谢你呀！何不让我做片刻父亲呢！

（两修女在自己的脸上画十字）

修女 我们的圣母马利亚为你祝福，保佑你平安。马利亚是所有人的母亲。我们的主耶稣为你祝福。耶稣带着他的羊群走向绿色牧场。

（两修女走去，首相低头片刻，然后说）

首相 多么出色的女性！她们在为无名饥饿者筹措面包。不过，我们都是站在庙门上讨饭的人，我们都在为解除另一种饥饿而乞讨。

（一阵长时间沉默之后，首相用手示意侍卫离去，然后对穆芭莱说）我的女儿啊，我已经累了。我的好朋友啊，我已感到厌烦。夜幕已经降临，就让夜神用其饰带把我们盖起来吧！

（穆芭莱站起身，走去燃点厅堂的蜡烛，然后回到自己的座位旁边）

穆芭莱，今天的工作结束了，你可以安安稳稳休息一下，天亮之后，就是另一天了……朋友啊，我很累，而且心沉重得很，可是还有很多事情要做啊！还有一座桥应该建造。有一座大厦应该拔地而起。夜深人静之时，有一种声音，我应该把它传达给沉睡中的人们。可是，我累了，已经疲惫不堪……穆芭莱，我的好朋友，晚安。（首相双手伸在写字台上，低下头去，长长地叹了一口气。继而望着穆芭莱的面孔，然后整个身体一下下沉，一切活动便沉静下来，一动不动了）

（这时，容光焕发的大汉出现在右门，迈步走到厅堂中央，像一根光柱一样笔直站立在首相那静静的尸体旁，手触摸着尸体，凝视着永恒世界）

穆芭莱（望着大汉，向大汉伸出双臂，只见她的脸上闪烁着神奇的光芒，用使整个厅堂颤抖的声音说）打一开始，我就知道你漂亮、庄重。打一开始，我就知道你会像现在一样出现在我的面前。我的朋友啊，我亲爱的朋友。假若整个世界能像我现在看到你这样，那该多好！假若所有的人都能了解到我所了解的一切，那该多好！

（幕落）

二　转眼之间（晨夜之间）

地点： 高塔广场贝鲁特宫殿的一个狭窄黑暗牢房
时间： 12月9日午夜
人物： 优素福·凯拉迈（诗人）
　　　　赛里姆·白朗（基督教头面人物）
　　　　阿里·拉赫曼（穆斯林头面人物）
　　　　舍尔夫丁·侯拉尼（杜鲁兹族头面人物）
　　　　穆萨·哈伊姆（犹太商人）

穆萨·哈伊姆、舍尔夫丁·侯拉尼各睡在监牢一个角落。
赛里姆·白朗枕着自己的手腕。
阿里·拉赫曼坐在一张木凳上。
优素福·凯拉迈在房间里来回踱步，不时站住，凝视着星光射进来的一个小洞。

穆萨·哈伊姆 （说梦话）二百加二百是四百。四百加上三百等于七百。七百加二百是九百。九百加五百等于一千四百金币。他们都拿走了！他们从我这里拿走了一千四百金币！都叫他们拿去了，啊，啊！

优素福·凯拉迈 假若我能像他那样熟睡，那该多好啊。假如我能合上双眼，即使是一分钟不看这地狱，在远离这个世界的另一个世界里睁开眼，那该多好啊！

集外集

阿里·拉赫曼 兄弟，我发现你整整一个礼拜没有入睡了。我真不知道怎么还能活着。

（语气中充满同情）兄弟，睡一觉吧！就在这块木板上睡一觉吧！睡吧，哪怕只睡上一个小时。难道你不晓得连续熬夜近似于慢性自杀吗？

优素福·凯拉迈 不，我不会在这肮脏的巢穴里自杀。生活的屈辱已够我忍受，即使他们留给我的东西是高尚的。假如我的生命具有某种价值，他们也会像对待我的同伴和我的兄弟的生命那样，将之用一根绳子吊起来……不，我不配与那些已经死去的人同享死亡的荣幸。我不配享用绞刑架的尊贵！

阿里·拉赫曼 你冷静些，不要激动！不要去思考昨天！我们应当坚韧到明天，因为明天掌握在安拉手里，而安拉是慷慨高尚、大慈大悲的。

优素福·凯拉迈 我怎么能够停止思考生命的进程呢？我怎么忘记昨天呢？昨日之手紧握着今日良心。昨天是巡游在这座监牢上空的灰色幻影大军，在我的头周围游动着，在我的耳边低语吟诵着我的伙伴们的名字，但那是我的烈士兄弟们的英名，那是悬于天地之间的人们的大名。

阿里·拉赫曼（愁眉苦脸地站起来）掌握我的灵魂者，将在我们的儿女起来为我们报仇雪恨之日到来，站在为我们讨还血债的新一代当中。在阿拉伯半岛将出现一位果敢坚强的巨人，用双脚踏碎暴君和压迫者。

舍尔夫丁·侯拉尼（刚刚醒来，用手指揉着眼睛，对阿里·拉赫曼说）你呀，你是大白天做空梦。我的先生，阿拉伯人是半岛上沙漠与高山之间的一群沦落人，期盼他们当中能出现什么奇迹，那是愚蠢的。叙利亚的前途寄希望于强大公正的大英帝国。假若英国不帮助叙利亚，那么，叙利亚就少有和平希望。

赛里姆·白朗 你想让高傲自负的英国占领一个国民崇拜法国的国家？难道我们不喜欢由法国来保护、统治我们？我要对你们说，法国才是自由摇篮和文明之母。假若那面三色旗不在叙利亚的平原和高山飘扬，叙利亚断无前途和希望。

穆萨·哈伊姆（说梦话）二百加二百等于四百，四百加三百等于七百。他们都拿走了！

都拿走了，该死的！该死的，都拿走了！

优素福·凯拉迈（站在房间中央，高举双臂）啊，叙利亚，你的灾难多么沉重！你的儿女们的灵魂不是涌动在你那羸瘦、虚弱的身躯里，而是附着在其他国家的肌体里。

他们的心忘掉了你，他们的思想远离了你。叙利亚呀，叙利亚，时代的寡妇，时代的丧子之母，叙利亚啊，灾难无穷的国家。你的儿女的躯体尚在你的怀抱中，而他们的灵魂则已离你远去。有的行进在阿拉伯半岛上，有的漫步伦敦大街，有的飘飞在巴黎宫殿上空，有的在睡梦中数钱。叙利亚，没有儿女的母亲！

（对朋伴们说）被囚于牢中之牢的囚犯们，你们听我说。叙利亚不是属于阿拉伯人的，也不属于英国人；不是属于法国人的，也不属于印度人。叙利亚是你们的和我的。你们用叙利亚土铸成的躯体是属于叙利亚的。你们那在叙利亚天空下凝成的灵魂也是属于叙利亚的。它不属于太阳下的任何一个别的国家。安拉晓知我深爱阿拉伯人，我想追回阿拉伯人的光荣。但我是一个叙利亚人，我所追求的是叙利亚的叙利亚光荣。安拉晓知我敬重英国的公正，曾敬佩它的意志。但我是一个叙利亚人，我所追求的是叙利亚的叙利亚人的公正和意志。安拉和你们都知道，正是我对法国的感恩之情将我送进了这座监牢。法国是个伟大的国家，走在向着纯粹真理和绝对自由前进的队伍的前列。我是叙利亚人，我要的是叙利亚真理和属于叙利亚的叙利亚自由。

阿里·拉赫曼 兄弟，你是一位诗人，正借用美丽辞藻把你的幻想赋成诗，然而诗却是另外一种东西。

舍尔夫丁·侯拉尼 阿里先生，你说得对，他是一位诗人。赞美安拉，诗人们是不能统治英国的。

赛里姆·白朗 谁告诉你说幻想家统治着法国？

穆萨·哈伊姆 （说梦话）二百加二百等于四百。四百加三百等于七百。他们把金和银都拿走了。

优素福·凯拉迈 好一个诗人，不是政治家。我不想成为政治家。我热爱我的国家，我热爱我的国民。所有这些，都是我想通过政治了解的东西。我热爱我的民族，因为她弱小，而且正受着压迫。假如我的国家强大，我早就把对她的爱转向了我心灵中的幻想和美梦。我热爱我的国民，因为他们忐忑不安，由于憎恶过去而为未来担心，也因此而害怕岁月，即使岁月对着他们微笑。假若我的国民坚强团结一致，我早就把他们忘到了脑后，从关心他们的爱好和目标，转向探索生命的隐秘。我爱我的国家，我爱我的国民；爱有慧眼，能看到政治看不见的东西，能听到哲学所意识不到的东西。

舍尔夫丁·侯拉尼　我也热爱叙利亚。人们当中没有谁怀疑这一点。但那是我对叙利亚的热爱；正是这种热爱使我思念叙利亚变成了大英帝国身躯上一个肢体的日子。

赛里姆·白朗　谁真的热爱叙利亚，就请他也爱那些热爱叙利亚的人吧。还有另外一个像法国一样偏爱叙利亚的国家吗？依我之见，谁不像热爱叙利亚那样热爱法国，那便是忘恩负义之人。

阿里·拉赫曼　我不否认任何人对英国的敬重，我也不转移任何人对法国的钟爱。但是请想一想，除了殖民野心，还有什么关系能把东方人与西方人集聚在一起呢？

东方与西方是两个相互分离的世界，任何政治联盟也无法将二者结合起来，任何政治或哲学也不能使双方彼此接近。因此，我说叙利亚人应与阿拉伯人组成一个王国，结成一个民族。因为我们的历史就是他们的历史，我们的语言就是他们的语言，我们的国家就是他们国家的一部分。

穆萨·哈伊姆　（说梦话）二百加二百等于四百……三百加四百等于七百……他们都拿走了……他们把金银全拿走了！

优素福·凯拉迈　（用双手将脸捂住，片刻后抬起头来，大声喊道）巴比伦啊，巴比伦！

四分五裂的城郭啊！难道安拉的影子离开了你，使你变成了孤立在沙漠中的废墟？

巴比伦呀，巴比伦，争斗、仇恨的故乡！莫非你在梦中建造了一座摩天高塔，因而上苍大怒，使你言语失调，令你的儿女流落大地各处？巴比伦啊，巴比伦，没有居民的城市！你的儿女会回到你的身边，重建你的城墙和庙宇吗？安拉还会再经过你的面前，洗去你的屈辱吗？巴比伦啊，巴比伦，房舍是痛苦、伤口是大街、河流是泪水的城垣啊！巴比伦呀，巴比伦，我心中的城池！

（优素福中止说话，仿佛痛苦已令他窒息，然后周身无力地瘫倒在木板上。房间里死一样的沉静，简直像是坟茔。半个时辰过后，听到从监牢墙外的高塔广场上传来的低微声音）

* * *

一儿童声 妈妈，我饿，我饿。给我一口面包吧，给我一小口！我饿呀，我饿！

一女人声 孩子，睡吧！一直睡到大天亮。天亮之后，安拉会给我们送来面包，我们都吃。

一男子声 我一直在呼唤安拉，嗓子都喊哑了。安拉已经死去。安拉已经饿死了。假若安拉还活着，他的奴仆们就不会像死狗一样丧命在狭窄的巷子里。

女人声 主啊，请你宽恕他，因为他不知道他自己在说什么。

儿童声 （高兴地）妈妈，你看哪！你看那里有张大桌子，桌上放着面包、肉、鸟和鱼。

你看，那里还有一盘盘蜂蜜、奶酪和鲜奶。妈妈，你看那张大桌子呀！你伸手给我拿些吧！给我拿些，哎哟，哎哟！

女人声 （片刻沉默之后，痛苦地哭号着）死啦！我的孩子死了，我的另一个孩子也死了！主啊，你瞧瞧我吧！

男子声 你边呼唤着安拉，你的孩子就死了。我对你说过，安拉已经饿死了。

女人声 （强忍着）安拉，还活着！主啊，我谢谢你，因为你把我的孩子带到一个没有饥渴的地方去了。主啊，在这一夜里，请你怜悯所有的母亲吧！

优素福·凯拉迈 （高兴地站起来，用双手敲击着墙壁）我的国家啊，饥鸿遍地的国度啊！我对你说过，怜悯你的儿女吧！难道后人从你这里继承下来的只能是太阳下一片遍布死尸的空地？我听到沉睡中的城市大街上传来的死神的脚步声。我看到死神正用镰刀割取我的父母的儿女们的性命。啊，叙利亚，征服者之路的交叉口，莫非我活着是为了看见一位新征服者？假若征服者的行军包里装满了面包，那就请他来吧！就请征服者来吧，也许他能留下一个保护我的兄弟和我能听到其声音的一位姐妹……啊，我多么自私！我要求我活着，以便看到兄弟姐妹；但是，假若我的生命具有某种价值，他们是不会把生命留给我的。假如我的生命是宝贵的，他们会用绳子将之捆起来，让其与那些待在空中的满脸屈辱神色的人在一起。

（说到这里，他环视四周，发现同伴们都已睡着，于是他双臂交叉胸前，开始在黑暗的房间里踱来踱去）

（清晨）

（优素福·凯拉迈仍在牢房踱步。伙伴们仍在梦中。忽然间，监牢外传来嘈杂声，继之响起枪声，接着喊声四起。没过几分钟，欢呼声此起彼伏，响彻天空）

集外集

优素福·凯拉迈（高声呐喊）沉睡的人，起来吧，快起来听一听吧！快起来，蟒蛇的阴影已经离开了这座城市！

（囚徒们起来了，相互询问，高声呼喊，有的哭，有的笑，像是疯了一样）

监外喊声 协约国的士兵满城了！英国兵，法国装甲车。这是印度兵营。意大利人，法国人。赞美安拉。

感谢真主，我们解脱了！

（片刻后，监牢门开启了，光明顿时充满那座黑暗的牢房。穆萨·哈伊姆大喊着走出去，高兴得要命。舍尔夫丁·侯拉尼、赛里姆·白朗和阿里·拉赫曼紧跟其后。优素福·凯拉迈仍然站在牢房当中，凝视着从牢门射进来的太阳光）

优素福·凯拉迈（漫步走向牢门口，自言自语）主啊，让我步出这监牢，获得真正的自由吧。主啊，不要展开我的翅膀，让我飞翔在猎人伏候的果园上空。你既然不想将我的生命化作真理、自由祭坛上的供品，那就使之化为一炷香吧！

三 彩色脸面

地点：叙利亚富商优素福·贾马勒在纽约的住宅

时间：寒冬的一个夜晚

人物：优素福·贾马勒

玛丽娅（贾马勒夫人）

法里德·安图斯（记者）

苏莱曼·白塔尔（博士）

艾尼斯·法尔哈特（商人兼文学家）

沃尔黛·阿札尔小姐（女文学家）

哈娜·白什瓦蒂（女仆）

尼阿麦拉·巴胡斯（牧师）

赛里姆·迈尔加尼

（幕起，露出一个大房间，摆设豪华阔气，但色调、装饰杂乱，显示出男主人富有，同时也表示女主人缺乏欣赏品位）

（客人们闲适、安稳地坐着，谈论着战争及其后果，谈话声间不时响起尼阿麦拉抽水烟的呼呼噜噜声）

（门铃响了，片刻后，沃尔黛·阿札尔小姐手拿着一份英文报纸进来）

沃尔黛 先生们，晚上好！

众人（一齐站起来）小姐晚上好！

* * *

贾马勒夫人　欢迎，欢迎。

（沃尔黛小姐向在座者一一问安之后，在客厅中央落座）

沃尔黛　（对大家说）你们看过今晚《圣山报》上登载的消息了吗？

优素福·贾马勒　什么消息？有谈到战争的内容吗？

沃尔黛　没有，没有。没有关于战争的任何新东西。但是，请你们听听这则消息。

（她打开报纸，用足以表明她精通那种语言的平静声音和语调翻译道）约·希米尔顿女士举行晚会，招待赛里姆·迈尔加尼·苏里。美国著名文学家和美术工作者应邀出席了晚会。晚会结束时，迈尔加尼先生站起来，发表了重要讲话，谈及东方艺术、爱好、愿望及现在叙利亚所通行的法则。之后，他朗诵了他在英国所写的诗歌，其意义在于结构充满活力和想象，在座者敬佩不已。

迈尔加尼的讲话和诗歌，我们将刊登在星期日出版的报上，因为我们也十分敬佩这位东方才子……

苏莱曼·白塔尔　（打着哈欠）我看这个消息没有什么重要性！我十分了解赛里姆·迈尔加尼。

他是位文学青年。关于他的许多事情，英文报纸上登的与你讲的没有多少差别。小姐阁下，美国报纸谎言多，简直比叙利亚报纸还低下。

艾尼斯·法尔哈特　这倒是事实。难道你们不记得美国报纸说法特哈拉·舍姆欧是一位亲王吗？还说他将与一位美国富婆结为伉俪。我们都知道法特哈拉·舍姆欧的情况。至于那位美国富婆，则是个四十有五的女人，她的父亲只是美国西部一个州的农夫。

我对迈尔加尼了如指掌，简直是无所不知。我见过他，与他交谈过数次。我和他还在宅中和饭馆里相遇过。他是一个聪明的小伙子，但他是个善于空想的青年，自以为能与非洲人的文学艺术一比高下。

尼阿麦拉·巴胡斯　我对赛里姆·迈尔加尼的文学艺术没有什么了解，也不想认识他。

但是，我听到他的很多情况，还读过他的一些文章。那些文章中的观点足以表明他是一个叛徒，而当那些叛教徒将他们的愚昧、叛逆的污水泼向教堂及信徒们时，他们却还以为自己在干一件什么大事呢。你们当中有谁会相信像这样的一个黎巴嫩青年会在这个伟大国家里做成功一件事呢？

优素福·贾马勒　神父阁下所言极是。赛里姆·迈尔加尼属于那样一种自高自大的青年人，他们异想天开，自认为能改变地球面貌。（淡然一笑）难道你们不记得蚂蚁与蝗虫的故事吗？冬天到了，蝗虫还到蚂蚁那里求蚂蚁给它些吃的东西，蚂蚁对蝗虫说："你在收获季节干什么啦？"蝗虫回答道："我正在吟诗呢！"

（大家大笑，只有沃尔黛小姐面无表情）

苏莱曼·白塔尔　叙利亚人当中的疯子何其多啊！有多少人专门干那些既不利己又不利人的勾当啊！更为惨痛的是，每当我们中间出现这样一个疯子时，我们的报纸便大吹大擂一番。至于美国报纸，

集外集　249

情况则尽人皆知，那是黄色的，有一种夸大小事的特殊偏好。有一次，我在我们的一份阿拉伯报纸上看到写迈尔加尼的一段话，正是这一段话使我中断了订阅该报的习惯。这份报不但称迈尔加尼为"文学家""专业作家"，而且泥里加奶粥，竟然吹之为"叙利亚天才"。（博士的脸上怒色明显，遂抬高声音，接着说）如此赞颂，简直是一种非难。假若我们说赛里姆·迈尔加尼是天才，那么，我们用什么词来为易卜拉欣·雅兹基❶、谢赫·阿卜杜拉·布斯塔尼大师和赛义德·舍尔图尼❷定位呢？绝不能这样。我既不缩小，也不夸大，而给每一个人以应有的评价，即使我像某报之主和某报主编，叙利亚人对那两种报的情况是了如指掌的。我那份报的订户数以千计。朋友们，荣誉既不能买，也不能卖。

我决定放弃报业，因为那会使我由于某种原因而下滑。美国的报纸简直就像站在路口的卖淫女……迈尔加尼究竟有何作为，致使我们将之称为"天才"？

优素福·贾马勒 假若迈尔加尼是什么天才，那么，赛姆阿尼、穆特朗·泽埃比和胡里·安图里亚斯又该被如何称谓呢？不久前，我见过这个迈尔加尼，并且向他提出关于历史方面的几个问题，我发现

---

❶ 易卜拉欣·雅兹基（1847—1906），生于贝鲁特，文学、语言复兴先驱之一，师从其父纳绥夫谢赫；通晓希伯来语和古叙利亚语，亲手制作阿拉伯字母印刷字模。1894年迁居，客死埃及；创办《光明》杂志，并编辑其中大部分栏目；著有《同义语外来语辞典》《穆台奈比诗集注释》。

❷ 赛义德·舍尔图尼（1849—1912），黎巴嫩文学家、阿拉伯语言学家，著有《近源词典》。

他什么也不知道。之后，我问了他最近一本书的内容，他支支吾吾，没有说出任何能让我记起的话语。他的情况就是这样，我们能把他称为天才吗？啊，真主啊，叙利亚人中的天才是何其多呀！

艾尼斯·法尔哈特 令人吃惊，使我心里生厌的是，我们的朋友迈尔加尼认为，一旦他蓄了长发，拄起文明棍儿，穿上西装，即像西方文学家和学者那样，他就会得到国民的认可和信任。

贾马勒夫人（对尼阿麦拉·巴胡斯说）尊敬的阁下，火炭熄灭了，让我给你换一支水烟袋吧！

尼阿麦拉·巴胡斯 女主人，不，不用了。我抽得很多了……虽然如此，还是听候你的吩咐吧！

贾马勒夫人（高声呼唤女仆）哈娜，给我的贵客换一袋烟，给我们烧杯咖啡！

（女仆哈娜走进客厅。哈娜是个年纪五十的妇女，宽面庞，表情庄重严肃，两眼里透出一种欲说离乡之苦的目光。她看了看在座者的面孔，拿起尼阿麦拉用的水烟袋，然后走出客厅）

沃尔黛（望着玛丽娅说）这是哪个女仆？我以前没见过她。

贾马勒夫人 她是个贫穷女人。两天之前，我们才把她请进来做家务。你看她年纪那么大，不会做家务，权作施舍吧！

沃尔黛 我从她那皱褶的脸上看到了某种东西，令我动情，使我的思想顿时翱翔盘旋在黎巴嫩的山川上空。说不定这位可怜的女人话中有话呢！

（在座的人们又回到他们先前的谈话题目中）

苏莱曼·白塔尔 叙利亚人都醉了，分不清黄金与黑灰。他们把每一个毕业于卫生学校的人都称作医生,把每一个写诗的人都称为诗人。如果他们不是如此烂醉,有谁会把迈尔加尼说成一位天才,而应该没有人提起此人的名字。酒杯丢了,我们多是盲人,怎么能找得到呢?

(沃尔黛双手捂住脸,深深叹了口气,然后望着众人,双唇微微颤抖,仿佛心中有什么事情要说,但她怕说过头话,终于没有开口)

法里德·安图斯 (对沃尔黛小姐说)小姐阁下,你为何沉默不语呢?你给我们读了一则消息,然后不说话,没有谈谈你对赛里姆·迈尔加尼的看法。

沃尔黛 我没发表意见,因为我认为沉默比说话更好。

艾尼斯·法尔哈特 你对迈尔加尼定有自己的看法,你读《圣山报》上的那则消息时,语调中充满兴奋、赞美之情,那就是最有力的证明。

沃尔黛 (双手捂着眼,然后又瞪大双眼望着在座的人们,用激动的声音说)各位先生,我对赛里姆·迈尔加尼有自己的许多看法,而且对每一个相类似的青年有许多看法。

不仅如此,还对那些离开母亲叙利亚怀抱,走到埃及、法国、巴西、美国,为他们自己和他们的祖国建造文学艺术殿堂的青年们,也有许多看法。在这个舞台上,有我发表意见的空间吗?你们竭力反驳对赛里姆·迈尔加尼及类似的人表扬、称赞之能事,我还能说什么呢?《圣山报》说希米尔顿太太为赛里姆·迈尔加尼举行了晚会,正如你们所知,希米尔顿太太是位美国女士,正是文学联合会和对文学及文学家所怀有的热情,使她与迈尔加尼相聚在一起。你们听到这则消息感到诧异,因为迈尔加尼和你们一样,都是叙利亚人,他的血管里和你们的血管里流着同样的血。美国人为什么款待一位东方文学家?难道只因为他生着一双黑眼珠,或者因为他蓄着长发,或者语调中有什么奇特的音韵?他们之所以款待他,是因为他是黎巴嫩光秃秃的谷地之子,或者因为他是叙利亚古代先知的后裔,或者他代表着光荣的奥斯曼帝国?

不是的!美国人根本不把这些事情放在眼里,而是他们看眼力,能从异乡人当中挑选出心灵手巧、志高有为的精英,并且将他们置于敬重和鼓励的高台之上。美国人是一个鲜活的民族,他们深知世界的杰出人才,而且不分这位天才来自黎巴嫩或那位才子来自非洲腹地,他们给每一个出类拔萃的人才以应有的待遇,这是你们所做不到的。我把《圣山报》上的消息读给你们,你们的脸色即刻蜡黄,语无伦次,仿佛我带给你们的是你们劲敌的喜讯。假若有一个美国人坐在你们中间,而且懂得我们的语言,定以为昨晚赛里姆·迈尔加尼赴希米尔顿太太的宴会之前,他用手指掐死了你们每一个人的老娘。白塔尔博士把美国报纸说成是黄色的,因他热爱自己的国民。艾尼斯·法尔哈特先生说他十分了解赛里姆·迈尔加尼,认定迈尔加尼不能在艺术和文学上与西方人相比,牧师阁下说不能对迈尔加尼寄托什么希望,因为他把他的愚昧和伪信污水泼向信徒们。优素福·贾马勒先生认为迈尔加尼像蝗虫,但没对我们说他是蚂蚁。先生们,一个有天赋的青年,他的天赋使他变成一个金环,将默默无闻的叙利亚民族与一个卓越的西方民族联结起来,而你们就这样评说这样的一个天才青年。能使杰出民族感觉到我们存在的人,你们却这样看待他。

一柄由安拉在叙利亚点燃起来的火炬，种种赞扬将他送往西方国家，而你们却这样议论他。

你们这样说他，我还能说什么呢？难道我该对你们说嫉妒是叙利亚人品质中的卑劣品质？难道我该对你们说民族情感已在叙利亚人的灵魂中死亡？难道我该对你们说如果单个是个叙利亚人，那么，集体就不知道单个的意思是什么吗？难道我该对你们说，你们和所有叙利亚人就应该像西方人尊重他们当中的才子一样尊重迈尔加尼和我们当中的其他才子？难道我该对你们说叙利亚的偏见就是物质追求，此外别无他物？难道我该对你们说土耳其统治泯灭了你们心中的高尚情感？不！我敬重作为一个人的你们，与此同时，我也尊重自己，这些话都不会对你们说。但是，我希望使西方诸民族觉醒的那种因素也能唤醒你们子孙的心灵；正是那种理念上的觉醒，使他们的生活如同存在在舞台上的盛大婚宴，而我们东方人却面对着无名葬仪不住流泪叹息。我是一个女人，而东方人是听不见女人声音的；假若东方人听见女人的声音，那么，黑夜定将让他们明白他们需要明白的事理。此外，我还是未婚女人，按照你们的陈规陋习，未婚少女理应像坟墓一样寂静无声，像石头一样呆板不动。

（沃尔黛小姐弯脖低头，丧子之母一样叹了口气。在座者无不惊异地望着她，有的哈哈大笑）

苏莱曼·白塔尔 小姐阁下，看来有好多事情使得你对赛里姆·迈尔加尼十分重视。

艾尼斯·法尔哈特（向白塔尔使了个眼色，然后说）看来沃尔黛小姐将是一个非常重视文学家的女性……

尼阿麦拉·巴胡斯 小姐给予了我们如此强烈的批评,看在她父亲和叔父的面上,我还是敬重她的。

沃尔黛 神父阁下,谢谢你。我希望未来使你看在我自己的面上敬重我。我并不认识赛里姆·迈尔加尼,我个人也没认识他的意愿。我已经读过他的书,这就够了。假设说我个人非常重视这个人,因此就引起你们评论他的这番话吗?明眼人必喜白日的光明,虽然他明明知道太阳不是独为他一个人创生的。明眼人喜欢阳光,盲人用太阳取暖。可是,居住在北极的盲人又该做什么呢?……

法里德·安图斯 真主啊,这是什么话……居住在北极的盲人?

苏莱曼·白塔尔 所有这些都是一个满怀空想和美梦的狂热青年引起的。

艾尼斯·法尔哈特 小姐已经羞辱了我们,因为我们没有与她同敬一位无名之辈!

(门铃响了,暂时寂静下来。优素福·贾马勒走去开门,用英语问道)

优素福·贾马勒 找谁?有什么事?(站在门外的青年用阿拉伯语回答)

青年 先生,请别见怪!我来找一个刚从祖国来的女子,听说她在你们这里服务!

优素福·贾马勒 这女子是何人?

青年 先生,她名叫哈娜·白什瓦蒂,来自黎巴嫩北方!

优素福·贾马勒 两天前,我们这里来了一个女子,名叫乌姆·努法勒。

集外集　255

青年　就是她,先生。难道你不想给我做件好事,告诉她说赛里姆·迈尔加尼想见她?

(青年一提赛里姆·迈尔加尼的名字,在座者无不脸色顿改,双目圆瞪,仿佛一颗火球落在了客厅中间)

优素福·贾马勒(满面春风地)迈尔加尼先生,请进!

艾尼斯·法尔哈特(离开座位,向房门走去,并且说)欢迎赛里姆,哪阵风把你吹到布鲁克林来啦?

(赛里姆·迈尔加尼进客厅,脱去了头上的帽子,低头弯腰向在座者问安。大家纷纷站起身来,他们面似无言,但各心怀鬼胎。沃尔黛小姐容光焕发,喜形于色,感到意外的事情即将发生。她注视迈尔加尼片刻,然后用目光扫射在座的每一个人)

优素福·贾马勒　赛里姆先生,请允许我向你介绍一下,这位是尼阿麦拉·巴胡斯牧师。

尼阿麦拉·巴胡斯　幸会,幸会。

优素福·贾马勒　这位是苏莱曼·白塔尔博士。这位是法里德·安图斯先生。这位是艾尼斯·法尔哈特先生。这一位是我的妻子贾马勒夫人。

大家(异口同声)荣幸,荣幸。

(沃尔黛小姐仍原地站着。赛里姆·迈尔加尼望着她说)

赛里姆·迈尔加尼　我怎么还无幸认识这位小姐呢?

贾马勒夫人　请原谅,我给你介绍一下。这位是沃尔黛·阿札尔小姐,她是一位聪慧、有名的女文学家。

(赛里姆·迈尔加尼向沃尔黛小姐躬身施礼,并且说)

赛里姆·迈尔加尼 认识你，使我感到荣幸。

沃尔黛 迈尔加尼先生，与你相识，是我的幸运，尤其今晚在此结识。

（问安并说了些没有意思的话之后，大家坐下来。赛里姆·迈尔加尼对主人说）

赛里姆·迈尔加尼 从六点钟开始，我就找哈娜·白什瓦蒂。庆幸有一个叙利亚人把我引领到你们家中。我带来一封信和一个汇款单，上面写的都是她的名字。贾马勒先生，请把她叫出来，让我见见她。

贾马勒夫人（高声喊）乌姆·努法勒，到这儿来一下。（哈娜·白什瓦蒂进到客厅，赛里姆·迈尔加尼站起来，当她看到他时，发自内心地高声喊道）

哈娜·白什瓦蒂 亲爱的，赛里姆！

（泪水夺眶而出，接着说）我真高兴，总算找到你了。我一到这里就打听你。

他们告诉我，你在波士顿。啊，看见你，我是多么高兴，简直使我忘记背井离乡的痛苦。我打心底里感到高兴。

（说着，走上前去，与赛里姆·迈尔加尼拥抱、亲吻。之后，二人坐了下来）

赛里姆·迈尔加尼 我带来一封信和一个从巴西寄来的汇款单，上面都是你的名字。

（说着，从口袋里掏出一个大信封，递到哈娜·白什瓦蒂手里。哈娜·白什瓦蒂拆开信封，读过信，看过汇款单，双手捂起脸，哭了

集外集

起来。赛里姆·迈尔加尼走近她,轻轻地拍着她的肩膀,温情脉脉地说)

赛里姆·迈尔加尼 乌姆·努法勒,我们都是背井离乡人,这使我们心里难过。但是,这不可能使我们心碎,相反有助于强心。真主把我们集中在一个国家,我们会像原来一样生活。

哈娜·白什瓦蒂 啊,过去我们是过着怎样的日子,今天我们又怎样了。谁能相信海里勒·白什瓦蒂夫人竟成了异乡土地上的女仆呢?

赛里姆·迈尔加尼 乌姆·努法勒,我们都是当仆人的。我们都是仆人。谁不当仆人,谁就不配享受白日的阳光,也得不到夜间的安宁。

(哈娜·白什瓦蒂哭成了泪人,话都说不出来了。贾马勒夫人把她领出去,过了一会儿又回到客厅)

赛里姆·迈尔加尼 这位女子本来过着安乐、舒适的生活,在我的家乡很受尊重,对我的乡亲们有难以忘怀的恩惠。假若我能为她做件事情,那该多好啊!

艾尼斯·法尔哈特 (想换个话题)赛里姆先生,你好哇!我有一个多月没有见到你了,曾打听你多次,有人告诉我,你沉没在了美国人当中。

苏莱曼·白塔尔 我们今晚在《圣山报》上读到一篇关于你的文章。迈尔加尼先生,听到说我们的文学家的好话,使我们感到高兴无比。

尼阿麦拉·巴胡斯 美国人对文学家的热情是有名的,特别对像迈尔加尼先生这样的文学家。

法里德·安图斯 迈尔加尼先生,我在埃及的一家杂志上读到你的一篇美文,别说我有多么喜欢了。我真想把它在我的报纸上进行转载,如果无希望得到你亲笔写的新文章的话。

优素福·贾马勒 赛里姆先生,有幸今晚在这里同你会面,真是太有意思了。应该感谢乌姆·努法勒。

贾马勒夫人 希望你再次光临寒舍,最好下周能一道进晚餐。

赛里姆·迈尔加尼 谢谢太太的慷慨厚意。由于我总是忙于工作,很长时间没有与同胞们聚会了。但是,每当我看到一个叙利亚人,只觉一股亲情暖流迅速传遍周身。

我希望不久再看见你们所有的人。

(迈尔加尼边说边站起来,主人挽留他说)

贾马勒夫人 咖啡正在火上煮呢,聚会不过刚刚开始。

赛里姆·迈尔加尼 (又坐下来说)客随主便。我好几个星期以来,还未曾喝过一杯叙利亚咖啡呢!

艾尼斯·法尔哈特 迈尔加尼先生喜喝咖啡,他日夜都要喝的。

苏莱曼·白塔尔 咖啡提神哪!不过,迈尔加尼先生的神用不着提呀!

贾马勒夫人 (高声喊道)乌姆·努法勒,端咖啡来!

乌姆·努法勒 (在厨房答声)这就来,太太!

尼阿麦拉·巴胡斯 (对沃尔黛小姐说)沃尔黛小姐,你为何默默无言呢?

沃尔黛 尊敬的阁下,你们在交谈,我实在插不上话。像我这样的人应该侧耳聆听。

假若是命运在今夜聚会刚一开始就把迈尔加尼先生带到这里的话,我连一句话都不会说的。尊敬的阁下,请不要忘记,一个未婚女子在男人们面前说话,在叙利亚人看来是不适宜的……不过,令我感到高兴的是,我看到你们全都为见到迈尔加尼先生而高兴。哈姆雷特死前说:"留下的唯有静默。"

苏莱曼·白塔尔 小姐阁下,我们已解开了谜。

沃尔黛 噢,我们多么自在,不但有专门解谜的时间,还有非解谜时间。我本想现在再说点谜语方面的事情,但我想还是让迈尔加尼先生津津有味地喝咖啡吧!你们还记得这几行诗吗?

青蛙吐一语,
哲人争相析。
含水能发声,
天下谁能及?

赛里姆·迈尔加尼 看来我进门时你们正在谈论我,是我打断了你们的谈话。

优素福·贾马勒 不,不是的。先生,我们谈论的都是一般话题。

尼阿麦拉·巴胡斯 冬天的夜长得很哪,我们通常用漫谈打发冬夜,以便消遣取乐。

赛里姆·迈尔加尼 看来你们谈得津津有味啊!我从小姐关于哈

姆雷特、青蛙的谈话中已经闻到了这种气味。我将从这杯咖啡中得到乐趣，借以得知这些话不是说给像我这样一个异乡人的。

（哈娜端着一杯咖啡进来，迈尔加尼接过咖啡，哈娜眷恋地望着他）

（优素福·贾马勒递给迈尔加尼一支烟，迈尔加尼点上烟，每呷一口咖啡，便抽一口烟。抽完烟，喝完咖啡，迈尔加尼起身要走，所有人恭恭敬敬地站起来，一一向他挥手告别。迈尔加尼告别乌姆·努法勒，并许诺不久之后再来看她。之后，迈尔加尼谢过主人和主妇，走出客厅）

（在座者沉默无言，直到赛里姆·迈尔加尼的脚步声消失在夜的寂静之中。他们面面相觑，默默不语，仿佛无数只看不见的手扼住了他们的脖子，只有沃尔黛小姐例外，只见她唇间漫溢着包含千种意思的微微笑意。一阵类似于深渊号啕、争论者的舌战之后的寂静，沃尔黛小姐起身，向门口走去，边走边说）

沃尔黛 毫无疑问，你们将在沉默、遗憾、后悔中打发这夜下聚会剩余的时间了。是的，先生们。现在于你们来说，沉默是再好不过的了。不过，假若一定要开口说话的话，那么，你们就谈关于思想自由与忠诚的话题吧！我度过的最近时辰，才是我生命中最美丽、最崇高、最深刻的时光。因为它在我的眼前画出了叙利亚人的集体面目，向我展示了叙利亚人带着他们的枷锁从巴比伦走到孟菲斯、巴格达和伊斯坦布尔的原因。这最近时辰已经向我显示了叙利亚人的创造能力，同时也展现了叙利亚人制造具有各种面貌的笑话的高超技能。是的，正是这样，我的先生们。我们都有各种面貌。在蓝色时辰，我们的脸就是蓝色的；黄色时辰，我们的脸就是黄色的；红色时辰，我们的脸就是红色的。依此类推，有多少颜色，就有多少颜色的脸面。

先生们，祝各位晚安！

（说罢，沃尔黛走出客厅，就像逃出地狱的人那样，狠狠地将门关上）

（厅中人一直沉默无言，抬眼凝视着天花板，仿佛看到手持"功过簿"的可怕魔鬼，那魔鬼已将赛里姆·迈尔加尼带到他们之前，他们说的关于迈尔加尼的那些话，全部记录在了那个"功过簿"上）

四　革命之始

地点：贝鲁特海上一咖啡馆
时间：1914 年 8 月的一个雨天
人物：艾哈迈德·贝克（穆斯林）
　　　　法里德先生（基督徒）

（幕起，基督徒法里德先生与穆斯林艾哈迈德·贝克坐在一张桌前，桌上摆放着一些食品和饮料）

法里德　这些土耳其人可真聪明，他们对叙利亚的聪慧和阿拉伯品格了解得多么精细啊！他们知道叙利亚机体的毛病在哪个部位，于是当即刮起占领旋风，将他们的皮屑撒上去。

艾哈迈德　你不该说土耳其人聪明，而应该说叙利亚人是一个行走在黑暗之中的盲人青年；一旦远处出现些许亮光，便以为那是太阳或月亮。并非土耳其人不聪明，但那是内在十足愚蠢，外面看起来好像聪明、智慧的阿拉伯叙利亚人的愚昧。

法里德　朋友，你听我说。两年以来，叙利亚的思想奶油被热情之火烘烤，然后摊在自由、改革和崇高原则的盘子上；正是那种崇高原则造就了卢梭、伏尔泰、巴特里克·亨利❶、加里波

---

❶ 巴特里克·亨利（1736—1779），美国革命时期最杰出的演说家和人民领袖之一。

集外集　263

第❶等一代巨人，是他们在西方人的胸中竖起了自由之碑。

今天，土耳其人伸出长长的胳膊，将神奇麻醉剂的混合物浇在叙利亚的思想奶油上；那麻醉剂是十九世纪开始以来，由奥斯曼政治家们制造的；那麻醉剂时而像糖蜜，时而又呈焦油状。当今，即使世界上最杰出的化学家，要想从土耳其糖蜜和焦油里将叙利亚的奶油提炼出来，那也是无计可施的。

艾哈迈德　你的话使我想起了我读过的纪伯伦的一篇文章，题目为《麻醉剂与手术刀》。

我看你呀，也像那位隔着乌云看东方的作家一样，把东方的情况过分夸大了。

法里德　是的，我和那位叙利亚作家的见解相同。过去我也认为那位作家夸大其词，只看到东方的黑夜，看不到东方的黎明，只看到叙利亚的冬天，看不到她的春天。

如今呢，我认为他的看法是对的，我也和他一样了。

艾哈迈德　你不要夸大其词。还是让我们像医生看病人那样看看当前的情况吧！你把聪慧归于土耳其人，而把愚蠢归于叙利亚人。我呢，我说这二者都不精明。

法里德　你说的是什么意思呢？

艾哈迈德　我是穆斯林，一个信仰伊斯兰教的东方人。我在欧洲生活过一段时间，在那里晓得了伊斯兰教的伟大，认识了伊斯兰教在

---

❶ 加里波第（1807—1882），意大利独立和统一斗争的领袖之一。恩格斯认为他"不仅是勇敢的领袖和卓越的战略家，而且是足智多谋的统帅"。

现代文明中的中心位置。我回到自己的国家，发现自己变成了一个流浪在乡亲与朋友之间的异乡人，并没有对伊斯兰教光荣熟视无睹。我在瘫痪了的东方人之中，也没对东方繁荣前途感到失望，东方是一巨大现实，伊斯兰教是一伟大真理。土耳其人蠢就蠢在企图压制阿拉伯力量。阿拉伯力量之于伊斯兰，如同心脏在肉体中的地位。将要饿死的阿拉伯人蠢在放在满山遍野的生命面包不吃，而去咀嚼那些萝卜须子。土耳其人独揽统治大权，势必将土耳其人推向消亡。被称为改革家的有头有脸的叙利亚人，他们只相信自己在上院中的职位，这使他们无法知道奥斯曼政治家已为每一个翘首望天而脚却插在水中的人建造了仅为二十平方英尺的驴圈。这就是愚昧哲学。

法里德 精通牲口的习性。

艾哈迈德 是的。这些人分不清骆驼、毛驴与骡子。当我想到那只雄鹰昔日曾把双翅从安达卢西亚❶伸至中国心脏，而今却看到它戴着阿拉伯和土耳其蠢人之手锻造的桎梏时，我简直心惊肉跳，头昏脑涨，真想让坟墓中的哈立德·本·沃里德❷复活过来，砸碎缠在历史造就的那只雄鹰腿上的锁链，砸碎轰动了科学的伊斯兰脚上的锁链。正是伊斯兰教创造了大马士革、巴格达、巴士拉、开罗和格拉

---

❶ 安达卢西亚，指今欧洲的伊比利亚半岛。当年的阿拉伯阿拔斯王朝曾征服这里，建立了横跨欧、亚、非的大帝国。

❷ 哈立德·本·沃里德（卒于642年），古代阿拉伯大将军，曾率伊斯兰大军征服波斯和沙姆。

纳达的辉煌,令伊本·阿斯❶变成了大军统帅,使伊本·赫勒敦❷成了哲学家,把穆台奈比造就成了诗人。

法里德 贝克阁下,我相信你说的每一句话。伊斯兰确实是个伟大真理。伊斯兰应独立于任何劫取意志和生命的附属物之外。

艾哈迈德 伊斯兰的本质不接受附属物。伊斯兰是绝对单纯真理。假若穆斯林在相互交往中偏离伊斯兰而贪婪附属物,那并非产生自伊斯兰本身的痼疾(如某些西方人所想象),而是病根在于穆斯林自身。请不要忽视这一点:正如英国东方学家猜想的那样,伊斯兰不仅仅是一种宗教,而且是一部民法,在其巨大的双翼下包容了各个时代人们的所有需求。真正的穆斯林不仅应该具有一定的精神情感,而且还应该是文明集体中的一员。

法里德 贝克阁下,你说得很对。基督教徒把你说的一切关于伊斯兰教的东西都说成是与基督教有关。基督教徒不仅把基督教当作一种精神宗教,而且认为它是欧美文明的基础。

艾哈迈德 每个人想什么和说什么,都有自己的完全自由。但是,我发现真理支持一个人所言,而否认另一个人所言。

法里德 你指的是什么呢?你是说事实否认一个欧洲人所说基督教创造了现代文明吗?

艾哈迈德 (沉默片刻,然后犹豫地说)有些人大力鼓吹教堂教育,却针锋相对反对政治学院、作战部及每一个为欧洲人做出了有

---

❶ 伊本·阿斯(卒于664年),著名阿拉伯军事统帅,征服埃及,建福斯塔特城。
❷ 伊本·赫勒敦(1332—1406),阿拉伯著名哲学家。

益工作的地方所进行的教育。你认为事实会支持这些人吗？作为一种宗教，我尊敬基督教。但是，我却不能把基督教与基督徒们的工作协调起来。这就是基督教与伊斯兰教之间的差别。因为伊斯兰是根据自己的学说进行教育和工作的，而基督教却不做那些事。基督教徒在教堂里喜欢他们的敌人；当他们走出教堂时，思考的却是消灭敌人的有效办法。基督徒坐在《圣经》前推崇的是贫困、安居和温顺。但是，他们刚把圣书放在一旁，则挺起身来，吹嘘自己的富有，夸耀自己的实力，傲气十足，不可一世。基督徒缩着脖子，伸开双臂，用类似于处女的叹息声说道："谁打你的右脸，你就把左脸也伸给他！"片刻后又像饿狮一样，说道："在我国的每个港口，都有无数配装着大炮的装甲车，杀生害命轻而易举。谁敢触摸我的衣角，定叫他惨死无疑！"基督徒说话如同唱歌："让我们像田间那不纺不织的风信子，生活在太阳光下，自在高贵，风光空前，就连苏莱曼大帝也未曾享受过。"虽然如此，我们却发现基督徒绞尽脑汁千方百计地将金银从亲人的口袋里掏到自己的口袋中。基督徒说："今世没什么，来世是一切。"但是，他却为今世而生活，根本不考虑来世。是的，我敬重基督教，但我要和尼采说："确有一个基督徒，但已被钉死在十字架上。"我要和纪伯伦说："假若拿撒勒人❶耶稣回到这个世界上，定会作为异乡人孤独地饥饿而死。"这就是我眼中的基督教。这就是我所理解的基督教徒。我简直不能够将他们的教义和他们的作为协调起来。

---

❶ 传说耶稣生于拿撒勒城。

五　国王与牧羊人

编者按语：下面这个故事是纪伯伦用阿拉伯语文写成的。他是为将于1913年初出版的《旅行家》豪华号撰写的。但是，《旅行家》杂志已先于纪伯伦走入了另一个世界，豪华号未能问世，故事至今才得以发表。

地点：黎巴嫩北部雄狮岩荫下高原间的绿色牧场
时间：夏末的一天下午
人物：牧羊人、国王及其宰相

（牧羊人坐在雄狮岩荫下，快活地望着自己的羊群；手里拿着一支笛子，不时地吹上一曲）

（这时，国王正骑着马而来，望着牧羊人）

国王　我看你坐在这块巨岩荫下倒是挺自在的。啊，你的武器好厉害呀！

牧羊人　你骑在宝马背上又是多么快乐啊！不过，我看你很累了！

国王（环顾四周）你晓得我是何人吗？

牧羊人　不知道。你知道我是谁吗？

国王（笑着）假若你晓得我是什么人，你定会害怕得昏厥过去。

牧羊人（抓起一把土）倘若你知道我是何人，你定会高兴得死去。

国王　你好不知耻啊！

牧羊人 你是多么蠢笨、粗鲁！

国王 你应该弄明我是何人，以便开口说话。

牧羊人 你应该弄清我是什么人，以便吓得发抖。

国王 假如我有意，可以立即让你死在我的剑刃下。

牧羊人 倘若我有意，可以用我的棍子敲死七个像你这样的人。

国王（犹豫地）像我？我是国王。

牧羊人 我是这群羊的放牧人。

国王 难道你是个疯子？

牧羊人 我还没说我是这块土地的国王，你怎么就把我当成疯子？

国王 难道你不晓得生与死就在我的双唇一动？

牧羊人 照这么说，杀死我祖母的就是你了！也正是你，在我邻居的姑娘还不满十五岁时，你就赐予她一个男婴。

国王 不是的。我既没有杀死你的祖母，也不曾让你的邻居姑娘生下男婴。

牧羊人 既然这样，你为什么冒充国王？你又为什么说生死只在你双唇一动呢？

国王 假使你看见我周围卫兵林立，你会怎样呢？

牧羊人 你看现在我的四周都是我的羊，我不认为你会干出一件合乎情理的事情。

国王 假若你看见我坐在自己的宝椅上，你会说什么？

牧羊人 你看哪，我背靠巨岩，直到现在，还没听到你一句好话。

国王（烦躁不安）我们属于安拉，我们都要回到安拉那里去。喂，男子汉，你知道国王这个词的意思吗？

牧羊人 我们都是上帝!我们就是来世与归宿!我说男子汉,你知道何为牧人和羊群吗?

国王 你明白我们所说的司令、领袖、主人与苏丹的意思吗?

牧羊人(不耐烦地)你晓得我们所说的羊司令、畜领袖、羔主席和群主人的意思吗?

国王 你明白我们所说的国家、国王、政府、法律、罪恶与惩罚的意思吗?

牧羊人 你晓得我们所说的牧场、山谷、平原、泉源与围栏的意思吗?

国王 在我看来你好像不是人。

牧羊人 不!假若你是那样一个人,我就与你不属于同类。

(这时,国王翻身下马,走近牧羊人,行动中包含着威胁成分)

国王 我是国王。每一位国王都是其每一位臣民的父亲。作为父亲,我应该教训你、开导你,使你脱离黑暗,见到光明。现在,我就用武力教训你一下!

牧羊人 我说男子汉,你好愚蠢哪!你的借口又何其多呀!假若你能教训我,能够照亮我的黑暗,我早就不那样行事了。男子汉,还不走你的?快走你的,找你能够教训、开导的人去吧!之后,你再回我这里;到那时,如果我发现你配做我所牧放的一只羊的话,我会把你赶到肥美牧场和甘美泉旁。

国王(强忍着)你要知道,这大地分成若干王国,每个王国都有自己的大法。

牧羊人(打断国王的话)是啊,王国与大法都是大脑结出的果实。你们的大脑很弱,而且被分为被追随派和追随派,靠借口进行统治,又被辱耻所统治。

国王 你要知道,人分统治者和被统治者;被追随者实行统治,追随者纳税进贡。

牧羊人 天哪!难道你认为有的人纳税是为了听荒谬胡言乱语,看丑恶蹁跹起舞?

国王 人们只向管理他们事务、指引他们走正路的足智多谋之主纳税。

牧羊人 那么,你就是欠了我大地一半财富的人。因为我已经把正路指给你,尽管你愚不可及,而且已使我心烦意乱。

国王 你要知道,每个王国都有法律,其中有的是天启的,有的是王公、长老议定的。

遵法者受到保护,违法者必受惩罚与蔑视。

牧羊人 在我看来,你们那些天启和非天启之法统统是唠叨絮语,天使早已将之废置,只是你们至今还不知道。假若人们知道此事,不是把你们绞死,便把你们投入监牢,直至大限降临。

国王 无知的孩子啊,你要知道,在那些法律面前,哲学家与牧羊人是一样的。

牧羊人 我的香尸爷爷,你要知道,在太阳面前,国王与屎壳郎是没有什么区别的。

国王 (克制地)你要知道,每一个王国都有自己的精兵强将,必要之时向别的王国发动进攻;当邻国进犯自己的王国时,奋起自卫。

牧羊人（笑得前仰后合）当我的国王知道和其邻国盟友的军队发动义战或不义战时，我最知道我的国王与其盟友做什么，也知道他们在军中的核心位置。

国王 我告诉你，剑刃是敌人的命运归宿。

牧羊人 是的，愚蠢的多数之辈的宝剑都落在无双的单人脖子上。他们是多么胆怯呀！

我不止一次说过，多数与胆怯是孪生兄弟，不是吗？

国王（怒气冲冲）愚蠢的多数！无双的单人！你这个家伙在说什么？你说的这些话，将把你带到用另外一种语词开导你的一个地方，你将后悔莫及，痛哭不止。

牧羊人（笑着）是的，我将对你的呓语感到后悔。我将哭泣，但只是为你的愚昧无知而哭泣。我将后悔，我将哭泣，因为这个国家的国王是一只瘸腿耗子。

（这时，国王拔剑出鞘，而牧羊人仍然坐着，但手握棍子，笑着说）

笨蛋啊，动手吧！我是不会先动手的。与我厮杀者，绝不会比戴王冠的耗子更好！

国王（罢手）你是个新笑料。与你相遇使我们感到开心。我们该走了。

牧羊人 你是个老笑柄。然而我们看到你并不感到高兴。你走吧，再也不要回来！

国王（微笑着）告诉我，你在这里除了放羊还干什么！

牧羊人 我发现你还想谈话，是吗？我在这里，除了坐在太阳下，别的什么事都不干。

但我只是时而照看一下我的羊群罢了。不过，我的笨蛋呀，不瞒你说，这群羊中的每一只羊，都会不时地抬起头来，看看我究竟在这里没有。这就是我在这个地方的所有作为。假若你是个敢说的人，那就告诉我，你究竟是干什么的呢？

国王 我不是对你说过，我是这块土地上的国王吗？

牧羊人 你的王权不会比这些奇形怪状的岩石更多。我已仔细审视过你，发现你的身上除了愚气还是愚气。（他指着羊群）你瞧见那只公羊，就是那只长着两个大犄角的公羊了吗？我要告诉你，那不是我的一只好公羊，只是它有一种怪习惯，那就是每天早晨朝着天空摇头晃脑。因此，只有在母羊和公羊都跟在它后面时，它才往前走。在我的这群羊里，还有多只比它的形体更大、比它的犄角更壮的公羊，但它们天性高贵，拒绝头羊的尊荣，故不当头羊。也许它们认为领头地位微不足道。

国王 只有不知所说与说所不知的呆子傻瓜才把公羊比作国王。我们应该宽谅呆子傻瓜，因为他不知道自己在说什么。言行的善恶，取决于动机。你不知道怎样与帝王、国君对话，对此帝王国君应该谅解、忍耐。

牧羊人 儿子哟，我对你说，把你比作公羊，我认为我是过分赞扬你了。你是那种分不清褒与贬的人，又该怎么办呢？

国王（久久地凝视着牧羊人）男子汉哪，我不是傻瓜。我更不是你所猜想的那种呆子。

你借学识蔑视我们呀！不过，我绝不让你的血沾染我的手。你应该被杀，但要假你同阶层之人手中利剑削下你的首级。

牧羊人（朗声大笑）借与我同阶层人之手？假我同阶层之手中利剑？我说笨蛋哪，你有所不知，即使你找遍你那偷来的虚假王国的每一个角落，你也寻觅不到一个与我同阶层之人。不是吗？我说"你那偷来的虚假王国"，你明白我的意思吗？

国王（愁眉不展，面绽惊恐表情，继之怒容满面，拔出宝剑，厉声叫喊）你给我站起来，看我的宝剑！我非杀死你不可了！

牧羊人（抓起棍子，原地未动）勇夫啊，我就用棍子抵挡你的宝剑！

国王（挥剑刺向牧羊人，而牧羊人仍然坐着）该死的小人，看我的剑！

牧羊人（用棍挡剑，仅仅一动，神奇般地将国王手中的宝剑击落在地）去捡起你的宝剑，再来与我的棍棒较量一次！

国王（走去捡起宝剑，缓步走向牧羊人）你不是说我的王国是偷来的吗？难道你没说过？（再次用剑刺去，只见牧羊人用棍子一点，如同波斯猫戏老鼠）魔鬼，你为什么不站起来？毫无疑问，你是一个魔鬼。你为什么不站起来？

牧羊人 可爱的孩子，在站着与你搏斗之前，先让我坐着对付你吧！难道我坐着还不够吗？

（国王第三次冲向牧羊人，牧羊人用棍子一下将国王的宝剑打得好远）

牧羊人 国王陛下，去捡你的利刃吧！

国王（捡起宝剑，略带怕意地慢慢转回来，仿佛在他看来那牧羊人神秘不可捉摸）不管你是妖魔还是人，我都要将你杀死。

牧羊人（笑着）你连一只苍蝇都杀不死。你是从明日口袋里扒取的窃贼。你站着，我坐着；你操剑，我持棍。最勇敢的勇夫，来呀！打呀！

（正当国王进招，牧羊人看着国王笑时，忽然传来呼唤声：嗨！……嗨！……嗨！……国王停下脚步，留心细听）

牧羊人 那里有个人，在呼唤你的名字。感谢安拉，我的名字还不叫"嗨！……嗨！……"

国王（应答道）嗨！……嗨！……

牧羊人 听啊，国王们与奴隶们用同一个名字相互呼唤，而且语调是那样陈旧，且带着病态。

（有脚步声传来。国王插剑入鞘，站在自己的马旁，显得从容安然，因为在他看来，只有与帝王搏斗，才不失尊严。这时，携带着全套猎具的宰相走来，惊诧地站了片刻，然后凝视着牧羊人的面孔。当他认清那牧羊人是谁时，当即双膝跪下，说道）

宰相 王子呀，王子，你还活在人间？

牧羊人（微笑地望着宰相）这就是我的那位老朋友，曾在我祖父的宅中给我当马骑。

那时，他让我骑在他的背上，只见他活蹦乱跳，昂首嘶鸣，高声呐喊。你们看哪，如今他却替国王背武器。我们都在上升发展，如果他也想到这些，为什么不能得到发展上升呢？不过，我怀疑这个自称国王之人的升迁史。

宰相（对牧羊人说）主公啊，我能再次看见你，真是三生有幸。

集外集

牧羊人 你不要高声说这样的话，国王陛下也许会听见的。

国王 （对宰相说）这个厚颜无耻的人究竟是谁？你竟然在他的面前低头弯腰、恭敬有加？这个自命不凡、目空一切、蛮横自大的家伙究竟是什么人？

宰相 他就是我的主人达希尔·赛阿迪，是赛阿迪家族的三位王子之一，就是那株古树仅存的一些枝叶其中的一片叶子。国王陛下，你听我说，你看哪，他现在在这里放羊；他的二弟在阿绥山谷种地；他的三弟在这座山脚下建了一个棉麻纺织作坊。

牧羊人 （点头）那么，我们仍然是帝王。你们不要管我，让我自由行事吧！请原谅！

六 盲人

人物：达伍德·拉加比（盲音乐家 三十多岁）

希拉娜（达伍德之妻 近四十岁）

安娜（希拉娜之女 与前夫所生）

肯加顿（来自田间的农民）

疯子

地点：达伍德家宅一层客厅和书房

时间：元月一天的夜里约十一点钟，室外狂风怒吼，大雪纷飞

* * *

（幕起，疯子经过主走廊，登上舞台，坐在火炉旁的一把椅子上。继而出现安娜、达伍德在沙发上坐着。安娜给达伍德朗诵一首长诗，声音高亢可闻，朗诵罢诗，说道）

安娜 父亲，我没有你朗诵得好。你给我朗读时，这首诗显得多么精美啊！

（达伍德重复长诗的两段或最后三段。继之厅内一片寂静，厅外传来的狂风呼啸声清晰可闻）

父亲，你想让我再给你朗诵一首诗吗？

达伍德 不用啦，孩子。今夜朗读这一首就够了。你现在一定很累了。

安娜 不，我不累。我一点儿也不觉得疲劳，尤其为你朗诵诗歌

时。我求你允许我在这里待长一些时间。

（达伍德掏出怀表，用手指摸着表的瓷面）

达伍德　现在时间很晚了，比你猜想的要晚得多。孩子，上床睡觉去吧，免得你母亲冲你我发脾气。

安娜　我母亲仍然把我当小孩子看待。她不知道我现在和她一样是大人了。我多么希望她能更好地了解事情啊！

达伍德（沉思地）难道这样的事情也适合于你母亲吗？

安娜　不适合。父亲，你对事情了解得很彻底。

达伍德　我真希望做你真正的父亲。

疯子　她管他叫"父亲"，尽管他是她心上孩童。男人，其实每一个男人都是爱他的女人的孩童。

安娜（拥抱达伍德）但是，你就是我的父亲。我求求你。你说你是我的父亲。因为当你和我母亲结婚时，我还很小，而且我对母亲的前夫，即我的另一个父亲没有什么印象。

达伍德（向往一物，却并不想得到）是的，亲爱的孩子。一个盲人，需要一个亲生女儿，以便照顾他；当他的手指无力触摸盲文，黑暗任意虐待他的双眼时，女儿给他念书。

安娜　我相信你不会说这种伤害我感情的话，尤其是你知道我多么深情地爱你。我的爱超过这个世界上任何一个人的爱，你也知道我是多么敬重你。你在我心中的地位如同老爷。只要我活着，我绝不离开你。父亲，你还记得去年夏天我们俩的心中怎样充满着幸福感吗？

那首诗说：

凭主起誓，你是我心上孩童，

你是我灵魂中的孩童；

尽管你不是我所亲生。

但在你的血管里流淌着仙气，

其价珍珠欲比而不能。

父亲，你还记得那首诗吗？

达伍德 当然喽，我记得清清楚楚。（短暂沉默）亲爱的孩子，我也知道你是怎样的爱我。我知道，你之所以爱我，是因为我是目无一丝光明的盲人，因为我需要你……

安娜 （大声喊道）不是的，父亲。我爱你，因为我需要你，因为你是这个世界上唯一有视力的人。

疯子 天鹰与地虫相遇交谈之时，一个问另一个亲眼所见……都认为对方是一无所见的盲者……

达伍德 愿老天为你祝福……

（稍停片刻）

我们就谈到这里吧，因为时间已经很晚了……闺女呀，休息去吧……让我看看你的脸！

（安娜坐在地上……把脸仰得高高的，达伍德轻柔地摸着她的脸，用他那敏感的手指久享亲人）

安娜，我的眼睛变瞎之后，除了你的面孔，再也看不见别的什么了，你知道吗？你的面孔是我唯一能够通过我的手指看到的，多么俊美，多么漂亮啊！

（他用手指为她梳理头发）

安娜，你的秀发呈金黄色，光滑如丝。我能看到你的浓发金光闪闪……

（二人沉默片刻，达伍德的手拢着姑娘的闪光的金发）

安娜 我想告诉你一个秘密，父亲，你听着，我求你好好听着。

达伍德 闺女呀，我听着呢！

安娜 你知道吗？我把你的盲文书拿到了我的房间，我从中学到了好些东西，我现在都能读盲文了，就像你在黑暗中能读书一样。你可不要告诉母亲……我求求你……她不晓得我做的事有什么意义……我多么想找到你的那种感觉呀，我多么想和你一样啊……我想生活在你那特有的世界里。我相信你不会阻拦我进入你那特有天地的……

（片刻沉默）

（这几句话深深打动了达伍德的心）

父亲，我还想跟你多说几句。

达伍德（用双手捂住自己的脸）可以的……你说吧，说吧……

安娜 那一天是我同伴白尔巴拉的生日，她为我及六个同伴举行了一个生日晚会……

父亲，有一件事情我忘记告诉你，就是那个白尔巴拉很喜欢你的乐曲。

那天，我们为她庆贺生日……我们一道玩，玩各种玩意儿；你也知道，在这种场合，姑娘们喜欢玩什么……就在那时，我忽然想到要发明一种新玩意儿。其实，倒不是什么新玩意儿，而是类似于祷告的一种仪式……

达伍德 安娜,把故事讲完!

安娜 我把我的眼睛蒙上……我要我的同伴们一个一个地走近我,坐在我的面前,就像我现在在你的面前一样。当然她们都按照我的要求行事,一个一个地坐在我的面前,默不作声。每一次只来一个,我用手摸她们的脸,先从前额开始,然后摸眼,继之摸面颊、嘴和下巴……然后我就说出被我摸的是谁,结果一个也不错……

达伍德 哦,我心爱的女儿,好能耐哟!

安娜 事情不止于此,还要有意思得多。每当我在黑暗中开始摸她们的脸孔时,我的心总是高兴得剧烈跳动……

(她的脸上闪着异样的光芒)

以前我从未感到自己沉浸在这样的怜悯、爱恋之中。我感到我对朋伴的爱比以前增加了数倍,同时也觉得朋伴对我的爱也增加了数倍,那时玩得多么开心啊,同时又是多么别开生面哪!

(短暂沉默)

就在那天晚上,父亲,我第一次意识到了你是多么出类拔萃……我的直觉告诉我,我的朋伴们对你十分了解……她们都很喜欢你。当我摘掉蒙眼布时,我仔细注视她们的面容,发现各不相同……我们没有继续做游戏,而是坐下来,从容安详地聊天。我们简直就像七姐妹,每一个都愿意当另一些人的母亲……

(达伍德抓住安娜的手,片刻沉默之后,吻她的手)

安娜 (从原地站起来,然后在达伍德身旁坐下)安拉对我多么慷慨开恩,把我交给了你。

集外集 281

达伍德（吻安娜的前额，然后抓住她的手，用手指摸她的双眼）
小安娜……亲爱的女儿……

（二人坐下，都不吱声，希拉娜进厅，不安、生气地望了二人片刻，试图表现平静一些……走过厅堂，然后脸转向二人，投去一眼或两眼）

安娜 妈妈，你在这儿呀！

希拉娜（粗鲁地）是啊，我在这儿。

达伍德 雪呀，还在下。

希拉娜 外面的雪在下，且夹带着狂风……如果这雪下上一整夜，明天我们就无法出家门了……

疯子 确实是暴风雪……但那是安全风暴……它将席卷树木枯枝，内里隐藏着一切没有灵魂的死物……

（希拉娜走向窗子……凝视窗外……再次把脸转向二人，凝视着二人的脸，极为不耐烦）

达伍德 暴风雪为我提供一种特殊感受。我能通过这种特殊情况悟到沉默的意义……

同样，暴风雪还给我一种奇特力量，我能够通过这种力量清楚地听到伴随着飞雪而来的悄声低语……

希拉娜 这种话你重复了多少次……你不知道，每当我听你重复这句话，我是多么生气……

安娜 妈妈，你怎么这样说呢？风雪确实给人一种特殊感觉，通过它，可以悟到沉默的意义……

希拉娜（冲着安娜）你给我住嘴！你重复这样的话，以便让人说你聪明……鹦鹉学舌并不是什么聪慧!

（沉默片刻）

好吧,让我们在这里研究研究这件事吧!现在,你最好上床睡觉去……我来处理火炉子。

达伍德 我不知道时间已经这么晚了……安娜给我读了些诗,不知不觉时间过去了……

（望着安娜,用手抚摩着她的头）

孩子,上床睡觉去吧,睡个安稳觉,做个好梦……我也要马上睡觉去了。

（安娜站起来,缓步走向达伍德跟前,吻他的前额）

安娜 父亲,晚安!

（回过头望着母亲,用不同的声音告别）

妈妈,祝你晚安!

希拉娜（冷漠地）晚安,安娜!

（安娜缓步登上楼梯,回望一或二次……达伍德把脸转向安娜上楼的地方,两只盲眼盯着她的脚步。希拉娜在厅里踱来踱去,显得烦躁不安）

啊,好大的风呀!

（沉默片刻）

达伍德 看上去你今晚神经十分紧张,是吗?希拉娜!你在屋里踱来踱去,情绪激动异常!

希拉娜（突然停下脚步……一动不动）不,我神经并不紧张,相反安详得很,难道你觉不出来……你说你清楚地听到了所有声音,

集外集

是吗?

达伍德 不,不是所有声音……只能听到悄声低语……黑暗中的悄声细语,仅仅如此而已。

疯子 人怎样行事,才能不听到传入耳际的悄声低语呢?

(达伍德站起身来,缓慢地向楼梯方向走去。希拉娜伸开双臂,显出快乐的样子……达伍德慢慢登楼梯)

希拉娜,祝你晚安!达伍德,祝你晚安!(语调中别有用意)愿你好好睡上一觉……

在充满恐惧和不安的黑夜,人怎能安睡呢!坐在火山口上的人,怎能安安稳稳地睡上一觉呢!眼帘上生刺的人,又怎能合上双眼呢!

(达伍德的身影消失之后,希拉娜宽舒地叹了口气,然后走到窗子前,打开两扇窗,凝视着窗外,手护着脸,以防雪花落在脸上……夜深不见人,随后关上窗子,望着钟表自言自语)

希拉娜 还没到十二点钟呢!(随后,又开始在厅里踱来踱去)

疯子 太太,走下去吧!你一定能够走到比这更远许多的地方!你一定能走到另外一个地方!

(时钟打过夜十二点……希拉娜立刻点上三支蜡烛,放在窗子附近的桌子上……她透过暴风雪黑夜,望着为迷途船只导航的灯塔……)

(一阵沉寂)

(希拉娜听着各种声音……两眼注视着门)

希拉娜 啊,好大的风啊!

(片刻沉默)

（外门慢慢开启，然后内门开了，肯加顿进门，周身披着雪花……希拉娜忙迎上去……）

希拉娜 亲爱的!

肯加顿 （低声地）我在那里等了好长时间，还以为半夜不会到来了呢。

（走出门廊……脱下大衣，摘掉围巾和帽子）

我的半身都被埋在雪里了……我还以为看不到窗上燃点起的三支蜡烛天就会亮了呢!

（希拉娜把他领到沙发旁，然后在他身边坐下）

希拉娜 亲爱的我跌入了泥之中啦……你在外面喝风，我在这里跟这么两个怪异人在一起! 我再也忍受不了这样的折磨……是的……肯加顿，我再也忍受不了这样的折磨!

肯加顿 你小声点，说不定他俩会听见我们说话……小点儿声说。

希拉娜 （想起达伍德说的"悄声低语"……她降低声音）我的声音低不下去……我不想小声说话，而想大声说……我想高声喊……如果不让我大声喊，说不定会把我憋死。

肯加顿 我知道你的遭遇……而且一清二楚……不过，你要忍耐，无论如何要忍耐。

希拉娜 忍耐……忍耐……忍耐多像海中的软动物……简直就是冷血动物，没有生命，没有灵魂……再说你想让我跟谁忍耐呢? 够啦，我求求你，够啦……

肯加顿 除了那一点，我们还能做什么呢?

（他站起来，激动地说）

为什么还要等待？等待的目标是什么？你太天真了，不知道我处于什么地位。

希拉娜（十分激动地搓着手）你现在听我说……我生活在一个瞎子的家里，这里的一切都是瞎眼的，就连我的女儿在内，虽然是我身上掉下来的肉，如今也变成了一个瞎女。她总是模仿他，就像他一样，围着房子转圈。她用手摸沙发、椅子，就像一个什么也看不见的瞎女，说话也像瞎子。有时候，听她的声音，也好像是来自漆黑世界。当她跟他在一起时，既不谈物体的形状，也不谈其色彩……总是谈什么音调、曲谱、嗅觉、触觉与听觉之类的话题。

（她边说边模仿安娜的说话方式）

我是多么讨厌她……我简直讨厌他们俩，厌恶他们俩生活的世界。不，那不是什么世界，简直就是一片迷雾。这不叫生活，而是漆黑的噩梦，没有丝毫实际的幻想。这样的折磨会把我逼疯的，我再也忍耐不了，哪怕是一天。

（她望着肯加顿，上前伸出双臂，搂住他的脖子）

肯加顿，你带我走，把我从这种黑暗中救出来吧！把我从这座监牢里救出来吧！

肯加顿 我没这种能力呀！希拉娜，我无法带你离开这个地方；再说，我们离开这里，又到哪里去呢？你等一等吧！我们现在不能逃走；假若我们逃走，人们会说我们什么呢？

希拉娜 为什么要去注意人们说什么呢？任何一个人的言论都与我无关。只有你我的幸福和我们之间的热恋，才是我们应该留心注意的。你告诉我，人们会说我们些什么呢？难道人们会说希拉娜抛开了压在她肩上盲目的责任？好哇，我会说，希拉娜抛弃了她的丈夫达伍德。因为达伍德抛弃了她，而把他的友情和生命全贡献给她的女儿安娜。

疯子 我美丽的女主人，你有多少次从这家外出？你有多少次伴装自己在家中和四壁之间呀？

肯加顿 人们还有好多话要说呢！比如人们会说，希拉娜经不起青春少年的诱惑，追寻少年去了。一个女人要找一个比她年岁小许多的男人，或者千方百计接近之，那是多么大的过错啊！

（肯加顿突然中断谈话，过了一会儿，才接着说）

希拉娜，请原谅我……我只是在重复人们说我们的那些话。

希拉娜（自尊地站起来）啊，天哪！你怎敢这样说话。我觉得我是最年轻的女人，甚至自感比我女儿的年龄还小。我的女儿老了，她老了。他们俩都老了。他俩就像言情小说里的两个人物，二人踏着小说的节奏运动，但不是在家中的各个角落。二人缓慢地运动着，缓慢地交谈着。二人不管做什么事，都是那样迟缓，足以证明二人都已衰老。啊，肯加顿，你不知道我现在多么年轻，但我猜想你知道我的心中是多么的热。

肯加顿（原地站起，抱住希拉娜）是的，我完全知道这一点。我只是……而是……不希望成为任何一个人不幸的原因。无论什么原因，我们俩都不希望她的名声受损。我仅仅想……

（肯加顿突然止声，然后侧耳聆听……二人相互对望……继之低声问）

集外集　287

你听到脚步声了吗？

（他默不作声地站起来，一动不动……但听楼上传来脚步声……那脚步声渐渐大起来）

希拉娜（悄声地）那是……瞎子达伍德！

（伸手捂住肯加顿的嘴，示意他躲到房间一角的书架旁边）

（肯加顿踮起脚走去。达伍德迈步下楼……希拉娜站在厅中央，又气又恼至极。达伍德出现在楼梯上，开始下楼，步子沉重而缓慢，每下一个阶梯，便使希拉娜的神经紧张加剧一分……达伍德走下五或六个阶梯，停下脚步）

达伍德 希拉娜，你在那里，不是吗？

希拉娜 是的，我在这里。你找什么？这么晚了，你为什么来这儿？

（达伍德下到楼梯末端，沉默片刻）

达伍德 我到这儿（仿佛自言自语），我为什么来这儿？（他抬手摸着自己的前额）啊，是的，是的，我想起我为什么来这儿了……

（向书房走了几步，突然站住，仿佛改变了主意……然后向肯加顿坐着的沙发走去……继之用他那敏感的手摸沙发，想找一件丢掉的什么东西）

希拉娜（愤怒地用颤抖的声音说）达伍德，你找什么呀？你为什么要到这里来？你说你想要什么？我能帮你一下吗？

达伍德（仍然摸沙发的各个部位）不，不用，你提供不了任何帮助。

（他站了一会儿，用手捂住眼睛，然后又把手放下来，两只瞎而

大的眼睛里透露出另外一种新表情)

只有我们在这个房间里吗？在这个地方，只有你和我？

希拉娜 是啊，只有我们呀……你的意思是什么？

达伍德 多么奇怪啊！仿佛这里的事情有些奇怪。

希拉娜 有什么奇怪的？

（达伍德走向书房，走向肯加顿原来站的地方……希拉娜示意肯加顿轻轻地离开原地，肯加顿从命）

达伍德，怪在哪里？你想要什么呢？

（达伍德移近书架）

达伍德 你为什么如此急于知道我要什么呢？我到这里来，为了拿一本音乐方面的书。

我忘记把它拿回我的房间；如果安娜没有把它拿到自己床上去的话，我想它一定在这些书当中。

希拉娜（暗中愤怒地）你告诉我，她为什么要把你的书拿到她的床上去呢？

（达伍德不回答她的问话，而是缓慢地移动着）

疯子 因为她想学习黑夜语言，漂亮的太太。每一个黑夜词语，都是一颗闪光的星星，只有伟大的安拉才能造成句子。

（达伍德摸着书架上的书，他从中取了一本，带着走到屋子中间，将书放在桌子上）

（过了一小会儿）

达伍德 希拉娜，你不是说在这个房间里只有我们，即你和我吗？

希拉娜 你问得多荒唐啊！我已对你说过，这里只有我们。

达伍德 假若说这里真正只有我们的话，那就是说这个家中还住着妖魔。我感觉着我们这个房间里还有另外一个人和我们在一起，而你肯定地说除了我们没有外人。

（达伍德用两只盲眼凝视着肯加顿的面孔）

多么奇怪，我们这里竟然还有第三个人存在。希拉娜，你相信有魔鬼存在吗？

（片刻沉默）

确实，真是太怪了。在这个地方变成魔鬼的住宅之前，另外一个人定要死亡。这个地方的人们都在安睡之中。

疯子 更夫啊，朋友，莫非你不知道死人会使黑夜变成魔鬼居身之地？

（希拉娜走近达伍德，装出温柔、仁慈的样子，然后用矫揉造作的声音说）

希拉娜 亲爱的，看来你已经很累了，为何还不去上床歇息呢？这是你的那本书，拿着回你房间上床，好好睡上一个安生觉吧！

达伍德 是的。可以想象，我会精疲力竭的。但是，暴风为我们送来了一个失魂迷途的魔鬼；假若它感到寒冷而无避风所，饥饿而没有可吃之食，我们能向它提供什么呢？肉体只有依靠肉体才能生存，一个人只能向其兄弟提供安全。而这个被送到我们这里的魔鬼，我们又能向它提供什么呢？这是个在暴风中迷失方向的妖魔。妖魔们哪，你们是多么可怜！

希拉娜 （竭力压低声音）你净谈稀奇古怪之事。别谈什么妖魔鬼怪了,我求求你。时间已经很晚,我对你说过,我想独自在这里待一会儿。

达伍德 噢,噢!你想独自待着!

疯子 美丽的太太,你将独处幽居,永远独处,许久许久。

(达伍德突然离开希拉娜,走向门旁的楼梯处……希拉娜认为他将上楼,于是在希望催促下,示意肯加顿更长时间保持平静……使希拉娜感到意外的是,达伍德快步朝厅门走去,封住大门,挡住去路,继之大声呼唤)

达伍德 安娜……安娜……

(片刻沉默)

(希拉娜、肯加顿心中惶恐,而达伍德继续呼叫)

达伍德 安娜……安娜……

(楼上传来安娜的脚步声)

安娜 父亲,我听到了。有什么事?

达伍德 快下来,快来我这里!

(传来安娜急速下楼的声音)

希拉娜 (十分愤怒地)哦,你这头瞎骡子,想借我女儿的眼睛看你所想知道的东西……

就让她来吧,让一个可恶女人生的可恶女儿到这里来吧……

(安娜出现在楼梯顶,身着长裙,秀发披肩。她环望四周,眼见奇异场面,惊诧不已)

达伍德 安娜,你来到这里了吗?

(与此同时,安娜走下一个或两个阶梯,望着奇异场面,缓慢

下楼）

安娜 我来啦！

（下到最后一阶梯，走向达伍德，站在他的身旁。希拉娜、肯加顿站在那里，呆若偶像，面浮惊恐神情）

达伍德 （面对着肯加顿站立的角落）安娜，在这个房间里，与我们在一起的还有谁？

告诉我，谁还和我们一起待在这里？

（希拉娜、肯加顿呆站原地，一动不动，仿佛等待着晴天霹雳降下）

安娜 （张口结舌，慢吞吞地）这里，除了我们，没有谁呀……

（希拉娜、肯加顿一步一颠地移开原地，看上去像是防备大地下陷似的）

达伍德 （高高昂起头，大声喊）天哪，难道世上没有一个人能看见或领悟我所感觉到的东西？安娜，告诉我……谁还和我们一起站在这个房间里？

安娜 （思考片刻，然后抓住达伍德的手）这里，除了我们，没有一个人哪。

疯子 事实在说话。事实说得精妙、美丽，胜过一切描述……

达伍德 （对安娜说）我本相信你能看到我所感觉到的东西……但是，现在我独自站在这里，并非在黑暗之中……而我的两只死眼却看到一个死人的灵魂就在这个家中。

（他突然用手搭住安娜的肩膀）

啊，安娜，你那两只眼睛虽然看不到这样的事情，但我深知其敏感程度……

安娜（平静地）父亲，我跟你说了，这里没有别人，只有我们。

（达伍德突然向后转，将两扇门打开……举起手，手指果断地指着肯加顿站在的地方，用命令的口气说）

恶魔啊，你就从这个门出去吧！一个死人的灵魂呀，就从这里出去吧！滚出去吧，永远不要再回来，以免再像这样纠缠、打搅我。

（尽管希拉娜示意，肯加顿轻脚移动，肯加顿还是拖着跌跌撞撞的步子向大门走去。他拿起大衣、围巾和帽子出了门；与此同时，大风卷着雪花冲入门内。希拉娜抱起自己的大衣向门走去，又回过头来望了望，说道）

希拉娜（用雷似的声音）瞎骡子呀，我也要离开这里了……

（以手势威胁安娜）

你呀，小巫女……你是个快手盗贼。你就在这里待下去吧，假若你能忍耐黑暗，在这长夜的掩盖之下……

（希拉娜出门，狠狠地将门关上）

安娜 父亲，这里只剩下我们了。

（她把手搭在达伍德的肩上，两眼注视着天花板。达伍德进了门，随手关上）

达伍德 安娜，我现在知道了那一切。

疯子 大风将抹去她留在雪中的脚印。朋友啊，雪将消融，春天将到来。春到之时，田野和公园里鲜花开放，迎着太阳，你将眷恋地凝视着那如锦繁花……

第三章　箴言录

一　良心

良心是投生在人的庙堂里的神灵，是最好和最值得反复阅读、温习的文学书，是不住跳动的理性脉搏，它的搏动唤醒着我们。马可·奥勒留❶说："细察你的心灵深处，你会发现那里有仁善泉源，只要你肯挖掘，那泉水便永世不竭。"替厄尔·托马斯·亚当斯❷说："毫无疑问，活的良心属于推崇恩德的人，不满足于区分善与恶，而是像眼睛一样，每当危险临近，立即关合，用本能避开邪恶。"狄德罗❸说："到你想去的地方去，你的良心总是与你形影不

---

❶ 马可·奥勒留（121—180），古罗马皇帝（161—180在位），新斯多葛派哲学家。他认为神是万物的始基，是世界理性，个人的意识在肉体死亡后都融于世界理性之中；每个人所遭到的命运都是符合他自己本性的，是天意；任何改变自己社会地位的本性都是违反天意的。行军中，他写成以格言形式陈述的《沉思录》十二卷。

❷ 替厄尔·托马斯·亚当斯（1873—1933），美国经济学家，毕业于巴尔的摩学院，约翰斯·霍普金斯大学博士，曾任威斯康星大学、华盛顿大学和耶鲁大学教授。

❸ 狄德罗（1713—1784），法国启蒙思想家、哲学家和文学家，无神论者；出身于手工业者家庭，曾学过法律；1746年发表具有明显反封建、反宗教倾向的《哲学思想录》，被巴黎议会下令焚烧。他认为物质是唯一的实体，物质之外不存在超自然的"理性实体"或上帝；认为宗教是愚昧无知的产物，宣称"上帝是没有的"。在美学上，他反对"纯艺术"，坚持"美"和"真"的联系，提出画家应该不以古人而以自然为师，号召作家到农民茅舍里去寻找题材；著有《对自然的解释》《演员的是非谈》《论美》《论戏剧艺术》等。

离。"社会学家拉梅内❶说:"良心受到谴责是一种痛苦,它会将你从你的举止中唤醒,使你知道你的心灵中有一种困惑,为了保全和维护生命,它正在做着使肉体痛苦的工作。"

二　幸福

哲学家和学者们判定,幸福降临到心灵,而不是生长于心灵。因此,斯图尔特❷说:"完美的幸福在尽头义务工作之中。"边沁❸说:"我们应该想象幸福就在我们眼前,给我们的精神以希望,使其活跃振奋,从而抛开我们心灵中那挫折我们锐气的忧伤与烦恼。"康德说:"一项舒心的工作足以使你享受生活的欢乐。通往幸福的道路只有一条,那就是不要把幸福当作生活的目的,而应该谋求幸福以外的东西。"

---

❶ 拉梅内(1782—1854),法国天主教司铎、哲学家和作家。

❷ 斯图尔特(1753—1828),哲学家和苏格兰"常识"哲学学派的主要阐述者。其主要著作是《人类思想哲学原理》《道德哲学纲要》等。

❸ 边沁(1748—1832),英国功利主义哲学家、经济学家、法学家,对十九世纪思想改革有显著影响。1789年在英国发表其杰作《道德和立法原则概述》,因而闻名于世。

三　朋友

忠实的朋友是生活的香胶——爱情是花，友谊是其树——友谊是心灵的结合，不要把友谊看作可以买卖的商品。一个人也许能用自己在握的权势和武力制服他的兄弟们，但没有深情的爱怜，他却不能征服他的兄弟们的心。

四　死亡

玫瑰花瓣悄声落地，星辰消失在天际，海浪被光秃高大岩石撞碎，暮霞之光熄灭在乌云里，那便是死亡。虽是死亡，却令我们感到赏心悦目，神魂陶醉，微风荡漾；虽是死亡，那却是大自然的馈赠，万福之母。

第四章　哲学金砂

一　少妇

　　女人的一切都是谜。解谜方法只有一个，被称为怀孕。对女人来说，男人是媒介，其终极目的是孩子。但是，对男人而言，女人地位何在呢？

　　每一个具有真正男子气概的男人，总有两种不同的要求——冒险与嬉戏，因此，他要求女人作为最冒险的嬉戏。

　　男人勤于练厮杀。女人则学做男人的嬉戏、玩乐对象。除此之外，一切都是脆弱、愚笨和疯狂。勇于厮杀的男子并不认为极甜的果实是美好的，因此爱美人，而最甘美的女人也仍然是味苦的。

　　女人比男人更了解孩童，但男人比女人的孩子气更重。男人心中暗藏着爱玩的童子，女性们，请为我揭示暗藏男子心中的那童子吧！

　　就让女人成为男人的玩具吧，像珠宝一样玲珑剔透、纯洁无瑕，闪烁着尚未到来的美好世界的光芒。

　　妇女们，就让这颗灿烂之星的光芒在你们的爱中闪烁吧！你们的希望会说："愿我生下贤子。"

　　我们一定要把勇敢变成你们的爱之伙伴。就让你们的荣耀居于你们的爱之中吧！女人只知道荣耀在爱之中，让你们爱中的荣耀超越你们所爱，莫让你们的爱总陷于过去之中！

就让男人怕女人吧！假若女人爱男人，那么，她便肯于牺牲一切，把一切东西都视为一文不值、一无所能。

就让男人怕女人吧！假若女人厌恶男人，那么，男人内心与精神都是高尚的，而女人则是邪恶、无耻、卑贱的。

谁憎恨、厌恶另一个人呢？请听磁铁所说的话："我就是憎恶你的那位，因为你在吸引我，虽然你的引力不足以把我拉向你。"

男人的幸福在于他说"我要……"；女人则说"他想……""请你们看哪，如今世界已变得完美了"。同样，每一个女人都屈从于她自己的所爱。

女人应该有贪心，而且应该了解自己的水之深浅。因为女人的灵魂是一块游动的地，又是浮在浅水面上的固定不动的暗色薄皮。

而男人的灵魂是条深广大河，其波浪源于涌泉、山石和深渊，女人可以想象其力量，但却不能透彻了解之。

二　婚与育

我有个问题，想单独问你。我想把我的问题抛至你的灵魂深处，我想用之探索你的灵魂之底。

你今天是青春少年，正值花季。你想要个孩子，娶个妻子。但是，我想问你：你是适于结婚的男子吗？你是个配生后代的男人吗？

你是那种能够战胜自己的强者吗？你是能够征服自己的欲望、控制自己的情感、胜过自己的美德的人吗？这便是我向你提出的问题。

你将加高自身。但是，在你加高自己之前，你应该在体躯、精神上壮大自己，不是向前，而是向上。但期望天堂助你加高自身，帮你自我营造。

你将创造一个比你高大的身躯。你将创造一个比你魁伟、巍峨、高耸的躯体。你将创造一个恭顺、驯从的人。

结婚，在我看来，只不过是夫妻二人想生一个比自己更大的孩子；而结婚则只是夫妻之间为实现这一愿望的相互敬重。

权作这是结婚的真实意义吧！可是，我又怎样称谓被那些人叫作"结婚"之事呢？

我将之称为对夫妻精神的贬损，且是对双方灵魂的玷污，又是夫妇之间的一种可悲愉快。

所有的人都将此称作"结婚"，而且他们都说他们的婚姻是上天的意志。但是，我却不喜欢这些孩子们的天，更不喜欢被缠在天绳上的这些动物。

你们不要笑这种结婚！试想，哪个孩子没有权利在父母面前啼哭呢？

的确，这个人德高望重，谙熟大地的意义。但是，我一看见他的妻子，便觉天翻地覆了，仿佛大地成了疯癫人的乐园。

当我看到圣徒做了白天鹅的丈夫时，我宁愿大地为之一抖，或者发出一声大喊。

这个人走出寻觅真理，另一个寻找真理的人回来了，却带着一个美丽的谎言，谓之"结婚"。

这个人走去寻觅已具有天使品性的姑娘，但却变成了一个女人的仆役，仍然做着国王的梦。

你们将之称为爱情的那种东西是多么愚昧呀！结婚来临之时，将把这种短暂愚昧化作一种永久疯狂。

三　真理需要力量

真理本身并不是力量，即使那些雄辩家们反对这种说法。因此，真理应当将力量吸引到自己一边来，或自己靠到力量一边去；如若不然，必面临死亡命运。这样的例子屡见不鲜，不胜枚举。

四　真诚

许多人是真诚的，并非因他们不能成功地使他人相信他们的贫困。当他们对自己的表演才能缺乏信心时，他们便选择了易于表现的真诚。

第五章 书信

一 基督徒诗人致穆斯林们

我是黎巴嫩人,我为此感到荣耀。我不是奥斯曼人,我同样为此感到荣耀。我有祖国,我为她的壮美感到自豪。我有民族,我为她的成就感到骄傲。我没有我所归属的,并且赖以保护自我的国家。

我是个基督教徒,我为此感到荣耀。但是,我热爱阿拉伯先知,我尊崇他的英名。我热爱伊斯兰的光辉,唯恐其消退。我是个东方人,我为之而自豪。不论我远离祖国多久,我仍然具有东方人的品格、叙利亚人的爱好、黎巴嫩人的情感。我是个东方人,东方有座古城,那是一座具有神奇威严、四溢香气的古城。无论我多么欣赏西方人的进步与学识,东方仍然是我梦中的故乡与希冀的舞台。

在那个从印度腹地到阿拉伯群岛,从波斯湾到贡嘎山脉的国度里,在那个走出无数帝王、先知、英雄与诗人的神圣国度里,我的灵魂纵横驰骋,放歌古老光荣,极目凝视天际,以期看到新的光荣飙升。

众人们,你们当中有人提及我的名字,并且说:"他是一个贫寒书生,讨厌奥斯曼帝国,期盼其早日灭亡。"

好啊,凭上帝起誓,他们说得很对。我讨厌奥斯曼帝国,因为我热爱奥斯曼人；我厌恶奥斯曼帝国，因为我对睡在奥斯曼旗帜下的民族满怀热情。

我讨厌奥斯曼帝国，因为我热爱伊斯兰及其壮伟，期盼伊斯兰光荣复返。

我不喜欢疾病，但却喜欢病体；我不喜欢瘫痪，但却喜欢瘫痪了的肢体。

我崇敬《古兰经》，但我蔑视那种将《古兰经》当作征服穆斯林的工具的人；同样，我也鄙视那种把《圣经》当作统治基督徒的工具的人。

众人们，你们当中有谁不厌弃破坏之手而钟爱建设之臂呢？

哪个人会眼见意志沉睡，而不将之唤醒呢？哪位青年目睹壮丽辉煌倒退，而不担心其被遮掩起来呢？

那么，穆斯林们，面对实为破坏你们光荣大厦，简直就是威胁你们存在的死神的奥斯曼帝国，你们会怎样呢？

难道伊斯兰文明不正是随着奥斯曼征战开始而结束的吗？

由于蒙古王的出现，阿拉伯帝王们不是后退了吗？

由于骷髅丘山上出现了红旗，红旗不是被遮挡在雾霭之后了吗？

穆斯林们，请接受一位基督教徒的这段话语；这位基督教徒让耶稣居于自己的左心房，让穆罕默德居于自己的右心房。

假若伊斯兰不能战胜奥斯曼帝国，那么，欧洲诸国将会战胜伊斯兰……

假如你们当中没有人站起来援助伊斯兰战胜其内部敌人，那么，过不了一代人，东方就会落到那些俗面碧眼人手中。

第六章　译文

一　良心❶

该隐❷从其主面前逃走，
流浪在大地荒原。
终于有一天夜下，
他来到平原上的一座山前。
他和他的妻儿疲惫不堪，
在惊恐与苦闷中进入了梦乡间。
他的妻儿睡得很深，
而该隐却合不上眼。
于是坐起来，
陷入了深深的思虑之中。
稍顷，他抬头朝黑暗天空一望，
忽见极远的天边有只巨眼，
睁得大大的，正凝视着他。

---

❶ 这是纪伯伦翻译的雨果的一首长诗。
❷ 该隐是人类始祖亚当和夏娃的长子，以种田为生。他和弟弟亚伯用各自的产品向上帝献祭，上帝悦纳了弟弟的供物，而未看中他的供物。他出于嫉妒，将弟弟杀害。上帝惩罚他，将他流放到挪得。——原注

该隐不由得一惊,
万分恐惧地自言自语道:
"我仍然在离他不远的地段!"
他随即站起身来,
唤醒他的妻子和孩子们,
旋即又踏上了征程。
他走过没有水草的荒原,
心中痛苦不堪;
三十个日夜徘徊歧途,
身体虚弱,面色白惨惨。
他一句话不说,
也不敢向身后一看。
他不曾躺下睡觉,
直行至亚述大地海边。
他说:"我们就地丢下手杖,
以求放心与平安。
是啊,我们就在这里驻足,
因我们已越过世界边沿。"
正当他弯腰坐下,
忽见黑暗天空,
那只眼睛再度出现,
仍然在同一天际间。
他心中恐慌难言,

急忙站起身来呼喊：

"快来救救我呀！"

孩子们站在那里望着他，

痛苦悲伤，手指贴唇边。

该隐朝着粗毛帐篷望去，

只见荒漠居民老祖朱巴乐待在里面。

该隐说："伸出帐篷门帘！"

门帘伸了出来，

他在上面压了一块铅。

泰西拉是朱巴乐的孙女，

身材苗条酷似晨风。

她问该隐道：

"你还看到了什么吗？"

该隐回答说：

"我仍然看到了那只眼睛。"

朱巴乐站起身来，

吹号击鼓高声喊：

"筑道屏障，将眼遮挡！"

他果然筑起一道铁墙，

让该隐在墙后隐藏。

不料该隐望了望说：

"那只眼睛在注视着我！"

朱巴乐这样回答：

"我们要建一座圆的围墙,
任凭他谁不敢靠近;
再建禁城和城堡,
将大门紧紧关牢。"
铁匠之父提巴勒立即动手,
开始建人力不及的巨城。
正当提巴勒潜心劳作,
他的兄弟们也动起手来,
驱赶平原上奴什、士斯之子;
只要有人敢于路经那里,
他们便剜去人家的眼睛。
夜来他们放箭,
一心欲射落群星。
终于全城地覆天翻,
花岗岩取代了粗毛帐篷,
巨石被绑上了铁锁链;
谁见了谁都以为,
那是地狱里的楼宇宫殿。
因为它的墙是层层高山,
其影遮住了荒野光线;
它的大门上还刻写着:
"禁止众生入此门槛!"
他们将城建成之后,

将荒漠老祖置于城中石塔间,
但老祖仍然痛苦打颤。
孙女泰西拉周身抖作一团,
呼叫着该隐问道:
"阿爸,那只眼睛隐没了吗?"
该隐回答说:
"那只眼仍盯着我看!"
稍停该隐又说:
"我想像死人居于地下坟墓,
我看不见人,也不被他人看见。"
他们挖了一个大坑,
该隐说:"妙不可言!"
随即该隐独自下到坑里,
只见那里一片黑暗。
该隐刚刚坐下,
坑门随即紧关。
不期那只眼却在坟墓里,
依旧凝视着他的颜面。

二 和平与战争

和平 ❶

和平啊,你多么灿烂,你多么美丽!大自然为绿色山谷披上洁白衣衫,你在那里行走的步伐多么矫健……参天大树之间冒出炊烟,表明那里有人居住生活在茅舍里面。

那里有一位农夫,不在意严冬来临,亦不在乎惊雷滚滚。那里一片和平景象,欢兴常驻。远远的山丘后出现一座白色房舍,齐声道着和平和平。那里有羊群,静卧在甜水泉旁,十分自在安详。牧羊人的草舍前开满了茉莉花、长寿花,馨香四溢,沁人心脾。

那里有许多孩童,有的玩细沙土,有的在沙地上高兴得翻跟斗,有的登上披着鲜花的城堡,抓着象牙做的大门,尽情地采摘花果。当太阳快要落山时,他们便欢欢喜喜地与夕阳告别,相约明天早晨相见,迎接更大的快乐。

孩童们攀上果树,采摘各种甜美可口的果子;与此同时,老翁们则坐在那里聊天,谈论的中心话题是大自然的美及造物主的伟大功绩,绝不谈什么钱财、富贵、浮华、政治及学问之类;与此同时,母亲正在家中纺比雪还白的毛,以备冬天围桌而坐玩牌御寒穿用。

---

❶ 在《泪与笑》一集中,另有一篇题为《和平》的文字,是一篇小故事,说的是一位姑娘哭着求上帝让她的情郎离开战场,回到她的身边。正当此时,一个头缠白绷带的青年来到她的跟前。晨光初照时,二人站在田间,尽情欣赏大自然美景。在《流浪者》一集中,有一则题为《和平与战争》的寓言故事。

瘸子、瞎子及残疾人则在医院里休息。富人在增加自己的财富，而穷人饮食却无人问及。公正举起大旗，法律坐在自己的宝座上，四周鲜花簇拥，头戴休闲王冠，宝剑入鞘，锈迹斑斑。火药被水浸没。弱者变得像强者，懒散人变得像意志坚强的人。死人的尸体被埋在土中，牧师为之悼读圣词，并使之焚以和平之香。

这便是和平的神圣状态。

战争

兵起如暴风，涌进若蝗虫大军。看哪，血淌大地，恰似瀑布，色呈深红。如今，源自参天大树间的炊烟消失，和平象征隐去，牧人茅屋的火熄灭了，取而代之的是火舌，就连那个可怜的农夫用生命之水建起的房舍也被火舌吞没了。看哪，牛在荒原徘徊，哞哞的叫声充满天际，那里没有草吃，没有水喝，因为大地已经变成了一块黑色的炭。

这位农夫双手捂胸，深深叹息自己的农田变成了火神的祭品。

曾有一位白发老汉站在附近的一个高坡上，自言自语道："我将在鲜花遍布的草原当中建造一座房舍。我将在这里留下名字，让我的子孙记忆到永远！"

然而回答他的希望的只有梦魇。战火吞噬了大地，烧焦了土和草，就连圣殿也被大军用骂声亵渎和玷污。他们手持沾满人们的纯洁鲜血的长矛和利剑，蹒跚在那块神圣的土地上。

他们的战马在吉祥的祭坛旁嘶鸣。教律、法规已处于被遗忘的角落,黑暗之墙坍塌而下,将二者砸得粉碎。掠夺、暴虐肆无忌惮,社会机构负责人只能发出悲鸣;不幸的人和弱者的呐喊熄灭了愤怒者的怒火;医院里伤员的呻吟声中止了鸟雀的鸣唱,传到了路口;家中的草和织物已不足以包扎父与子的伤口和擦拭充满血丝的眼睛淌出的泪水。

　　这位青年不久前头上还闪烁着美妙青春的亮光,眼前一片光明未来;如今,他滚翻在自己的血泊之中,等待他的只有年迈力衰。

　　人类呀,这就是你做的事情;所有这些都是在火眼之下所干的不义之事;竟将死人埋在空气中,而不是将之埋在土下。战争多么可怕!人类是何其不幸!

第七章　演说

我们的新宅 ❶

　　许久以来，叙利亚人和黎巴嫩人在政治和行政上，都生活在一座既没有屋顶，也没有柱子的废墟之中……这座废墟位于交叉路口，盗贼们占领它，劫匪们穿行它，流氓们破坏其中尚且完好的东西。

　　许多代以来，我们就住在那座废墟中，而人家却住着完好住宅、巍峨宫殿和坚固高塔。多少代以来，我们住在那政治废墟中，饱受狂风暴雨打，林中野兽频繁袭击，野谷中的蛇蚁不时地侵扰，就连地狱里冒出的毒物也不放过我们。

　　三十个世纪以来，我们一直在这样令人痛苦难耐的处境下。岁月创造出的奇迹在于，尽管我们苦不堪言，但依然存活在大地上。出奇的是我们今年没有死去，直到今天还存在一个民族，他们将自己称为叙利亚人和黎巴嫩人。大地有良心，你们可以说这是适者生存规律。我们作为一个民族，你仍然会从我们当中发现有适于生存的东西，有值得见阳光的东西，有应该获得苏醒的东西，而这种有滋有味的美好苏醒，我们称之为生命。

　　女士们，先生们，一个至今尚存的人民，曾经遭受从亚述人到

---

❶ 这是纪伯伦在叙利亚和黎巴嫩解放委员会举行的晚会上发表的演讲。

集外集

埃及人、希腊人、罗马人、蒙古人等征服者的蹂躏，经历过若干磨难，吃的是和着毒素的面包，喝的是掺着苦汁的水，在地狱旁生活了三千年光景，这样的人民至今仍然活在世上，这样的人民确乎是值得敬重、钦佩的人民。假若说叙利亚人、黎巴嫩人只有一项征服永久死亡的美德，仅仅这一点，也足令我们引以为自豪。是的，女士们，先生们，我们能够挺立在世界诸民族面前，我们能够高高昂起头。我们在奥斯曼毒蛇腹中生活了五个世纪，依然活着；我凭上帝起誓，这便是先知尤南显示的最伟大的奇迹。

我们的精神生活标志显现在埃及、法国、巴西、澳大利亚和美国。尽管土耳其人在我们的心中播下信仰分歧的种子，在我们的灵魂里注入了部分的宗教主义，在我们的头脑里种下了精神奴性的根，在我们的天性中植入了怀疑、恐惧、疾病和缺陷，尽管我们借接种和移植继承了这些东西，但我们在商业领域取得了成功，而且我们渴求科学、艺术和制作，在我们中间涌现了为数不少的思想家、文学家和自由党人。

我们精神生活的最体面、最高尚的证明已于去年出现。在大马士革、特里波里、贝鲁特有人被用绳子吊起来，有人身染自由党人和改革家的鲜血；在那些为真理和自由殉难的烈士脸上，闪烁着太阳一样的光辉；有人被钉在我们称之为黎巴嫩的髑髅地上。这就是一个政治、行政上生活在无顶无柱自由大厦中的民族的精神生活中的某些现象。

不过，女士们，先生们，我们正处于一个新时代的开端。我们正处在真理与虚妄搏斗的时期——真理是打不倒的。

我们正处于正义与不义交战的时期,正义是压不倒的。我们正处于专制政体与议会政体互相竞赛的时期,议会政体是不会消隐和退却的。我们正处于一个饱浸血与泪的可怖时期,但它却沐浴着上帝的光芒。在这个充满恐怖与壮丽的时代,我们将第一次给予我们的历史挣脱那种濒于倒塌的自由的权利,以便为我们自己建造一座用石头奠基的新宅。我们应该让我们的新宅坐落在人类的权利、义务和愿望的柱石之上;而这座新宅的蓝图,我们将把它付给神圣宝剑。

建造我们的新宅需要强有力的手臂和正确的思想;需要勇敢和豪气。需要诚实和忠诚;除此之外,还需要付出牺牲。

叙利亚人,黎巴嫩人,现在我来问你们:为了一件新东西,却不肯牺牲任何宝贵的东西,我们当中有谁会感到心安理得呢?我们当中有谁不能贡献一块刻石或一铲泥土呢?

我们当中有谁能够说"这宅不是我的宅,这家园不是我的家园"呢?我们当中有谁不思念那片养育了我们男男女女的土地呢?我们当中有谁不想在那田地、果园、高山和峡谷之间再度过上自由、平安和放心的生活呢?假若我们中间有谁忘了,或者假装忘了,如果我们当中有谁摇着头说"与我无关,我无此意",那么,我就会说:"你不是叙利亚人,你不是黎巴嫩人,你简直就不是人!因为真正的人是在任何情况下都会支持真理,反对虚妄;在任何国家里,都会支持正义,反对不义;在任何民族中,都会拥护自由,反对奴性。"

先生们,女士们,我们将走出废墟。住进我们的新宅,再也不怕劫匪和林中野兽,我们将住进我们的新居,愿上帝默助。我们当中有谁想在十年或二十年后对自己的儿子或孙子说:"我为这座房舍砌过石……我曾为树起柱子出过力……我是用血和汗和石灰的人之一……"我们当中有谁不想在天地之间昂首自豪道:"这是我的家宅,它将作为宝贵遗产留给我的后人。"

我们新宅的工程师乃是最优秀的工程师……他就是那个自由的思想,富有创造性的灵魂……那辉煌像太阳一样照耀大地。那就是法兰西,自由的法兰西,美丽的法兰西,不朽的法兰西;正是法兰西引导出了从笛卡儿到××❶的科学尊严,引导出了从××到罗丹的艺术辉煌,引导出了从弗朗索瓦到雨果的诗歌韵律,引导出了从卢梭到毕逊的自由壮丽,引导出了从××到达拉克、约福的敢言真理的雄风。

法兰西将为我们设计新宅。法兰西将拉住我们的手,让我们变成一个生气勃勃的民族。法兰西万岁!叙利亚万岁!黎巴嫩万岁!

新闻业的职责 ❷

新闻业有许多职责,都是有益的,都是高尚的。新闻业的最显著、最分明的职能,则是向人们发布人们的消息,把人们的悲欢、工作及成就告诉人们。这个媒体使人类的理性范围逐渐扩大,因为人

---

❶ 文中画××之处,系原文字不清楚。——原注
❷ 这是纪伯伦在《胡达报》创建五十周年银庆纪念晚会上发表的演说。

类的事情是共通的，一个人在一个地方发生的事情与另一个人在另一个地方发生的事情是一样的。

我们在报上看到某人发现了大自然的某一秘密，便觉得快乐无比，那是因为每个人的心中都有发现隐秘的倾向与爱好。

我们在报上看到某人发现了某古老民族的宝库，便为这个消息感到无比快乐。因为我们每个人都希望发现一个宝库。

我们在报上看到某一优秀男子与某一美女结为伉俪，便为这个消息感到兴奋。因为我们每一个人都感到自己有这一特点，那位男子所爱的美女，自己也喜欢过她。

我们在报上看到某人冲入火海或跳入水中救某童子或老年人脱险的消息，便为之感到高兴。因为勇敢的品质人人皆有，谁都乐意成为拯救童子或老人的英雄。

再比如说，我们在报上看到一条犯罪消息，谈到某人杀了某个人，于是追寻事件的详细情况，企盼明日报上有详情披露。这是什么原因呢？女士们，先生们，这是因为我们每个人都是杀人犯，而每个人都是被杀者。

我们在报上看到世界上的消息，而世界就是我们。我们认为发生在我们之外的事情，也正好发生在我们的内部。

新闻业的第二个职责，则是报纸站在国家的，或文化的，或政治的，或文学的某一原则一边。无论我们同意或不同意这一原则，报纸都会忠实地坚持这一原则立场，始终站在这一原则立场一边，据此表达意愿，筛选思想意识，使人们采取同一原则立场，或采取其所表达者反对的原则；这两种情况下的任何一种情况，都是有益的，都可以起到唤醒思想的作用。

新闻业的第三个职责，则是报纸要做"公诉人"。在隐暗的世界里，不知有多少问题，政府不知道，法官听不着，警察处理不到；在这种情况下，报纸就能探其秘密，向公众宣布之。

新闻业的第四个职责，即最简单，也是最重要的，那便是报纸要成为人民的学校。我发现我们的新闻业在侨民中所起的这种作用要大于在其他地方。你们和我都知道在侨居美国的叙利亚人当中，有许多人是文盲，由于某种原因，他们订了一份报纸，没过多少时间，他们不但学会了读和写，有的还成了报纸的通讯员。

我列举了新闻业的四项职责，由于时间关系，我不能再谈其他职责了。我相信《胡达报》已经很好地尽到了职责，而且超过了这个范围。我之所以说"超过"，是因为《胡达报》重视许多慈善教化项目。我不会忘记也不能忘记《胡达报》主编说过："我心中最大愿望和最远梦想是建立黎巴嫩学院。"我们谈及《胡达报》，而事实上《胡达报》就是奈欧姆·穆卡泽勒。关于奈欧姆·穆卡泽勒，我要说什么呢？

兄弟，在政治事务上，你与奈欧姆·穆卡泽勒有分歧，但你却不能不把奈欧姆·穆卡泽勒尊为一个真正的男子汉；在国事上，你与他有不同见解，但你不能不把他看作一位大丈夫；在宗教事务，或集团事务，或传统事务上，你与他的意见不一，但他作为一男子汉大丈夫，你不能不敬佩他。你能随意说什么，但你却不能暗自说《胡达报》在侨民心目中是最大的一艘新闻船，而奈欧姆·穆卡泽勒就是精明足智的船长，既不畏巨石暗礁，也不怕狂风大浪。

不论我们与奈欧姆·穆卡泽勒的见解同否，我们敬重他的秘密何在呢？那就是奈欧姆·穆卡泽勒有着卓越非凡、积极向上的人格，其内涵、特性与外表均有别于其他所有人格。

今夜，我们举行《胡达报》五十周年银庆晚会，我衷心希望你们和我将举行《胡达报》金庆晚会，让奈欧姆·穆卡泽勒做下次晚会的新娘。

第八章 答《新月》杂志问❶

问：您认为阿拉伯国家的复兴是建立在保证永久存在的巩固基础上的，还是不久即平息的一时沸腾？

答：我认为，被我们当作阿拉伯国家复兴的那种东西，充其量不过是西方新文明的一种微弱回声。因为这种可贺复兴本身并未创造任何东西，也没有显现出任何打有自己印记或染有自身特色的东西，从外部吸了水的海绵，会稍许膨胀一些，但不会变成活水之泉。至于把海绵看作水泉的人，他则须去看眼科医生求药，须会一会本文作者，并了解其看法。

整个东方，从一个大洋到另一个大洋的整个东方，都已变成了西方和西方人的大殖民地。至于东方人，那些为他的过去感到自豪，为他们的古迹感到骄傲，炫耀他们祖先功绩的东方人，他们则已经从思想、爱好和倾向上变成了西方思想、西方爱好和西方倾向的奴隶。

我们所研究的并不在于西方文化本身合适与否。西方文明已于1914年停步在永恒命运讲台之前，至今仍站在那里。假若永恒天命派我发表裁决书，我早就行事了，而且我要说的话与西方大多思想家完全合拍。

---

❶ 1923年，埃及《新月》杂志社就阿拉伯东方复兴和对西方文明应采取的立场为题，向一大批文学家征询意见，此文系纪伯伦答问。

我们现在要研究的是阿拉伯国家复兴了还是没有复兴，我们要研究的是"复兴"一词的涵义及其结果。

假若按照小学生有时要显示一下自己字面引证能力来理解"复兴"一词，那么，阿拉伯国家是复兴了。

假若"复兴"意味着修补破旧，那么，阿拉伯国家是最值得称赞的。

假使"复兴"的意思是此人去穿为他人剪裁的衣服，那么，阿拉伯国家已步上康庄大道。

假如"复兴"是将黑涂白、粉饰坍塌、修葺破烂，那么，阿拉伯国家已经登上光辉顶点。

倘若"复兴"是用愚昧放大镜来观察事物，我们会把蚂蚁看成大象，把蚊子看成骆驼，那么，阿拉伯国家已经高高挺立起来，直抵云河。

倘若"复兴"是因困难而远离高尚人，因方便而向小人投降，那么，阿拉伯国家已经稳居安全处，不畏时间变迁。

假使"复兴"意味着创造和发现，那么，阿拉伯国家仍然在沉睡之中；倘若我们用迷恋西方文明者的眼光去观察发明创造及西方文明中的机器革新，一样可以说阿拉伯国家仍在沉睡。

假若"复兴"指的是灵魂与本质，那么，阿拉伯东方的灵魂与本质依然停留在一千年前。

倘若"复兴"意味着精神觉醒及其所必备的内在知识和无声情感，那么，东方还尚未复兴，因为它从未跌落下去。它发现的宝库，它并没有失掉它，只是对之视而不见，熟视无睹而已。它在圣土上种的宝石树，它用自己的血和泪进行灌溉，至今仍然枝繁叶茂，果实鲜美，而它却离开了那棵树，走去到另一棵树下借荫乘凉。

假如我们站在一座光秃秃的山峰上回顾历史功业，我们会发现诸民族的复兴与飞跃，并非只是属于他们自己，或者仅仅为了有限的本民族荣光，而是将之作为遗产留给了后来的诸民族。那个朝在巴比伦、暮在纽约的时代的精华，乃是人类揭示和固定下来的普遍真理，又是人类在存在中看到的绝对之美，于是将之放在永恒的模子里，又将之做成面对太阳的金塔。提到精神复兴，我们要说摩西是以色列的复兴，摩西仍然挺立着；佛教是印度的复兴，佛教仍然挺立着；孔子是中国的复兴，孔子仍然挺立着；琐罗亚斯德是波斯的复兴，琐罗亚斯德仍然挺立着；拿撒勒耶稣是那些没有种族和祖国的人们的复兴，耶稣仍然挺立着；穆罕默德是阿拉伯人的复兴，穆罕默德仍然挺立着。假如我们有文学艺术爱好——文学、艺术之于宗教不过是原本的注释，我们就会发现那些神圣复兴的标志清晰地显现在大卫的笛声里，在《约伯❶记》中，在印度故事里，在中国谚语中，在阿里的奇迹中，在安萨里❷的理论著述里，在法尔德❸的赠品中，在麦阿里的悲愤里，在但丁的梦中，在米开朗琪罗的雕塑里，在莎士比亚的剧作中，在贝多芬的乐曲里。假如我们有史学爱好，我们便会发现，尽管每一时代都将前代所建之物毁坏大

---

❶ 约伯，《圣经》中的人物，乌斯人，著名的富豪和义士。
❷ 安萨里（1059—1111），伊斯兰教神学和哲学家。
❸ 法尔德（约1877—1934？），美国伊斯兰民族教派创始人，生于麦加，1930年前移居美国。

半，但留下的那极少一部分仍将有益于人类社会。但是，假若我们仔细审视一下那些从事自然科学和哲学研究的大家们的实践，从加里努斯到巴斯德，从欧几里得到爱因斯坦，从耶尔狐比到莱斯特，我们就会发现他们每一个人都是存在于其国民智慧中的伟大抱负的必然结晶，绝不是另一国人民智慧的颤抖阴影。

*　　*　　*

由以上所述可以看出：复兴显然在于根，而不在于梢；在于固定的实质，而不在于变幻无穷的现象；在于灵感所展示的生命内涵，而不在于思想所编织的一时愿望；在于创造精神，而不在于模仿技艺。精神是永恒的，精神所显示的也是永恒的；而技艺只是外壳，打磨得再光，也会消失，其光滑表面所发射的幻影也将消隐。

如果上述观点确定无疑，那么，我们可以肯定地说阿拉伯国家并没有复兴。如果那种复兴被认为是模仿西方现代文明，那也不是什么复兴，因为就连西方国家的有识之士也怀疑那种文明，讨厌其大多数外部表现。

但是，如果阿拉伯国家回过头去，留意一下自己固有的力量，恭恭敬敬地站在自己的古老精神宝库面前，那将真正复兴起来，而且它的复兴是建立在巩固基础之上，而不是暂时的，不久即平息的沸腾。

* * *

问：您认为这些国家能够实现联合、统一吗？何时、通过什么因素，语言又起什么作用？

答：这个问题牵涉到政治上的复兴，而不是精神上的觉醒。没关系，我做如下回答：

我认为阿拉伯国家现今没有可能团结起来，因为西方那种强权超越真理的思想，将帝国主义的野心和经济贪欲置于一切之上，只要他们有军队和战舰，定会摧毁阻拦他们实现帝国主义野心或经济贪欲的一切障碍，绝不允许阿拉伯国家实行团结、联合、统一。我们都知道那位罗马人所说的"分而治之"的那句话，至今仍是欧洲的通则。世界及东西方的烦恼，则是大炮胜过思想，政治谋略比真理更有力量。

阿拉伯的每一个国家的心脏都在西方某一国的首都胸中跳动，阿拉伯国家怎么能够团结统一呢？阿拉伯的每一个国家都得从西方的某个角落获得自己的政治、文化、经济趋向，又怎能实现相互合作、亲善呢？

在阿拉伯诸国当中，一个国家要想与另一个国家取得政治上的一致，那么它就应该与另一个国家相互交往，相互礼让。假若一国想与另一国政体上联合起来，那它就应该承认和接近另一国。假若一国想在经济上求助于另一国，那么它就应该优先与另一国进行交往。阿拉伯东方明白这一简单得不能再简单的道理吗？

我要说，他们至今尚未明白。

我要说，他们是明白不了的，除非他们发现他们心中有比那更深远的东西。

何不让有见识者告诉我：叙利亚人宁愿与埃及人交往，而不愿意与西方人交往吗？埃及人宁可接近叙利亚人，而不接近西方人吗？希贾兹或也门、伊拉克的阿拉伯人更愿意与埃及人或叙利亚人交往，而不愿意同西方人交往吗？

请聪明人告诉我：没有经济合作与经济独立，能够实现政治或非政治团结吗？

此外，请智者、名人和公众舆论领导者们告诉我：他们真的愿意阿拉伯国家复兴、团结、独立吗？在这方面，他们充其量不过是发表些议论，但多数见解是愚蠢、无用的。至于他们的个人工作、成就和他们日常生活，与他们妄言和主张完全不同。他们要吃，就用西式盘子；他们要喝，就用西式杯子；他们要穿，就穿西装；他们要睡，就睡西式床；他们要死，就用西方工厂生产的织物做殓衣。

"自由爱国主义者、久经考验的政治家"来和我用西方语言谈阿拉伯国家问题，岂不是笑话吗？

那位"自由爱国主义者、久经考验的政治家"请我到他家去，以便当着那位有教养的妻子面前获得荣誉，而他那位妻子却是在西方学院受的教育，岂不是令人泣泪？我与他同桌就座，他那可爱的女儿与我大谈肖邦乐曲，他那个彬彬有礼的儿子在我耳边吟诵着迪·穆赛的长诗。仿佛随风而去的灵魂从未把《奈哈温德》《白雅蒂》和《莱斯特》诸曲注入东方之心，这难道不令人心滴鲜血吗？仿佛那灵魂从未用迈基努、舍里夫、里达和伊本·祖莱格的语言说过话。

这之后，那位"自由爱国主义者、久经考验的政治家"又把我带到客厅，继续他的政治谈话，向我表述他关于阿拉伯国家议会团结、行政和经济独立的意见，这怎么能不叫人怒气满怀呢？

那位同时扮演了两个愚蠢角色的政治爱国者，如果带着些许纯洁对我说"西方走在前边，我们后面追赶。我们应该跟着走在前面的人，我们应该和步行人一起慢慢地走"，那么，我会对他说"好吧，你们行事吧！"追赶前面的人，但要默不作声地追赶；跟着行走的人，但不要佯装你们不走；你们和步行人行走，但要忠于步行者；在对政治神话进行筛选之后，你们不要隐瞒你们对他的需求。你们并不是在本质团结一致，那表面上的团结一致对你们又有什么益处呢？你们做着不同的工作，在那种不可靠的事情上亲近又有何用？当你们夜里做梦都在想精神亲近、种族联合、语言统一，晨起即将你们的女儿送到他们的学院去，跟随着他们的导师，读他们的书的时候，莫非你们不知道西方人在讥笑你们吗？你们要求西方用为你们孩子缝衣服的针和为你们的死者钉棺材的钉子换取你们的国土上出产的原料，而你们却明白表达你们关于政治团结、经济一体的愿望，这时西方人在嘲笑你们，难道你们不知道？

这些，我都是说给带着某些纯洁心灵的人倾听的。至于聋子，即那些连自己的心灵低语都听不见的人，我寄之以极大同情。他们的命运之于我的声音，酷似我的命运之于他们的耳朵。

以上所说清清楚楚，只不过是消极了些，我也不认为那是实现阿拉伯国家团结、亲善乃至独立的最佳途径……积极的途径则被限制在两件基本事情中：其一，在纯粹的公立学校教育青年一代，用阿拉伯语向他们讲授知识和艺术，由此而产生精神上的亲情和心灵上的独立；其二，利用土地，开发资源，通过东方工业，将那些原材料转化成民众所需要的食品、东方服装和东方住所，由之而产生经济合作，继之而来的是政治独立。

＊　　＊　　＊

问：阿拉伯国家人民应该借用西方文明要素吗？这种借用的数量、适度是什么？

答：在我看来，这个问题的秘密不在于东方应不应该借用西方文明要素，而全部秘密在于东方拿来了那些要素之后能否利用它。

三年前，我曾说过，过去西方人拿走我们做出来的东西，他们进行咀嚼、下咽，然后把有用的东西转化到西方实体中去。现在东方人则拿来西方人做的东西，然后咽下去，没有转化到东方实体内，却将他们变得像西方人，这正是我所担心和厌恶的情况。因为这种情况向我表明，东方时而像一位臼齿全脱落的老朽，时而又像没有长全牙的孩子。

最近三年来，我发表了许多想法，而这个想法仍然与我形影不离；我过去所害怕和憎恶的，如今仍然害怕、憎恶。还有一件事，令我感到恐惧和失望。那就是今天的欧洲在模仿美国，并紧跟其步伐；与此同时，阿拉伯东方在模仿欧洲，将欧洲作为榜样。我的意思是说，阿拉伯东方变成了模仿者的模仿者，变成了影子的影子。我是说海绵变得不再吸水，只是等吸从另一块海绵渗出来的一点儿水。这便是极端的柔弱，这便是彻底的依靠他人，简直就是极端愚蠢和盲目。因为东方人是不需要乞讨的，更何况是向乞讨者乞讨呢？

假如东方能够借用来自己所不知道的东西，并且这些借用来的东西不会变成自己所知道致命毒药的话，那么，我定是第一个主张借用者。假若东方人能够借来自己需要的东西，并且这些东西不变成其所得到的东西的坟墓，那么，我定是拿来、移植和效仿的支持者。但是，我观察过，发现东方人灵魂里的创造性天质是一把细弦吉他，其天然音质不同于任何一把西方吉他的任何一根弦的音色；东方人不能将两个不同音调里的轻重音不伤其一或两个俱不伤害地集合在一起。

我们常常听到肤浅的人们这样说："看日本啊，人家借用了西方文明，人家就进步了，成功了，地位提高了，已经能和西方强大的国家平起平坐。"

可是，日本在他们本国的哲人、思想家和文学家的心目中，当日本追随西方文明之时，丢却了他们自己的特有文明。那些大家们说，日本人民效仿欧美时，失去了自己的意识、本性、道德、艺术、技艺和心灵的平静。那些人还说，日本的军事胜利，实质上是精神上的巨大失败。他们说，日本人从德国、美国学到的怎样制造装甲车、大炮和军械摧毁了日本文明中的美好的、高尚的、有生机的和有益的东西，而结出的果子只有丑陋、拙劣、狡猾和荒谬。

在东方，在我们的旧家里，有无数宝贝、武器和珍品，但杂乱无章地堆放在那里，被一层灰尘蒙盖着。众所周知，西方人善于整理排列，技艺登峰造极。他们将自己的缺点加以整理排列，显得就像了不起的优点；假若他们将自己的优点加以整理，看上去就像绝妙奇迹。如果非借用不可的话，我们就向西方借用这种技术吧，但有一条，别的不要借用。